U0902927

尼莫小鱼 作品

遇见亿万分之一的你

吉林出版集团有限责任公司

图书在版编目（CIP）数据

遇见亿万分之一的你 / 尼莫小鱼著 .— 长春：吉林出版集团有限责任公司，2014.11
ISBN 978-7-5534-5795-6

Ⅰ.①遇… Ⅱ.①尼… Ⅲ.①长篇小说–中国–当代 Ⅳ.① I247.5

中国版本图书馆 CIP 数据核字（2014）第 231099 号

遇见亿万分之一的你

著　　者　尼莫小鱼
责任编辑　顾学云　奚春玲
封面设计　壹诺设计
开　　本　880mm × 1230mm　1/32
印　　张　9
版　　次　2014 年 12 月第 1 版
印　　次　2014 年 12 月第 1 次印刷

出　　版　吉林出版集团有限责任公司
地　　址　北京市西城区椿树园 15–18 号底商 A222
　　　　　邮编：100052
电　　话　总编办：010–63109269
　　　　　发行部：010–51582241
印　　刷　北京市昌平开拓印刷厂

ISBN 978-7-5534-5795-6　　定价　32.80 元

CONTENTS
目录

Chapter One

劫匪

十月，浦东机场国际出发大厅。

奢华与低劣的香水味弥漫在玻璃建筑的每一处角落，在办票柜台与问讯处攒动的人仿似山海中层层迭起的浪潮。

“对不起，我们真的无法为您办理退票。”汉莎票务柜台前，系着深蓝色丝巾的票务小姐展示着专业的笑容，看似经理模样的男人站在她身后，如同一堵坚强的后盾，时刻准备发起温和的反击。

“这票有六千多块钱，怎么能算是特价呢？拜托你们再查查，哪怕是承担退票费都可以！”这句话，白小陌重复了两遍，空调蒸红的脸庞挂了淡淡的泪痕。

“白小姐，真是非常抱歉。我们官网和票务中心都有写明相关退改签机票规定，特价经济舱机票无法办理退票，部分高端经济舱机票可以折价退款，商务舱、头等舱可以退款。除非能提供德国领事馆的拒签证明，不然的话，我们真的帮不了您。”

“怎么会这样？这机票是我替朋友付的，这样的话岂不是一分钱都拿不到了？”

“真是不好意思。”

票务小姐与身后穿着制服的人微微欠身，脸上的笑容格式化地在她眼中闪过。

男朋友肖瑞在即将启程的德国之旅前发了条短信：对不起，小陌，我不能来了，我们分手吧。

此后，手机再也无法接通。

对不起个屁。

白小陌狠狠地咒骂这贱男，挑了工作忙的借口，让她全权负责德国旅游订票订房的活儿。没想她的钱花出去了，他却把她当傻子一样踢了。隔天她还同他通了电话，而就在此刻，飞机起飞前三小时，他却在发了分手短信后关机了。

男人靠得住，母猪能上树。两弯秀眉紧紧地拧在一起，白小陌拳头砸在了桌面上：分手是吗？要分就来个彻彻底底。

将手中的订票记录“哗”地撕成了两半，就像他们之间的感情一样，瞬间碎在半空。每一段恋爱都撑不过一年。这是她毕业后交往的第三个男友，终于也在临近一年的时候离开了她。她甚至怀疑是不是曾遭自己拒绝的眼镜男下了魔咒，为什么每回恋爱都只见过程，不见结果。什么山盟海誓，什么甜言蜜语，动不动就来出失踪的戏码，而且，每回都一样。头一次，她大哭了三天，第二次，她哭了一天，这一次，她已分不清眼眶里积蓄了十分钟的泪究竟是因为伤心还是因为气愤。

或许，下一次分手，她就可以从泪水直接跳入大笑的环节？她的爱情保质期永远小于十二个月。

转过身，她微红的脸上扯出笑容：贱男，等姐姐我潇洒完了，回来再收拾你！

这时，身后传来焦急的男声：“一张今晚去慕尼黑的机票。”

票务小姐熟稔地柔声道：“先生，对不起，今晚到慕尼黑的飞机座位已经满舱。”

“满舱？商务舱、头等舱呢？不管什么舱都可以，这是我的金卡会员卡。”男人喘着气。

白小陌暗哼了声，故意放慢脚步，她想听听是不是一个出得起头等舱国际机票的金卡土豪就有优待？

“十分抱歉，萧先生，所有舱位的票都已经确认出票了。所以……”

姓肖？和那该死的贱男一个姓。想到他被票务小姐温柔地杀死在办票柜台前，她竟莫名地幸灾乐祸起来。

“白小姐！”

突然，那票务小姐用极甜美的声音喊住了她，白小陌沉了沉自己的表情，转过身来。

办票柜台前站了一个一米八左右的年轻男人，手肘上挂了件黑色西装，衬衣袖子翻卷在手肘处，脚边银色旅行箱低调地闪耀着独有的铝质光芒。

“白小姐，能耽误您几分钟吗？”票务小姐投来请求的目光。

那个年轻男人转过身，但很快敛了目光：“麻烦再查一下有没有别的地方可以转机到慕尼黑的。”

多么没有规矩的男人，明明别人正和自己说话，他却还自顾自地插进来。

“怎么了？”白小陌彻底收回了眼中的可怜相，提了提嗓音。

“您的朋友是不是叫肖瑞？”

她恨不得把他名字改做肖贱男，勾勾嘴唇“嗯”了声，手随意地搭在桌上。看样子，航空公司准备大发慈悲给她退钱了。

“萧先生，您的名字和这位小姐朋友的名字是一样的拼音，如果您愿意的话，可以问这位小姐是否愿意出让机票，她刚巧要退票。”

肖瑞？

白小陌的大脑瞬间短路。怎么可能这么巧？真会有这样巧的事？

他俩同时侧脸打量起对方。

冷峻的黑色眸瞳映出自己娇小的身影。她眨了眨眼，再次确定面前这个高高的男人不是肖贱男假扮的。

“你叫肖瑞？”

“把机票让给我。多少钱，你开个价。”

“怎么？国际机票也能让？”白小陌抬眼去看票务小姐。

票务小姐依旧礼貌有余：“我们公司出的国际机票只需记录乘客的拼音姓名。”

“所以说，同名同姓也能免费坐飞机？”白小陌抢白道。票务小姐美丽的脸庞显得有些尴尬，话语也生涩起来：“这样的概率是亿万分之一的。”

“那也还是有可乘之机的，不是吗？怪不得国际航线会有人混上去呢。”

“白小姐，萧先生赶着去慕尼黑，刚巧您又想要退票，所以说……”票务小姐不愿把话说得太直白。

“是吗？”白小陌扬眉打量了下面前的男人。眉宇间有些不耐烦的男人开口道：“开个价，把票让给我。”

遇上个自以为是的男人，连个“请”字都不用。白小陌瞟了眼，心想对这样的男人，不需要半点儿同情，更何况这男人与那贱男还是同名同姓。

她半眯了下眼睛，一把拖着行李箱扭头朝后走。

男人一愣，没想到她会转身，赶紧离开柜台跟了上去：“你开个价，多少都成。”

白小陌不语。

他紧随其后，说道：“反正你也是要钱，开个价，我马上给你。”

白小陌回头瞪了他一眼。

他却不依不饶，一手解松了束着颈脖的领带："小姐，说个价格。"

她加大了步子往前走，他则紧跟在后。

她不说话，他却追问价格。周围经过的旅客听到这番对话，不约而同朝他们投来目光。

"这两人像是谈分手费。"

"跑到机场来分手啊？小年轻哟，出去旅游蛮高兴的事情嘛，就这样分手啦？"

某个旅行团中的阿姨们开始八卦起两人的事来，其中一位五十多岁的大妈分析道："肯定是分手费呀，刚才那小姑娘还哭来着。"

"哟，现在的年轻人啊，弄不懂哦。"

"你到底去哪儿！"

他终于受不了在闲言碎语中继续跟在她身后追问价格，直接大步走到她面前，挡住她的去路。

白小陌避让不及，只差几公分就撞到了他怀里，定了定神，抬头指指他道："现在是卖方市场，先生，请你注意自己的言行举止。"

男人没好气地往后退了一步，双手一摊道："OK，请问，我能否向你买张去慕尼黑的机票？谢谢。"

"护照，身份证。"白小陌抬手到他面前，她真是有些好奇这世上会有这么巧的事。他愣怔了几秒，目光犹疑地摸出证件交到了白小陌手上："给。"

"萧、锐。"

她轻轻读了遍名字，原来是同音字。贱男叫肖瑞，他叫萧锐，一个死赶活赶错过了七零后班车的八零年水瓶男。

"检查好了吗？"萧锐有些不耐烦。

"为什么要去慕尼黑？"

"有事。"

"有事？什么事？"

“小姐，这与买机票无关。”

“怎么无关了？万一你去德国做什么不法勾当呢？机票是我花钱在网上买的，我得负责。”

“你看清楚，这是德国工作签证。”萧锐从白小陌手里抽回自己的护照翻到德国签证页，眼神显得无辜又焦急。白小陌冷不丁地掏出手机拍了张照片。

“你干什么？”

“留个证据，以备不时之需。”白小陌将身份证塞回萧锐手里，随后摆出个剪刀手的模样：“两万。”

“小姐，经济舱机票根本不值两万。”

“哈，我刚刚明明听见你说头等舱、商务舱，那些你都可以支付。怎么，你让我开价，我给你开了，你就不给我了。”

“你的是经济舱。如果我不买，你的票也退不了。”

“你怎么不说，你不问我买，自己去换登机牌也能照样上飞机呢？”白小陌昂昂头，丢了句嘲讽的话，“无耻。”

“OK，这是一张经济舱机票。两万太高了，我没有这么多现金。”

“没事，这里这么多ATM机，随便你转账还是付现，实在不行，支付宝转账。”亿万分之一的机会也能让她撞上，她能错过这报复男人的机会？坐飞机和坐大巴一样随意的土豪男，两万块对他来说，也就潇洒一次的费用吧？

她定定地看面前的男人，突破桃花眼的障碍，鼓足全身的小宇宙挑战他。

“小姐，到达慕尼黑有很多种方式。我可以在这个大厅买到香港、迪拜、巴黎，甚至到莫斯科转至慕尼黑的机票。我找你，只是为了节省时间。如果你想趁火打劫，我想我没有必要和你耗下去。”萧锐的眼神就和他的名字一样，锐利如刀，白小陌手中的筹码瞬间减半。

他的确是看穿了自己的小心思，但她白小陌也不是善茬，被他的话一怔，虽然有些失了阵脚，但也不忘看看周围形势："飞机可不像大巴，你到场就一定能买到座的。你有办法的话，就去试，底价一万五。要的话，给钱，我们一起去拿登机牌，不给的话，那么就请去柜台一个个航班查吧。反正，我看你也没有什么急事。"

赌一把，她倒要看看这无礼的土豪金卡男有什么反应。

"走！"没想他竟一把抓住她的手腕，直接把她转了方向，径直地拽到了 ATM 机旁。

"喂，你干吗？"

"报卡号。"萧锐不知什么时候已从西装口袋里取出了银行卡塞入 ATM 机。白小陌抬眼瞅了下萧锐，冷淡的模样没有半点改变。看样子，自己的一万五是报低了，撇撇嘴，故意一口气把十六位卡号报了出来。

白小陌还在琢磨自己这番迅雷不及掩耳的报数速度能整上这男人一回，没成想他已转过身按起了按键。十六位数，他竟只听了一遍就记得那么清楚。

"是你名字吗？"萧锐指指屏幕，白小陌错愕的表情模糊地映在屏幕上，她机械地点头应声。

"一万五。你查下账。"他利落地操作完转账。

白小陌瞪圆的眼睛真真切切地看着五位数转入自己的账户。在偌大的浦东机场高价倒卖本将血本无归的机票，痛苦瞬间转嫁到别人头上，尤其还是与贱男名字同音的男人，她的心里该是特别爽。可此刻，她一点儿也没有爽到，反而有种做贼心虚的感觉。手机突然传来短信声，她猜短信内容一定是银行到账的信息。为了掩饰顿起的愧疚感，白小陌抬头对萧锐努努嘴道："不用查了，去换登机牌。"

经济舱换登机牌的地方排着长龙般的队伍，出国对国人来说已不再是什么新鲜事，微信朋友圈那些缤纷夺目的度假照就足以证明小资驴友已蔚然成风。白小陌排在队尾，萧锐紧跟在后面，好似在提醒她，她就是个赤裸裸的抢劫犯。

这时，手机突然响了起来。

是“贾宝宝”的电话。

那厮居然来电话了。

白小陌瞬间从贼匪的角色跳跃到另一副状态：“喂，贾宝宝，你舍得给我打电话了。”

电话那头的声音温柔磁性：“在机场了？”

“我说你在哪儿呢？周围这么安静？”

“贾宝宝”是白小陌给男闺蜜贾少辰取的绰号，取自贾宝玉之名再加以亲昵化。多年前，父亲单位改制，很多人不满企业买断规定，带了家属去讨说法。父亲没有带白小陌去，但白小陌却偷偷地溜去凑热闹。在那儿，她遇见了眉目清俊的贾少辰，她想贾少辰该是随了父母去讨说法的家属。那时，在厂区后山发生了一场女汉子救美男子的绝妙历险记。此后，她就多了贾少辰这个超级男闺蜜。虽然中间贾少辰消失过几年，但在她大学毕业那年，他又回来了。

每每有人质疑男女间是否有纯纯的友情，她就爱拉起贾少辰那双修长的手，放到自己膝盖上，头歪靠在他的肩膀上，万分骄傲地说：“事实胜于雄辩，我家贾宝宝对我是十二分的好，我们是上辈子的姐妹，这辈子的闺蜜，下辈子的情人。”

这些年，她身旁的男友换了第三茬，他的肩膀却依旧像长城一样固若金汤。Shopping 的时候，肩膀可以像起重机一样吊很多购物袋，伤心的时候，肩膀既可以擦泪水，又可以托起她耷拉的脑袋。

“我？我在家里。”

“今天不用加班啊？”

“不用，老板今天大发慈悲给我放假。”

“哦，放假也不来送我，我一个人到浦东机场容易嘛。坐地铁又要换乘好几次。哼哼，我告诉你贾宝宝，这一过，我记上了。”

“肖瑞和你一起呀，我去不方便。”电话那儿的男人问起了肖瑞，白小陌哼道：“别提他了，提了就来气。他把我甩了。”

“什么？”贾少辰提了下嗓音，显得十分吃惊。白小陌借机撒着小娇说道：“每次谈恋爱就临阵脱逃，搞得我跟天煞孤星似的。下回得去庙里让师傅算算命，我是不是天生被桃花克。唉，只能独行德国喽。”

“那还去德国干吗。回来吧，我去接你。”

“不行，不能回来。”白小陌说到这儿，只觉得肩膀被人点了点，萧锐已拖着行李箱越到了自己前面。白小陌一抬眼梢，赶紧捂住手机道：“这票可贵了，再说我为这次德国之行准备了一个月，特意和经理请了年假出来的。我要去茜茜公主老家巴伐利亚，还有贝特希斯加登看国王湖，随后坐马车上新天鹅堡呢。”

“茜茜公主又不幸福。还有，湖有什么好看的？国内那么多湖，马车边走还边拉屎，你一女生去那地方，就不怕被人吃了。别去了，我这就来接你回去。”

“贾宝宝！我郑重其事地告诉你，在我心情不好的时候，不要和我唱反调。我失恋了，要去散心，就这样！”白小陌赌气道，突然看到萧锐已经越过自己到了柜台前办票，立刻大步跟了上去道：“萧锐。”

“他来了……”电话被忙着换登机牌的白小陌无意间掐断了，贾少辰的话留在了另一头。

白小陌与萧锐顺利拿到了登机牌，换登机牌的小姐只是查看了护照的签证页，并未提及任何问题。白小陌拖运完行李后，一溜烟地就朝着出境安检处跑去，然而，她很快发现自己这种鸵鸟行为是多么愚蠢和白痴。

躲得了安检，却躲不过候机的相见，更糟的是，她忽略了自己这个劫匪还要与被打劫的人并排相坐整整十二个小时。

“我坐外面。”

萧锐用绝对身高兀自决定了自己的位置，白小陌张嘴道：“可这是我的座位。”

“我的座位是D，你的座位是E，D是临过道，E是里面。”

白小陌翻翻手头的登机牌，突然想起是肖瑞那个贱男和自己说要坐过道，可以把右手臂腾给她做枕头。现在呢，非但没有枕头，还有一根大冰棍，另一边则是臃肿肥胖的外国大妈。

“那我想坐外面。”

萧锐瞧了眼里面，压低声道：“对号入座。”

“有没有绅士风度嘛，这票也是我的呢。”

“白小姐，你已经把票转卖给我了。”

“我喜欢进进出出，坐外面也不会烦你。”白小陌还在说，萧锐像游乐场钩子抓毛绒玩具一样，一把将她从过道拉入座位：“不要堵着路妨碍别人。”

白小陌张口愣住，他却已安安稳稳地坐了下来堵住了她的出路。

“没风度！”他霸了山头，白小陌只能白他一眼，狠狠暗骂了句。萧锐并不理睬，只是自顾自地整理自己的东西。

去往慕尼黑的航班是夜间航班，在平飞不久之后，整个机舱内的灯光缓缓暗下。白小陌瞟了眼身旁用笔记本电脑工作着的男人，然后拉上卡通眼罩便陷进狭小的座位中打起盹儿。

半夜，她梦见自己整个人掉入了悬崖，“咚”的一下，脑袋被某样硬物重重地砸中，顿时惊醒。

她扯了半边卡通眼罩，顿然发现原来是自己的头从椅背滑到了金卡土豪的右臂。

抬眼的瞬间，正巧他低眼望来，一副厌恶的表情大有自己吃了他的豆腐的嫌疑。长得好，就会被吃豆腐吗？白小陌干咳了两声，摆正姿势，从卖力做事的金卡土豪手臂上挪了回来：“我要上洗手间。”

萧锐显然还在不满她倒头碰瓷的事，眉宇间的目光泛起愠色。白小陌也不搭理，从座位上站了起来，脚因为长期置在地上早已绵软无力，刚直起的身体“呼嗤”一下朝左边跌了下去，手掌胡乱地把扶靠背，抓到一块救命板便拍了下去。

“啊！”

是电脑。

完了，她拍了他的电脑！

披散着头发、耷拉了半幅眼罩的白小陌忽然有种不祥的预感。一股凉飕飕的感觉瞬间从背脊通向大脑的每一处神经末梢。熬夜的成果被她生生地拍死在莫斯科几万英尺的上空，这男人是不是恨不得一把揪住她扔出机舱？

三，二，一。

“小姐，需要帮忙吗？”

就在白小陌内心急剧挣扎的时刻，空姐甜美的嗓音就像发着天籁之音的救星钻入耳朵。她赶紧撑起身体，急中生智道：“哎哟，疼死我了。”白小陌捂着胳膊装起了可怜，唇间故意发出些“嘶嘶”的痛声。

“您碰伤了吗？”

“嗯嗯，脚没站稳踉跄了下，好像胳膊被电脑和桌板撞了，最好能出来看看。”白小陌继续伪装自己，指指萧锐的电脑，心想赶紧把事态说得严重些，萧锐就没法说她半句。

“先生，麻烦您收下电脑和小桌板，谢谢。”

萧锐没好气地瞪她一眼，一手拿起笔记本，一手翻上桌板。白小陌吐出小半截舌头半眯眼睛贼笑：看你让不让我。

不想，萧锐也使坏，硬硬的膝盖挡了去路，双手一摊，耸耸肩，一副人长得高，没办法的德性。

“不好意思先生，能不能麻烦您起下身？”

“喂，萧锐，你真讨厌，快点站起来，让我先出去嘛。”白小陌拉了拉他的衣袖，假装发嗲起来。空姐是聪明人，不用揣度就知晓他俩的关系，抿着唇在旁不发话。萧锐见周围的人循声在看是不是情侣俩吵架，只能起身为白小陌腾出空挡，低头凑在她耳边：“再装。”

“哼。”白小陌回过头朝身后的男人瞪了一眼，却不想被男人戏谑地刮了下鼻子：“哼得和驴似的，出去吧。”

空姐扑哧一笑，白小陌倏地皱起眉头，这陌生的男人竟敢当着这么多人面戏弄自己，吃自己豆腐。见空姐来帮扶自己出来，白小陌赶紧讨要创可贴，空姐边暗笑边领着白小陌离开了案发地。白小陌小心翼翼地卷起衣袖，手臂上果真有道长长的瘀青，还蹭破了点皮。

“都皮肉还债了，还占人家便宜。”狭小的飞机洗手间内，一张红彤彤的脸庞不知是气愤多了些，还是被他莫名地刮了下鼻子羞赧了。总之，锁起的眉头下，两颊更红了。

白小陌清理完伤口后回到过道，因为袖子沾了些水，只能卷起，手臂上几块创可贴显得十分醒目。

萧锐已重新打开了电脑，见她的手臂露出几块创可贴，冷淡地瞧了眼，起身嗤了句：“浪费公共资源。”

“什么浪费公共资源？我是被你弄伤的。”

萧锐似乎不信，白小陌见他这副冷漠的态度不由一急，直接扯了块创可贴，露出小块血点，抬臂到他齐眉处，说道：“我是浪费公共资源吗？不小心拍一下电脑，就什么莫须有的罪名都给我按上了？”

说完，她一把抓住毛毯遮住脸不想与他争辩，不想毛毯被萧锐一把扯住：“小姐，知道你刚才给我造成了多大的损失？”

“有多大损失？”

“这是一份价值千万的文件，就被你这么一拍，我得重新再写。”萧锐压低声音，突然变得非常严肃。

“哦，那就再写吧。”白小陌试图拉过些毛毯，没想他的力气远远超过自己，无论她怎么用力，都占不到半分便宜。

“你怎么一点歉意都没有？”

“本来也不是我的错，是你不让我坐过道的嘛，我都说了我会经常进出的。再说了，文件有价命无价，拍一下电脑而已，系统都有临时文件。况且，你这上千万的文件资料不备份，是你自己的风险保护意识薄弱。用乐观积极的态度去看待这件事，说不定你能写出更好的。旧的不去，新的不来。”

白小陌顿然觉得出口成章的水平快赶上电视剧中巧舌如簧的大状师了。萧锐吸了口气，像哑巴吃了黄连似的游移了眼睛，最后干脆将自己松开的领带抽出来扔在了桌上，然后起身往洗手间走去。

白小陌朝他的背影吐吐舌头，赶紧靠倒在座位上装起鸵鸟，以防他把自己烧成火鸡。还剩六个小时，漫长的六个小时，她千万不能再‘惊鸿一倒’，若是再来一遍，估计这脑袋就再也不属于自己了。

右侧极胖的外国女人长了一身肥膘，白小陌拼命把她想成一块弹性极佳的记忆棉枕头。只是这块枕头比起左侧的男人而言，只能用天壤之别来形容。

空中的飞行枯燥而漫长，白小陌浅眠了两个多小时便全然没有了睡意，推推萧锐又要出去。萧锐这回在她离开座位前，先收好了电脑。白小陌偷偷瞟见，他已经换了台苹果笔记本。果然是有后手的男人，还好意思对着她乱喷怒火，幸而，她有张伶俐的嘴，不然还真是输了阵脚。

过道中，两位空姐低声聊天。

“刚才来这儿的头等舱客人不是新地百货集团的总裁吗？他来经济舱干吗？”

“我也不晓得呀。你没看见 Susan 跟过来时的那副花痴相，好像已经搞到手了似的。”

“哟，今天 Linda 没和她一班，她有的是机会下手。”

“那是，人家可是顶级钻石王老五，卖相好，钱多，搭上的话，够她花几辈子了。我猜，她八成手机号都已经塞到人家衣服里了。”

前方座位传来“叮咚”一声，两位空姐很快结束了对话。

“酸死了。”白小陌抬手扇扇鼻子，一人嘀咕道。新地百货集团是全国最大的民营百货集团。白小陌所在的维罗朗日化公司在那儿还设有高级化妆品专柜。新地集团总裁的身家应该是无数个零组成，身边的女人断然不会放弃任何机会，Susan 也好，这两位吃不到葡萄说葡萄酸的女人也罢，都恨不得扑上去把对方啃了。白小陌想，自从有句关于在宝马车里哭的名言后，爱情的童话从此也镀上了一层土豪金。

萧锐坐在边上，朝刚才在对话的空姐瞟了一眼，若有所思地喝起手中散着热气的红茶。

白小陌偷想，若是他当时买到了头等舱或商务舱的票，不知道会被这芊芊玉手揩过几次油了。

想到这儿，白小陌“嘿嘿”了两声，萧锐朝她一瞥。她伸了伸脖子，说道：“有人今天沦落到经济舱，不能被人关怀，真是可惜极了。”

萧锐合上笔记本，伸出手指在她面前晃晃，说道：“仅此一次，绝无下次。”

“那是当然，谁稀罕和你坐一起。有钱没品。”白小陌嘟嘟囔囔，萧锐不再接话。

汉莎航空的飞机在平稳飞行了十二个小时后，终于降落在慕尼黑国际机场，白小陌下飞机的时候收到了机组人员送给女乘客的一支玫瑰花。她还没来得及高兴，就被入境海关官员犀利的问话打得烟消云散。

“你为什么来德国？”

“旅游。”

“这里有亲友吗？”

“没有。”

“请把行程单给我。”入境处出的海关官员一脸严肃，完美诠释了印象中不苟言笑的日耳曼人。白小陌微微有些紧张，听说各国去往欧洲的航班总会有那么几个疑似不受欢迎的人被拒绝入关。单身女性是重点观察对象，似乎脸上都带有试图滞留的黑户字样。白小陌极想反对这种特殊待遇，但想到自己身处异国他乡，便又硬生生地吞了回去。

“行程单上为什么没有交通工具预订单？请出示 Europass，机票订购记录，或其他交通工具预订记录。”

“稍等。”

白小陌开始翻找自己的随身行李，可不知怎得就是找不出来那张纸。蓝色眼睛定格在她身上，等待她拿出证据来证明自己。

该死。难道是和机票预订单一起撕了？她只听见心咯噔一声，脸刷地涨红起来。

“小姐，您找到了吗？”

德国式英语再次传入耳中，字字铿锵有力，震得她更加失措，她急忙说道：“马上，马上。”

“Sie ist meine Verlobte.”

白小陌只感觉紧张的身体突然被一只手臂紧紧地裹入怀中，萧锐以极幸福的姿态笑着对海关官员说起了德语，若非她仔细盯着字句是从他嘴里蹦出来的，她都不敢想象这流利的德语是他说的。

海关官员绷着的面孔很快换作了笑脸，萧锐的几句话和锁住她身体的霸道姿态丝毫没有引起对方的怀疑。眼看着海关官员在她签证页上敲了个章后，她的额头也跟着被某张陌生的嘴扣了个印章。

白小陌分不清楚脸上热烫的感觉来自翻找 Europass 还是来自这男人吃豆腐的举动。重新拿到护照之后的白小陌在踏入入境处的第一脚之后就想质问后面的男人，不想他却大步送上门继续把她搂在宽实的肩膀中："不想被遣返回去，就乖乖演完。"

"你刚才和他说什么了？什么烦萝卜，别以为我听不懂德语，你就可以随便说。还有，你竟然……"

萧锐没什么耐心听她在面前啰唆，严严实实地把她裹住，然后走出海关入境官员的视线。

"喂，你这人怎么这么不讲道理。"

通道里，萧锐一下松开了没有停嘴的白小陌，抽出放在西装里的领带戴了上去，对瞪眼看自己的女人说道："你住什么酒店？"

"关你什么事。"白小陌拍拍衣服，转身朝拿行李的通道走去。

没想萧锐紧步跟在身后："你不说也没有关系，酒店预订单也有我的名字，不是吗？"

"我警告你，我给你提供的机票服务已经彻底结束了，听到了吗？彻、底、结、束、了。"

白小陌做了个手势，萧锐却只是干笑着说道："第一，一万五是来回程机票，第二，我在飞机上的工作被你打断，因此耽误了六个小时，我需要个安静的地方补回这损失，但我不想把时间浪费在找酒店上。"

自以为是的人从来都不会把普遍认同的法则当作做人的标准，像萧锐这样的男人就属于这类人中的极品战斗机。

"你不要跟着我，我随时会报警的。"

“报警？咱俩在酒店预订单上可是一间房的男女关系，你报警说我要去酒店？还是说，你……”萧锐眼波一转，“投案自首，敲诈我？”

“你不用威胁我。我可不会怕你。”

“是你在威胁我，不是我威胁你。”萧锐披上西装，眼角满是揶揄之色。

这副姿态俨然一张甩不掉的狗皮膏药，吃了自己的豆腐还装成受尽她欺凌的模样。白小陌心中愤愤这男人的霸道，心里盘算怎么逃脱，趁他看表整理衣服的间隙，蹑手蹑脚地从他身后一溜烟地跑了出去。瞅着自己的行李从传送带上出来的机会，白小陌赶紧一把抓了就往人群外冲。

然而，这里陌生的一切却让白小陌失去了方向。白小陌看过很多攻略，可在这一刻，她发现所有的字都成了一片空白。攻略上写了什么，竟然记不起来。她推着行李车，不同肤色的人从她面前晃过，听不懂的各式语言杂乱地包裹着她。

她试图找人问该如何去酒店，可却发现在这样一个陌生的环境里，即便会一口流利的英语，也只能孤独地不知东南西北。

她该怎么办?

异国他乡，她小小的身影没有另一个人的陪伴，恍然间涌上的恐惧激出了眼眶中的泪滴。

蓦地，手被一把拉住，她只是看到他的身影擦过自己，将自己拖离了原地。

“你干吗呢？”

“你挡别人的路了。”白小陌顺着他的目光看去，一辆粗黑轮子的运输车驶过刚才的地方。

“跑这么快，想甩了我？”

在浦东机场，她是有票的主儿，到了慕尼黑机场瞬间成了流浪他国的人。虽然委曲求全不是她的性格，但想到他顺溜的德语能帮上自己，白小陌只能压了压快跳出喉咙的反驳，柔声道："我可没想甩掉你，只是拿了行李看不到你的人影而已。谁让你动作迟缓？"

"把酒店预订单给我，我开车过去。"

"孤男寡女的，我和你又不熟。"

"像你这样的女人，我不会有什么想法。与其看你，还不如看电脑。"

"我怎么了？别以为人身攻击，我就得腾给你地方。"

"人身攻击？难道你有C吗？"

"C？什么C？"白小陌还在琢磨C是什么，萧锐已经从她手里抽走了酒店预订单："Treff。你是维罗朗集团的人？"

"关你什么事？"白小陌一把抢回用公司渠道订的酒店预订单，扬眉瞪眼道："怎么，知道我是大公司的人了吧？我们维罗朗集团的总部可是在慕尼黑的。要是你对我不利，小心我们集团总部的人把你挖地三尺找出来。"

萧锐鼻子轻哼了下，拉起手中的旅行箱："想要去酒店又不想掏钱的，就跟着我。"

"喂……"

白小陌的喂声虽然响亮，但很快便吞到肚子里。偌大的慕尼黑机场，陌生的环境迫得她不想再重复几分钟前自己差点落泪的窘态，撇嘴提起行李，赶紧朝已经走出十来米远的萧锐喊道："等等我！"

慕尼黑的天空比上海清澈许多，蒙亮的天虽未见蓝色，但却是闻不到黑色小颗粒聚集成的味道。萧锐用Hertz卡租到了车，车子是国内少见的白色敞篷式高尔夫，白小陌坐在里面，给自己的父母发了短信，冷不丁地听到手机响了起来。

是贾少辰的电话。

"贾宝宝。"

白小陌欣喜地应答，不想萧锐朝自己瞟了一眼，于是压低声道：

“我到慕尼黑了。”

“我知道，都算好着呢。刚才打你电话没接。怎么样？有没有被金毛蓝眼的家伙为难？”

“哈哈，你看我这么聪明伶俐的样子，能被那些机器人一样的入境官为难吗？”白小陌边扯谎，边偷偷地瞟了眼萧锐，看萧锐唇角半勾不勾的模样，她就知道这男人心里是腹诽暗笑了无数次。

“恩，大部分拦住的是单身美女，我想他们不会拦你的。”

“咳咳咳，贾宝宝，你这话够伤人的。”

“谁让你听了半段儿。”

“那后半段儿呢？”

“他们怎么能欣赏得来真正的中国美女。”

白小陌一听，咯咯地笑了起来：“贾宝宝，还是你最好，你要吃香肠吗？我给你偷偷带香肠回去。唔，我最想送你布谷鸟钟，可中国人又不能送。好了，不和你聊了，国际漫游太贵，多出来的钱可以多买一根香肠了呢。”

结束对话后的白小陌显得十分满足，任谁都看不出她是刚刚结束了一段爱情的失恋单女。仰靠副驾上，白小陌听着广播叽里咕噜的德语，再次喃喃道：“告诉我，啥叫烦萝卜。”

“呵。”萧锐坏坏一笑。

一条短信跳入白小陌手机：可靠消息，公司会有新高管空降。

很快又一条短信跳入了手机：不想说太多，只能祝你旅途愉快。肖瑞。

“公司地震了，也不知道是男是女，是胖是瘦，是好看的，还是丑的。哎，只要别影响我这只小虾米就好了，不过，要是个帅哥就好了，和贾宝宝一样的美男也成。”白小陌嘴里念叨着第一条短信，脸侧靠在座椅上望着外面想着第二条短信。她和肖瑞相处了近一年，她原以为这次德国之行终于可以破除自己爱情保质期不到一年的魔咒，然而现实骨干得让她瑟缩，魔咒仿佛已经紧锁了她的姻缘。虽然她反复地骂肖瑞是贱男，可这一年来与肖瑞的感情却是真实的。在去德国之前，他还说过不以结婚为目的的恋爱是不负责任的。然而，到最后，他还是离开了自己。以一种莫名其妙的方式消失在旅途的起点。

一份稳定的爱情真就这么困难吗？每回父母劝自己不要总是以玩的态度去对待爱情，她只能“嗯嗯”去附和。他们不会了解，其实自己从未把爱情当作一种过家家的游戏，只是到头来那些负心的男人总是莫名其妙的失踪。

“你在维罗朗集团多久了？”

白小陌看了眼萧锐，说道：“关你什么事？”

然后别过头继续看窗外，回想这段十多个小时前结束的感情。一个人的旅行就这么开始了，想起来真是寒碜与辛酸，泪不禁溢出了眼角。

“哭了？”

“风吹进眼睛了。”白小陌下意识抬手抹了泪，继续看窗外。忽然，车子的顶篷打开了，镶着星辰的蓝黑一览无余地出现在白小陌的眼帘里，扎起的头发被风吹了起来。

“你干吗？外面风这么大，冷死人了！”白小陌手忙脚乱地整理散乱的头发，却不想被萧锐拉下手，回道：“反正也吹进眼睛了，不如多吹点。”

“疯子。”白小陌拗不过他，按着被风拂乱的发丝，嘴里则叨叨着骂他。

“晨间的慕尼黑很美丽，多看看星星，回去就看不到那么多了。”

“哼。”

“又来驴哼。”

“讨厌！”

萧锐一笑，敞篷车内传出白小陌气鼓鼓的回音。

约莫二十多分钟的工夫，车到达了酒店。酒店的开间十分小，小得几乎找不到。白小陌心想，要不是萧锐领她来，她压根找不到这么一间酒店。

酒店接待处的侍应生是个膀大腰圆的大胡子男人，他十分热情地与萧锐说起话来。

“把预订单和护照拿出来。”

“Twin Beds，Twin Beds（两张床）！”白小陌一手拿出护照与预订单，一手伸出两手指在大胡子男人面前晃。大胡子男人虽然脸上笑着应她，目光却瞥向萧锐。

萧锐的手机突然响了起来。他再一次演绎了自己完美的德语，白小陌听不懂，却见大胡子男人脸上堆了更多的笑容。

“下午一点后，我会去铂尔曼酒店。”

铂尔曼酒店是雅高旗下的奢华酒店，白小陌虽然没有住过，但却知道铂尔曼在上海的店是价格不菲。看样子是他的身份让大胡子男人心生了些许的艳羡。

“你有住处就最好了，免得寄我篱下，蹭我的房钱。”

大胡子男人办事很利落，很快就递了两张房卡到萧锐手上。白小陌嘟囔着自己掏钱却让萧锐占了便宜，跟在萧锐身后不停追喊：“给我房卡。”

“自己走快点。”

“腿长欺负人嘛！”

萧锐停了脚，白小陌得意洋洋地以为他是听了自己的话，不想萧锐拿了房卡直接打开了房门。白小陌扔了行李就往里头钻，还一把从萧锐手中抢了房卡。

“你干吗？”

“怕你鸠占鹊巢。”

“鹊巢？”萧锐冷嗤一声，拉着门提醒道：“那就快点提上你的稻草来你的鹊巢。”

白小陌扭头拿着卡回到自己扔行李的地方捡拾起来，拖往自己的房间，不想萧锐已经松了手。门一下关住了，要不是刚从他手里夺了卡，这会儿还真被这该死的斑鸠给占了巢呢。

没想打开门后，萧锐已开了空调坐在电脑前，俨然一副主人的模样。

“你倒是很自来熟嘛。”

“白小姐，接下来的几个小时，我要工作。你想睡觉的话就睡，想洗澡就洗。只要不打扰我工作，大可随意。”

“萧锐，这房间是我的，凭什么我要迁就你？”

“你不是把我当作斑鸠了吗？鹊和鸠之间是没有共同语言的。”

写字台上的灯是暖色的，映在他的脸庞上衬出俊朗的相貌。白小陌撇撇嘴，心里恨不得要把这该死的斑鸠一下踩扁，却也寻不出反驳他的话。

“自说自话的家伙。”白小陌嘟囔了一句，找出房间里的拖鞋，因十二个小时旅途变得肿胀的双脚被厚实的软拖鞋一包裹，温柔的感觉顿时涌了上来。

其实，他说得也对，自己的确该好好地洗个澡，调整下时差，好好规划下旅行路线再出去玩。白小陌整理了一番箱子，拿出自己换洗的内衣，突然脑海里闪过他的一句话“难道你有 C 吗？”，原来指的是罩杯。

淫荡的色斑鸠，斯文其外，情色其中。

为了防止萧锐一切可能发生的举动，白小陌做足了功夫，反复检查与验证了卫生间的锁是牢不可破的，这才带了衣服进卫生间。

水的压力很足，热气腾腾地溅在玻璃上，很快蒙住了每一寸透明的地方。白小陌擦破的伤口隐隐作痛，然而，这痛却抵不过心口的伤。她仰着头，任水打在脸庞上，狠狠地洗涤脑海中闪现的她与肖瑞的记忆。以往，每一次失恋，贾少辰都陪在她身边。可是这一次，她却只能独自一人在陌生的国度里逃避。

孤独地承受，孤独地流泪，原来这痛，是逃不过的。

“啊！”

淋浴的水骤然冰冷，白小陌浑身一个激灵，在洗手间里大叫，整个人像触电似的踩来踩去，水花溅在玻璃隔断上，将热气打散。

“笃笃。”门外传来男人低沉的声音：“什么事？”

“我，我警告你，别进来。”

白小陌颤抖着关了水，慌乱地抓起白浴巾裹在身上。身上的热水滴骤然变冷反噬起周身的热量，白小陌哆嗦地穿起内衣，又裹上白色浴袍，外面的人却仍在敲门：“是见老鼠了还是蟑螂了？”

“你怎么这么啰唆，看你的电脑去！”白小陌冷得瑟缩，裹着白色浴袍开门，只顾着往外钻，不想整个人撞了萧锐一个满怀。

“没热水了？”

“破酒店。”白小陌气鼓鼓的脸庞垂落了几缕湿漉漉的发丝，萧锐见她一下子坐在床上，生怕她着凉，随手拿起桌上的电话叫客房服务。白小陌像只淋了瓢泼大雨的兔子，蜷缩在床上瑟瑟发抖，不停打喷嚏。见萧锐出门与客房服务生说话，她一骨碌钻进羽绒被里，把整个身子像包饺子似的包裹起来，浴巾凌乱地耷拉在肩上，只是间隙听他又提了“烦萝卜”。

萧锐回房间的时候，手里提了瓶红酒，娴熟地打开酒瓶，倒了少许到玻璃杯中，然后朝她走过来，说道：“把这喝了，驱寒。”

“别过来！别，别装好人！”白小陌从背后抓出只枕头，就像是找到了最强有力的武器对着萧锐说道：“我警告你，别想占我便宜！阿嚏——”白小陌伸长了脖子，一个喷嚏从鼻腔冲了出来。

“装好人？我犯得着吗？装总有个目的吧？就你这样，没钱没色的，我犯不着。”

“喂喂喂，不带这么人身攻击的。”白小陌抹抹鼻子。

萧锐没好气地绕过白小陌的“扫射范围”，放下红酒杯，转身回到书桌前，边敲着键盘，边说道：“不想带病旅游，最好喝了它。还有，我说过，我对一个不上 C 的女人不会有兴趣。别成天幻想我会对你做什么。”

“哼。”白小陌哼哼，朝他背影吐舌头，撇嘴腹诽：就你这色斑鸠成天脑子里只晓得 C 罩杯，往后一定被 C 罩杯闷死在怀里。

谁知，才刚咒了两句，鼻子一痒，又接连打了两个喷嚏，白小陌鼓着腮帮捂鼻子斜瞥了眼红酒杯。猩红的液体在灯光下微泛出浅金，就似迷醉的良药在恣意地散发芬芳的气味。失恋不都该来些酒吗？没有酒，没有醉，自己的感情能算真正画上句号吗？淋浴中突然横出的岔子，或许都是在提醒她该喝些酒，好好地忘掉过去。

“肖贱男。”

白小陌拿起台子上的红酒杯喝了几口，冰冷的液体在喉咙迅速燃了起来，很快焚热每一处冰冷的地方，床头的暖灯亦成了辉映的灯火，渐渐地撑满了眸瞳。

借酒消愁，才不是呢，她是因为怕在德国感冒才喝的酒，她才不会为了那段该被忘却的感情动了消愁的念头。不会，绝对不会。

“肖贱男！你等着，等着我回去好好修理你！”她的脸上漾起一副痛恨又苦涩的笑，酒精就似一剂解脱的药将所有的痛从内心深处挖掘出来。爱情的魔咒，为什么他们都会离开自己？为什么都会失踪？

“我一定会找个比你好上一千倍的男人。一个，两个，三个，你们都好好看着。我要找一个比你们好上千百倍的男人，甩了我，是你们的损失，大大的损失！”

“你不会喝酒？”

白小陌看到人影在面前晃，红酒杯歪在手里，面前的人一把夺了过去，她伸手去抓，却像幻影一样捉不住。

“你！叫 XIAORUI 的都不是好人！”傻傻的笑容清晰地映在脸庞上，她一把抓住他的领子，一股酒气扑到他的双颊上：“都不是好人，放我鸽子，有种，有种的话就当面和我说分手！玩失踪！你们每个人都和我玩失踪！”

“白小陌。”

她好像听到面前的人正喊自己的名字，努力睁大醉醺的眼眸，直起身子，却一下栽倒在男人的怀里。红酒的味道夹着她湿漉发丝间的香气萦绕在他的鼻下，带着泪水的眼睛盯着他几秒后再一次往怀里倒去。

“喂，你这女人……”

他只说了半句，就意识到自己说再多的话不过是画蛇添足。她已经沉沉地睡了过去。

口口声声说要防着自己，眼下却敞开了所有的安全底线，就像明明失恋了，却还要故作坚强地与他争论些无所谓的事。不知那个和自己名字发音相同的男人为什么会甩了她这么一个大条的女孩儿？

爱情，局内的人总是迷茫不知，而局外的人却同样解不出个中的谜。

萧锐回头看了眼亮着的笔记本，低眉又瞧了瞧怀里的女孩儿，湿湿的发丝贴在红彤彤的脸颊上，唇间吐出的气息夹杂了重重的红酒味。看样子，老天安排他们见面，是注定让他来善后的。

“肖……贱……男。”

他正这么无意地看着，白小陌突然从怀里立了起来，闭着眼睛一把搂住他的脖子就贴上嘴唇，“哼哼”傻笑了两声，就像时间定格一样，停了几秒，又滑回到他的怀中。萧锐被她酒后“壮举”怔了一下，幸而，她没睁开眼睛，否则的话，被吃了豆腐的自己反要被诬陷成趁火打劫的色狼。

这情况，究竟是谁占了谁的便宜，还真是去了警局都说不清楚的事。萧锐长舒了一口气，哀叹自己今天就落了这样的命，只能顺着把事做好。原本打算把手头的工作理顺，可大部分时间却都在帮这大条的女孩儿擦头发铺被子。好不容易停当了，手机却响了起来。

“Wilson，回慕尼黑了吗？”

“我回来了。”

“她走了？”

“是，她走了。”

“非常抱歉，她还很年轻。”

“是。”他想不出更多的词汇，只觉着喉咙被堵住。

“总部派你去中国区的事要提前，方便的话，现在就来我办公室。”

“好，一会儿见。”

萧锐挤出几字，庆幸电话中不需要再说更多的话。他坐在床沿，打开怀中微旧的皮夹，一片干得发焦的银杏叶覆在彩照上，女人的脸庞隐在后面。

他是否真的怨恨过她？也许咬牙切齿地恨过，可也撕心裂肺地爱过，是恨多过爱，还是爱多过恨，一切，也许不再重要。她走了，离开了还存在着他的世界。他没有见到她最后一眼，他想这或许是他们之间最好的结局。

不再相见，就不会再相欠。

萧锐拖着行李箱离开房间的时候，床头传来一句“烦萝卜”。这傻傻的女人，听个话还能听岔了。

他回头，关上门，看着门缝消失。

或许，很快他们会再见。

Chapter Two

空降的高管

“烦萝卜”究竟是什么意思，白小陌始终不清楚。

她曾张大嘴学着萧锐说话时的腔调问德国人，可惜，大家都只是摇摇头不知所云。

“Jane，你学过德语啊？”德国回来后的一个礼拜，白小陌就像中了邪似的，但凡看到黑红金三种颜色就想到德国。隔壁办公桌的简希趁着午后空闲的日子收拾桌子，不想一本放在桌上的德语字典进入了白小陌的眼。

“学过点儿，不好学，什么阴性，中性，阳性，这个格，那个格的，难得要命。”

“那我问你，你知道什么叫烦萝卜吗？”

“烦萝卜？这是德语吗？”简希圆脸蛋，眼睛不大，白小陌问的棘手问题显然让她觉得十分困难，五官不由皱在了一起。白小陌趴在隔挡上，讲述起情景：“场景是男人搂着女人，说了什么什么烦萝卜的。”

“不懂。”简希摇摇头。

“哎呀，烦萝卜肯定是某种很暧昧的词，唉，我也不知道怎么形容，反正和男人女人有关。”

“我说小陌，你是不是在德国有艳遇啊？怎么净说些怪异的话。可是不对呀，你不是和你男朋友去的嘛。”

“我当然是和男朋友去的。”

简希是和自己关系最要好的女同事，可她也是最八卦的女同事。什么事到她嘴里，经过咀嚼，就像涂了酱的麻辣烫一样，各种滋味。在德国收到的那条短信就是最好的力证。若是让她知道自己失恋了，那从此刻到午饭这短短两个小时，楼层的保洁阿姨就得逮着她，积极主动且毫无保留地说亲了。

“那你干吗问我什么烦萝卜？有问题。”简希拖着调调兀自地说着，白小陌已滑回自己的办公桌，嘀咕起来：“烦萝卜，难道是我听错了？”

枕着头，白小陌一手滚起手中的鼠标，手肘冷不丁按到了手机，弹出一张照片：色斑鸠的身份证和护照。这是她在浦东机场拍的，以备不时之需。

“唉，我和你说话呢。”白小陌对着手机皱鼻，简希已走到她桌旁，凑过身说道，“你在看什么这么入神呢？”

“看什么？看 PM2.5 呢，琢磨着是不是要去买防毒面具了，我在国外的时候一点儿也不担心，人家那叫一个秋高气爽，我们这儿是雾里吸尘。”

“鬼才相信你在看指数。”简希踮了下脚，臀部搁到了白小陌的楠木桌上。白小陌一扔手机，直接拍了一下简希的腿：“拜托你看看你的臀围，把我的桌子给压塌了。”

“少来，和你说正事。”

“什么正事？”

简希通常把她要说的事都称为正事，说多了，就像狼来了。白小陌已经不怀任何期待，只是给她些目光以表示自己的礼貌。

“我不是给你发过短信嘛。就那件事，很快就会有动作了。”

“动作？来个人就有动作，不是走个人才有动作的吗？”

“瞧瞧你这木瓜脑袋。你知道吗？我听说行政部经理 Alice 这几天都不在，原来是亲自去为人家选进口办公室家具了。”

“哦。”

Alice 是个挑剔的女人，可私下里却是公司有名的恨嫁女，大凡公司里能入得了眼的男人都会被她盯上。只是不知为什么，美貌的墙头草却总也找不到面墙来依靠。坊间传闻说 Alice 经常逼得太紧，让男人们窒息了。白小陌每每听到她战败的消息，就会一声叹息。不过，五十步笑百步，她是有男朋友，却总也走不到头。

“楼上那办公室你去参观过吗？三间经理室打通成一间，整个装修在你出门的那些日子都搞定了。”

“豆腐渣工程？”

“瞧你说的。”

“十多天就都装修好了。要说不是豆腐渣工程，那就是……”

白小陌一起身，一把搂过简希的肩膀，在她耳边说道：“想毒死新来的高管。”

“你还想不想活了？”简希瞪眼。

“Jane，你的客户调查报告完成了吗？”经理方敏之的声音突然在走廊响起。自从公司把所有的地板换成地毯后，领导总能像鬼魅一样出现在员工身旁。

方敏之超过八公分的高跟鞋再也不会发出警示音，只是话中带刀的锋利让简希吓了大跳，压在桌面上的臀部立马滑了下来：“我，我马上做。”

“Melody，到我办公室来下。”

白小陌随手拿起一个笔记本，跟着风姿绰约的女人进了办公室。

“坐。”

方敏之穿着一套灰白色裙式职装，头发绾在后边，在鹅蛋脸两旁的白金耳环衬得她素雅干练。

“嗯。”白小陌坐在方敏之的对面，一手摊开笔记本准备记录。方敏之是要求很高的上司，她不喜欢下属忽略她的任何一句话。

“不用记什么。”方敏之反常地让白小陌合上笔记本，白小陌抬眼看她，只见她的双唇涂着公司名下秋季私语系列的暗红色口红，虽然不是自己喜欢的颜色，但很衬她的肤色。作为客户关系经理，她既不脱离时尚，又懂得低调，全身上下的化妆品都出自公司，充分向老板表达了忠诚。

“德国玩得不错吧？”

“恩。挺好的。”

“对了，上次你做的 Analysis 不错。”方敏之笑着看向白小陌，眼里流出满意的神色。能得到挑剔上司的垂青，自己当然是很欣慰，要知道这是她花了大半个月的时间跑市场，跟咨询公司交流才做出的建议书。对于长期习惯于在办公室坐着享受空调咖啡的美女而言，她手头的这些数字可是臭汗累累的结果。

“谢谢。”

“不过，还有些地方需要提高。你这两年多在客户关系部门一直很努力。上次年度年终工作总结的时候，我也和你说过，有机会的话，我会推荐你。”

“机会？”

白小陌脱口而出。在维罗朗这么大的欧洲企业想要有发展的机会，除非是上司肯给你机会，否则的话，五年之后只有两条路，一条是辞职另谋，一条是做一块磨圆的石头等待前浪死在沙滩上。

“公司最近的组织架构会有变动，相信你也得到了些小道消息。”方敏之越过白小陌的肩膀，目光指向办公室后的磨砂玻璃，“公司很快会来一位新高管。”

“嗯？”

“因为公司未来要大力拓展中国业务，所以总部派了一名新高管到中国区来。”

白小陌点点头，就像方敏之说的，公司的小道消息永远都在看不到的地方流传。简希这只大喇叭在客户关系部门，知道这消息也不奇怪。方敏之继续说道：“因此，公司要建立一个新部门，需要调些优秀的人才过去。”

优秀的人才。她被定义成优秀人才了？

白小陌就像偷到油的老鼠在窃笑着，摆弄起笔记本上搁着的笔，听方敏之的安排：“我向人事部推荐了你。”

跳动的心噗通噗通地在嗓子眼里奏乐，机会，发展，高升，情场失意，职场得意。真理啊，简直是太真理了。

“谢，谢谢。”

舌头居然兴奋地打结，她能看到方敏之欣慰的眼神与温和的气息扑面而来：“周三的时候，人事部会安排所有 Candidates 接受 Wilson 的面试。”

“Wilson？”

“新部门战略市场开拓部总监。”

关于维罗朗中国新部门战略市场开拓部总监 Wilson 的各类消息就像秋风卷起的落叶，从遥远的欧洲大陆吹向东方的上海，白小陌从来没有像这些天一样，万分期待见到未来的上司，这个素未谋面的男人好似海上的灯塔，即将领她进入事业更光明的地方。

周末，白小陌拉着御用陪逛师贾少辰去买面试的衣服，只是今天的贾少辰却有些心不在焉，陪在身旁逛了三小时，非但没有说上一句有建设性意义的话，反而总在看手机。白小陌大步走到他身旁坐了下来，指着 BA 手里的几件衣服问道：“替我拿个主意，买完就去买奶茶喝。”

“哦。”贾少辰冲白小陌笑笑，茫然地看着笑盈盈的BA拿着几件衣服。说实话，他真选不出来，心里积着不少事，根本没有在意白小陌刚才的试衣效果，迟疑地露出浅浅的酒窝：“被你传染，得了选择障碍症，衣服都挺好看的。”

“哦，美丽的小酒窝。”

白小陌伸手按按他唇边的酒窝，她最喜欢对他的酒窝毛手毛脚，随后调侃道：“我说你是不是在和酒窝公主闹别扭啊，眉头锁这么紧？”

几年前，贾少辰告诉白小陌女朋友酒窝公主在外地工作，平时只能用网络联系。没想到她竟然信了。这应该是这些年自己编造最拙劣的一次谎言。若她不信，他真会暗自高兴，可她信了，甚至连半点妒忌都没有，反而问他酒窝公主的消息，他感觉那一刻，自己整个心都随着她的问话垮塌。现在，每当她问起酒窝公主时，他都忍不住皱起眉头，这般看着她，很想告诉她他心里的酒窝公主就是她，可每回他张口的时候却只能回避：“没什么，我会处理好的。”

“我说贾宝宝，男女朋友吵架是再寻常不过的事，多让着女孩子些嘛。就像让我一样，让着她嘛。”白小陌抬手用指头按在他唇角两侧往上提，自己粲然一笑。

宠你，让你，是我唯一能做的事。对不起，我不能再向前一步。

贾少辰凝视频着她的脸庞，她无法看到自己的心，可他却因她的笑容而愈发地疼痛。说不出的爱情，就像闷闭在一个没有窗户的房间中，窒息得无法呼吸。

手机铃声突然响了起来，贾少辰好似忽然寻到了一处可以躲防的角落，赶紧起身朝专柜外走去。

电话是亲信小林打来的。

“总裁，我查到了，那天与白小姐坐在一起的男人是萧锐，维罗朗集团德国总部的人，这两天刚派遣到中国区，说是做市场开拓部门的总监。”

“市场开拓部门总监？”贾少辰脑海中突然闪过白小陌的话。那个叫萧锐的男人极有可能就是她未来的上司。他们一起坐了飞机，又一起消失在自己面前，甚至还去了同一家酒店。他们兴许很快就会在一个办公室朝夕相对。贾少辰捏着手机的手不由收紧，电话那头继续道：“是，不过进一步的消息，我还没有打听到。”

“知道了。”

“哦，对了，刚经过您办公室的时候，看到洪董事朝苏秘书发火。”

“没事，我会处理。”

贾少辰挂了电话，站在橱窗外，看着玻璃另一端的白小陌，他们之间的墙就像这道玻璃门一样。近在咫尺，却无法走近。他几次想要敲破这道屏障，可最后都收住了手。他怕陪不到她最后，留给她的只有创伤与痛苦。宁愿，就这么站着，不被她发现自己的心迹。

“小姐，其实这件黄色配紫裙也很好看，很显肤色的。”

“黄色是好，不过，我很迷信，黄色会把事情搅黄。”

“要不，配这件卡其色线衣吧，这件线衣和风衣是一个款式的。”BA 在旁继续温柔地推荐道，白小陌想她们这么热情估计是在用眼睛吃贾少辰的豆腐。她觉得带着贾少辰出来逛街是件挺有面子的事，冲他的长相，店员都能热情很多。

“还是只买这件吧。”

“真不买啦？过几天就得去我们新地百货 New Centry Mall 的专柜买了，到那儿可就没有折扣了呢。”

“你们生意真好，新地百货的进场费不便宜呀。”

“没办法，现在就两个渠道好赚钱。一个是网络，一个就是高端百货店。这几年，新地百货在全国开花，新闻里说，最近在韩国首尔还要开店呢。”

“是吗？”白小陌坐在沙发上漫不经心地说道。

“是啊，听说新地集团总裁是年轻的富二代，长得很帅的。”另一位 BA 一边整理架子上被翻乱的衣服，一边说道：“极品钻石王老五，一直很神秘的。不过，New Centry Mall 开业当天，他该是露脸的吧。”

“露脸？就是露脸你也没有机会啊。”

白小陌记得在飞机上也曾听过两位空姐讨论新地集团的总裁，想起那只色斑鸠一脸艳羡的傻样，不禁哈哈地笑出声。

“说不定他看上我了呢？王子看上灰姑娘的事谁也说不准呀。”

贾少辰朝白小陌的背影涩涩一笑。灰姑娘或许是个女汉子，他有时会想，白小陌要是哪天知道了他的身份，会不会抄起个家伙就打他一顿。因为害怕失去，他才把这谎撒了这么多年。如果可以，他想把谎言继续到她不再需要自己的时候。然而，他又矛盾地惧怕这一时刻在未来某天突然而至。他不想任何一个男人把她从自己身边抢走。

贾少辰走进店，女人们议论的声音很快偃了下去。她们似乎急于回到现实去看面前拿着奶茶的帅气男人。白小陌转眼看贾少辰，迅速目光移向他手中的奶茶，眼睛眯成一条缝。知她者莫若贾少辰。贾少辰把奶茶塞到她手里，接过 BA 手中的拎袋。虽然他知道白小陌不宽裕，但他从不替她买单，替她付钱就是对她不尊重。

“真是二十四孝男友呀。”女人们并没有因为他没买单而说他的不是，反而私下认为他给了白小陌附卡。

“二十四孝男友。”白小陌学着 BA 的话重复了一遍，顺手按了下贾少辰的酒窝，手指一弹，说道：“让我好好珍惜你吧，什么新地集团极品钻石王老五，呼，在我面前就是一粒灰尘。”

贾少辰尴尬地笑笑。在她的面前，自己的确就是一粒灰尘，只是他好想牢牢地附着在她的身上，就似菟丝子一样粘着她。

白小陌喃喃道："说真的，要是你的酒窝公主回到上海来。我就得让位了，那时候，真不知道去哪儿找人帮我买奶茶、拎手袋呀。你说，为什么我就只能遇上那些不靠谱的男朋友呢？"

"还没找到肖瑞？"贾少辰眸瞳里闪过一丝伤感。

"蒸发了。"白小陌做了个烟上升的动作，"就像一缕青烟，消失得无影无踪。第三个，第三个没心没肺的男人失踪了。不过，失踪了好，失踪了，我的事业就抬头了。"

"你太紧张这次面试了。"

"紧张？我有什么好紧张的。"说罢，白小陌猛喝了一口奶茶，却被热烫的液体灼得一疼，全喷了出来。

"烫伤没？"贾少辰拿出纸巾，白小陌手忙脚乱地跳来跳去，顾不得什么纸巾，一把抓起贾少辰的衣服就往嘴上擦："你知道吗？战略市场开拓部门是新部门，看公司里对那个叫 Wilson 的态度，就知道他是个腕儿级的人物。我经理已经推荐我过去了，他要是接收我，我想我一定会有无限的发展空间。"

"你认识他吗？"贾少辰听着她反复念叨另一个男人的名字觉得刺耳，手却替她擦衣服沾到的奶茶渍。白小陌正享受最美好的闺蜜服务时，突然身体被他猛地一拉，两人一块贴到了通道墙上。

"你干吗？"

"没什么。"贾少辰往外看了眼，低声道，"看到老板了。"

"老板？喂，你有点志气好吧。老板有啥了不得的，至于这副样子吗？"

"我和老板说不舒服才有机会来陪你 Shopping，要是被他逮到在这儿逛街，不咔嚓我才怪。"贾少辰看到一个不该看到的人，因而找了理由往后退。

“咔嚓你。像你这么为他加班疯狂的人，他要是舍得咔嚓你，姐姐我去扒他的皮，抽他的筋。”

贾少辰像因为白小陌的话怔住似的，盯着她看了良久，白小陌扑哧一笑：“小弟，你知道你脸上写了什么？”

“嗯？”

“仰视与佩服啊。打小时候我这美女救你那次起，你就一直佩服我到现在，不用言表，我懂的。”

白小陌欢乐地点着他的鼻子大笑，贾少辰连连说她损自己的功夫与日俱增，明明是比自己小好几岁，却总要以“姐姐”这样的称呼自诩。欢乐的笑声肆无忌惮地绽放在商场里，久久地，无法散去。

周三的面试悄然而至。白小陌反复告诉自己必须毫无退路地赢这次面试，证明自己的实力。多么耀眼的前途向她招手，她有什么理由去拒绝升职加薪的机会？

“Melody。”人事部专员何丽喊了一声，白小陌骤然从梦中拔出自己。

“你怎么在这儿呀？今天不是要面试吗？”

“不是在你们会议室面试吗？”何丽的问话让白小陌一惊。

“是在 Wilson 的会议室啊，之前 Cindy 发邮件 Update 过了。”

在 Wilson 的会议室？她明明记得自己收到的邮件通知是人事部会议室，怎么一下子成了 Wilson 的会议室。Wilson 那层楼是高管楼层，她上去的次数两只手就能数得清，更不用说那间专门为他订制的会议室，她连半只脚都没有踏入过。

“糟了！那岂不是快迟到了？”

未来的上司 Wilson，人事总监 Jackie 和销售总监 Robert 都是面试官。这么多的高管，她居然要迟到了，来不及听清何丽的话，白小陌等不了电梯从一楼上来，急忙踩着八公分高跟鞋，咬咬牙往百来阶的楼梯跑了上去。

她感觉自己的喘息声早已被“不能迟到”的念想吞没，她绝对不能错失这次难能可贵的机会，这机会就在自己的手边，绝对不能让它溜走。

“我再去催催。”

“不用了，通知下一个。”

白小陌推开沉重的紧急通道门闯入高管办公区，冲着会议室前两人喊道：“等等，我来了。”

人事部经理 Cindy 优雅地站在门前，扫了眼白小陌，冷蔑道：“这么重要的面试，你晚了八分钟。Sorry，我帮不了你。”

“迟到八分钟？”白小陌耳膜里回荡着心脏与呼吸的声音，Cindy 的话让她一下懵了，直直地看着 Cindy 那副冷淡的模样，解释道：“我没有收到……”

“方经理推荐你是充分相信你，没想到，你却不重视。”Cindy 打断了白小陌的话。

“我一直在楼下等，刚才遇到 Lily 的时候，我，我记得明明还有时间的。怎么可能会晚呢？”

“Sorry，事实上，你的确是晚了八分钟，虽然我和方经理关系很好，但也帮不了你。”

白小陌气喘的身体仿佛凝滞在干燥的空气中，闪现在自己面前的机会就像一抹轻烟正从面前溜走。为什么自己没有收到更新的邮件，为什么人事部会议室的钟会比正常时间慢呢？疑窦就像是一片雾霾，重重地遮蔽了视线，她甚至怀疑自己是不是因为太在意这次的面试，产生了幻觉，直到 Cindy 转身丢下她，迎上打开会议室的人热情说道：

“Wilson。”

她才发现，自己竟是真的迟到了。

“有 Espresso 吗？拿铁有些腻。”

“有。” Cindy 语气温柔地招呼一旁的下属道：“为萧总换杯 Espresso。”

这么熟悉的声音。

颓丧低着头的白小陌听到声音的刹那猛地抬起，瞬间锁住了对方的模样。

什么？

他？

他是 Wilson？

他就是 Wilson？

那个亿万分之一机会坐了肖贱男飞机座位的男人。怎么会是他？不是说世界有七十二亿人吗？七十二亿一半是男人的话，也只有三十六亿分之一的可能。Wilson 可以是 A，是 B，或是 C。可为什么偏偏是他？

白小陌想到这里，猛地低头，赶紧转过身。

惊雀一样的背影早就落在萧锐的眼里，这没有大脑的女人，难道以为像鸵鸟一样转了身，就能躲得了自己？在慕尼黑酒店的那天，他就知道转身之后一定会再遇到她，只是没有想到时间竟然短得让他自己也有些惊愕。

“这位是面试迟到的同事吗？”

“呃……” Cindy 拖延着调子在想回答的词句。

该死，居然被他发现了。

“既然迟到了，怎么还愣在这儿？”萧锐撇开愣那儿的 Cindy，走到白小陌身后停了脚步。白小陌咬咬牙，他一定是知道了自己的身份。白纸黑字的推荐书，慕尼黑一字一句告诉他自己是维罗朗的人。该死的色斑鸠，明明那时候就知道自己和他是一个公司的，居然能摆出装作不知道的样子。

“有什么问题吗？”

萧锐又问了一句，心里窃笑这女人心里一定是在愤恨怎么这么倒霉撞上了他？看她花了心思打扮自己，此刻估计是连挖坑遁走的心思都有了。

“我，我迟到了，所以，所以……”

“Melody，萧总都开口了，怎么还愣着，快进去吧。”

Cindy 并不知道两人的关系，见萧锐问白小陌，自然赶紧催促白小陌。白小陌低头转了过来，萧锐高高的身体刚巧挡在她面前，而他低眉坏笑地看着她，轻轻打招呼道：“这么快就见面了。”

白小陌鼓起腮帮抬头瞪了眼萧锐。她不要做他的下属，打死都不要做他下属，早知道他就是新部门的总监，她连半只脚都不想踏上这层楼。

“不要让大家等着。”

萧锐丢下句话，转身轻咳了一声，俨然一副得意的领导样子，把白小陌甩在身后。白小陌还想冲他瞪眼，没想 Cindy 已经对她递了眼神。她原本多想得到这工作机会，现在她只想脚下生风地遁走。可形势却不容许她这么做，白小陌琢磨怎样把自己表现得差些，好让他们把自己从名单上筛掉。

“白小陌，维罗朗中国客户服务部门工作两年九个月。”萧锐穿了蓝色星点衬衣，打着深紫色领带，样子一如之前在浦东机场那日，干练英俊，微微勾起的唇角隐隐透出戏谑的意味。他翻了手旁的文件，简要地说了句关于白小陌的信息。

白小陌默不作声，看着面前的人，恨不得一下把他吞进自己肚子，好让他闭嘴。

“方经理在维罗朗中国已经很多年了，她推荐你来面试，一定是对你很满意。不过今天你迟到这么久，看样子对这工作没什么兴趣？”

死斑鸠，一出口就没好话。把自己说得好似像被老板宠坏了，耍了脾气一样。如果答没兴趣，那自己杵这儿不是给经理抹黑吗？可要是表现出自己有兴趣，不是往坑里跳吗？

她现在就想爬出坑，爬出坑的办法就是搞砸面试。搞砸面试的办法，就是朝着答案的反方向前行。

“没接触过的事物谈不上兴趣，只是觉得在客户关系部门做得很开心。”

“过往的几份年终评估里，都写了你有内部岗位调动的想法。现在看来……”

“稳定在一个岗位也是很重要。”

桌前人事总监与销售总监极快地交换了下眼神，不约而同地瞄了眼萧锐，萧锐却丝毫没有因为她的回答流露出半分不满，反而，静默地朝她一笑，将目光落在她的简历上。

会议室里的人都无法揣摩出他的心思，保持着静谧的氛围。直到 Cindy 谄媚地端着 Espresso 进入会议室，俯身露出半截事业线来到萧锐面前说道：“萧总。”

“谢谢。”萧锐的目光挪到 Cindy 身上。白小陌看得一清二楚，腹诽这只色斑鸠的贼眼真是独恋 C 罩杯没商量，光天化日之下也不忘与 Cindy 眉目传奸情。

“Fine。”萧锐啜了一口 Espresso，朝左右两边的男人问道：“你们还有问题吗？”

人事总监与销售总监脸上同时浮过莫名的神色，似乎达成了某种意见，摇摇头应道：“没什么问题。”

“那就这样吧。”

面试匆匆地画上了句号。白小陌长长地舒了口气，看样子这场面试会以失败告终。只要不在色斑鸠部门做事，做出刚才那么丢脸的回答也能过了心里的坎。

白小陌低下头看着自己精心准备的衣服。一切投资，就这么白费了。失落之余，脚后跟还一阵阵发疼，白小陌抬起脚仔细一看，才发现新鞋把脚后跟磨破了皮，血粘住了丝袜。

“可恶！”

都怪那只色斑鸠，长了好看的脸却是一副阴鸷的心肠。为了那一万五千块钱，非要让自己难堪。白小陌愤愤地在生气，脱了鞋子倚靠在墙上，不想楼道里传来 Cindy 低低的声音：“你放心，Wilson 肯定不会要她。”

Wilson 肯定不会要她。这口气好像是在看好戏，就知道 Cindy 不是什么好人。不过谁让自己倒霉，正好应了小人的话。只是她在和谁打电话呢？

白小陌边沉思边提着一只鞋子，一跳一跳地往茶水间药箱走去。

“怎么？占了飞机上的公共资源，继续占起公司资源。”

“哦，呵呵。”白小陌一听是萧锐，假假地朝他笑笑，“谁让我总撞上煞星？唉，见一次，伤一次，伤一次，又要见一次。”

“按你这么说，往后我不是得让 Alice 专门为你放个医药箱。”

“喂！我可不想到你部门。刚才的面试，纯粹，百分之一百，是场误会。”

“误会？是吗？”萧锐揶揄道。

白小陌抬手，振振有词地指着他：“对！误会！我，一点儿，一点儿都不想到你的部门！”

谁知，话还刚说完，白小陌一下咬到了自己的舌头，疼得只顾吸气，萧锐忍不住笑道：“眼前作业，目下受报。”

“你！公报私仇！”

萧锐听她这么说，不由放肆地笑了起来：“没多久，你就会来求我。”

说完，站到白小陌身旁，迅速扫过无人的四周，搁下咖啡杯，俯身凑在白小陌耳旁说道："下属对上司该有起码的尊重。如果你以前不会，那改天，我会好好教你。"

"我不是你的下属，也不想当你的下属。少自以为是！"白小陌用手肘往萧锐腹部狠狠搡了一下，"萧总，我去干活了。"

说完，拎着鞋子从他身边走过。萧锐脸色难看地要转身说她，见 Cindy 从楼道出来，便吃痛地转回咖啡机暗骂：该死的女人。

白小陌"嘶嘶"地吸了几口气，踮着脚往自己楼下的虾米办公室走去，心中暗诽：色斑鸠，高管就了不起，还要提醒她尊重？给他半点脸面，他还真捡了空嘲笑自己。在机场时，他求自己施舍机票的时候，那模样就高大可人了吗？不就是当了次劫匪，抢了他一次钱包吗？说到底，没有愿意，就没有交易。想当她上司，门儿都没有。

忽然，一位三十多岁的女人站在了自己位置上，脸微黄，个子不高，戴了副眼镜。

"你是……"

"Melody，这位是 Mary。"方敏之不知何时出现在自己座位旁。被称作 Mary 的女人朝白小陌点点头。

"Mary，你先暂时坐隔壁的座位，好与 Melody 随时沟通。"

Mary"嗯"了声，白小陌则被方敏之喊到了办公室。一种隐约不祥的预感涌向心头，她杵在那儿，心中忐忑不安。

"面试得不错吧？"方敏之红唇微挑，"Mary 是我们部门的新员工，会接手你现在的工作。你要有时间的话，就把手头的事交给她吧。"

"交接？"白小陌想着自己面试不会过，却突然意识自己好像没有了退路。她才刚去面试，经理方敏之怎么已经安排好了人？

"是啊，你去了 Wilson 的部门后，工作总要有人接替。好好教 Mary。"

“可是，我今天才去面试，而且这面试……”

“尽管 Wilson 要的人少，但你肯定行的。”

方敏之虽仍和颜悦色，但已经开始不耐烦了。白小陌愣了愣，方敏之好像早已预料她会去新部门。不，或许不是预料到她会去新部门，而是……而是预料到她会离开现在的部门。

这突然窜出的想法是多么可怕，白小陌不禁张口问道：“方经理，我是不是有什么地方做错了？”

“嗯？”方敏之回道，“你想多了。哦，对了，没什么事的话，趁有空，多教教 Mary 吧。”

方敏之拿过一个文件夹，低头审阅起来，分明是不想再与她多说。白小陌恍然觉得方敏之是想把自己赶走。不管她有没有通过面试，她在部门里已经没有了位置。

难道是因为去年的那份计划书？当时方敏之出差，她越级交给了上头。据说计划书得到了盛赞，上头还对方敏之说要给她升职。这事是简希私下讲的，而方敏之却只字未提过。白小陌串起面试前后的事，先选了自己面试，随后趁面试结果出来前，安排人接替她的位置。呵，这么说，她就要失业了？

白小陌走出办公室后环视了周围，探身聊天的同事不约而同朝她望了一眼就敛了目光埋头工作，就连简希也不出声，更不看热闹了。

被上司抛弃，她却是最后一个才知道。爱情上的失败，她经历多了，可事业上的，她却第一次遭遇。

“Melody，方经理说让我早点熟悉你的工作。”

Mary 主动与自己说话了，这句话就像冰窖里悬在头顶的冰锥，一下插向自己。

Chapter Three

他是救命，还是来报复

在泥沼里救人是危险的，弄不好，两个人一起陷了进去。

一周后，白小陌才明白这种冰锥插顶的痛还是最温柔的。简希冒死给她传了一条信息，说是战略市场部门已经招好人了。显然，她没有在名单中。这本该一如她所愿，可现在却是雪上加霜。Mary似乎也得知了这一消息，褪下了所有伪装，公然在办公室大声质疑她的工作。虽然才过去一周的时间，两人就争执了十来次，方敏之不管也不问，任由事态朝着有利于Mary的一面倒去。

白小陌坐在公司楼梯的台阶上，颓丧地打电话给贾少辰，贾少辰劝她辞职。白小陌狠狠地质问他，辞职了，她什么钱都赔不到，只能喝西北风。白小陌的家境条件并不好，父母以前是工人。十多年前，厂子改制，变成了公司，公司老总收走了分配的房子，给了买断工龄的钱就打发了厂子里的老工人。头几年，父母带着她去了外婆家生活，那是浦西弄堂里一座老房子里的一间半，她只能住在一张放不直的钢丝床上，转个身都能嘎吱嘎吱地发出声响。父母觉得亏待了女儿，拿出积蓄，又借钱凑了凑买了一套80年代末的老公房，几次旧房改造后，倒也算是不错。这几年父母有些退休金，而她也有份让同学羡慕的外企工作。之前去德国旅游的事，她骗自己父母说钱是男朋友出的，实际上，是她犯蠢自己出的。

白小陌长吁短叹，可她知道贾少辰帮不了她。挂电话前，她还交待贾少辰别因为自己的吐槽而不高兴。

约半个小时后，回到办公桌前颓丧脸的白小陌接到新地百货集团人事部打来的一通电话，对方说收到了她的简历，想问她是否有空去那里面试。新地百货是何样大的公司，怎么会给她这样的虾米打电话？她怀疑是骗子，敷衍两句挂了电话。

可手机很快又响了起来，来电的是陌生号码，换作平时，白小陌肯定会掐掉，现在在求职期间，但凡电话都得接着：“喂。”

“白小陌。”

“你是……”

电话里的声音陌生间有些熟悉，不知是不是因为电话传输的缘故，将声音的主人隐在了另一头。

“想留在维罗朗吗？”

留在维罗朗？问话的人显然十分清楚她的处境，她狐疑地把手机放自己面前再次查验是否漏看了什么信息，目光却不经意地瞧见不远处，萧锐正拿着手机朝这边走来。

他们的距离只剩五六米，她能清楚地看到他朝自己投过一眼后，径直走向方敏之的办公室。

“你有五秒时间思考。”

他的电话来得突然，突然到她来不及思考，更没有时间去想象是不是自己跳出虎穴又会掉入狼窝被他折磨。

“五，四，三，二，一。”

“想。”她能感觉自己的心跳成倍加速，在出口之后竟忘了刚刚说的是想还是不想，她只看到萧锐在拧开方敏之办公室大门的那刻已经挂了电话。

方敏之显然没有准备好他的突然闯入，惊愕地呼道："萧总！"

那声音很快引来了简希的注意，她眼尖地认出了萧锐："那不是萧总吗？他怎么来这儿了？"

"是哦，好像是来找方经理的。哇，怎么有这么个男神高管啊？"

"早就说他是男神了，你们不信。我可和你们说了，据我最新可靠情报，公司今天下午就要发出他部门的 Org Chart 图。还有，他现在不光是战略市场部门的总监，还是中国区的副总裁。"

"这么劲爆的消息，你憋到现在才说！"

"什么憋啊，这种事不能乱传。要是没有确切的消息，我怎么能说呢？唉，我们维罗朗中国很快就会有一位出得了厅堂的男神高管了。"

白小陌没有参与讨论，只是机械地听了关于萧锐的事。没有想到自己倒霉，他却风光了。他才来公司，啥也没干，就从总监加官进爵到了副总裁。自己刚才应该是说了句"想"吧，一定是被周围冰冷的境况逼傻了，竟然会委曲求全地向他说"想"。留在维罗朗？去做他砧板上的鱼，一刀、一刀地被他凌迟？

"这些小事还让萧总费心，直接打个电话就可以了。"

萧锐不过进去五分钟的光景，就在方敏之的陪同下出了办公室，方敏之嘴里还不停说些做作的话语。原本，白小陌是不会在意这些事，但自从被她阴了之后，她就愈发注意方敏之趋炎附势的细节。

"Melody。"

方敏之送走萧锐之后，到了白小陌跟前。白小陌没有与她撕破脸，听她喊自己名字，便站了起来回道："经理。"

"恭喜你，加入萧总的部门了。"方敏之突然伸手表示恭喜，嘴里与其他人说道："大家都过来下。"

听话的人总是那么听话，方敏之一开口，周围的同事立刻就涌了过来。Mary借了优势，抢了个好位置听方敏之的发言。

“Melody很快就要加入战略市场开拓部了。她在我们客户关系部门工作优秀，和你们相处融洽。大家都来庆贺下。”方敏之刚说完，一连串庸俗的鼓掌声就跟着响了起来：“Jane，订个餐，我们一起庆贺下。”

“方经理太客气了。”白小陌看清了她的虚伪，故意推托道，目光越过众人去看走廊尽头萧锐线条的背影。白小陌暗哼，好一只趁火打劫的色斑鸠。

“普通便饭而已。”方敏之拉起白小陌的手，如亲姐妹似的与她说话。

“其实，我还真舍不得大家呢，尤其，尤其是方经理。”白小陌不忘揶揄，方敏之脸上掠过一丝尴尬。萧锐再一次让她成了部门之星。大家趁着吃饭的时候纷纷惦记起她的好来，就连Mary也开始说她教导得好，值得她多学习。简希偷偷地与白小陌说，其实，之前自己也不是故意疏远她。白小陌并不怪简希这种所谓的“人在江湖身不由己”。

逃出狼窝，又入了虎穴。白小陌壮着胆给萧锐打了电话，原以为他不会接，没想他很快就接了起来：“找我什么事？”

“为什么要帮我？”

电话那头传来轻蔑的笑声：“和上司说话的口气，这么咄咄逼人。”

“萧锐你……”

她想骂“你个死斑鸠”，结果，他先挂了电话。

萧锐晋升中国区副总裁的任命书随战略市场开拓部门的组织架构图发到了全公司每一位员工的邮箱里。大家很快发现，这张带有人事总监Jackie、中国区总裁于伟签名的任命书右侧还落着一个外国人的名字：总部首席运营官弗兰克。各种版本的谣言在黑暗的角落中迅速传播：萧锐是戴着男神面具的“钦差大臣”。

战略市场开拓部门一共有六人，萧锐以副总裁身份兼任总监，人事部专员何丽成了他的秘书，四位通过面试的人分别是来自销售部的徐风与王培，市场策划部的林朝华，还有客户关系部的白小陌。

白小陌打了几次贾少辰的电话，到了五点多的时候才拨通了电话，劈头盖脸地就质问起来：“怎么不接我电话呢？”

“手机一直在充电，别生气，好不好？”贾少辰自我批评道。

“谁和你生气呢，这点小破事。比起我的事来，简直就是鸡毛蒜皮。”

“找到工作了？”

在新地集团随便按个职位对贾少辰来说根本算不上事儿。白小陌也许就是急着告诉他这个好消息，不然的话，声音怎么会有些兴奋？

“是啊。”

“好啊，什么时候来上班？”他竟也掩不住有些兴奋，直接说了句“来上班”。

白小陌并未注意贾少辰话中漏嘴的细节，喃喃自语似的继续道：“我被招到新部门去了。”

“新部门？不是说没过面试吗？”贾少辰语声瞬间从兴奋滑到低谷。白小陌明明告诉他不会进那男人的部门，为什么突然又会进了？那个叫萧锐的男人究竟想要做什么？难道说用这种方法追求白小陌吗？

“谁知道呢，他肯定是想把我招过去好好整我。”

“你们之间有矛盾吗？”

他们是认识的。她隐瞒了他们相识的事，究竟为了什么？她以前从来都不会向自己隐瞒任何事，为什么去了德国后就变了？不安的情绪隐隐在心里翻腾，哪怕从前她高兴地拉着自己说有男朋友了，他都未曾有过这样的心绪不宁。他感觉自己的心脏仿佛被锤子锤过，一下、一下地锤痛。他开始害怕，害怕她会对他隐瞒更多的事，而他则陷入泥沼，更想知晓她隐瞒了什么。

萧锐，这个名字，让他感到周身燃起了嫉妒的火苗，难以抑制。

“唔，工作上有些矛盾而已。”

“不是新部门吗？他不是新来的吗？”贾少辰控制不住地刨根究底，她却含糊地应道：“哎呀，以前啦，你今天咋这么多问题。”

“我……我只是好奇而已，你之前那么想要进新部门，不知道对方和你工作有矛盾吗？他为什么又要招你进部门呢？”

“我，我怎么知道。喂，你该安慰我，竟然还问我这么多问题。你说，我以后的日子该怎么办啊？”

“辞职。”贾少辰冷冷一嗤，他感觉自己就像竖起鸡冠的公鸡，想要立刻扑杀对方。白小陌心底深处或许还是庆幸感激对方的吧，否则的话，他为什么感觉不到她心中的不满？

“贾宝宝，你怎么今天怪怪的？”

“没什么，身体不太舒服。”

“感冒了？我下班后陪你去医院吧。”

他没有感冒，却像感冒似的鼻子堵塞得无法呼吸。他第一次不想与白小陌继续通电话，随意敷衍两句让她不要担心的话后就挂了电话。

浦西，象征着权力的新地百货总裁办公室，穿着浅灰衬衣的贾少辰紧紧盯着电脑屏幕的私人文件夹，过往的这些年，这里装满了数不清的文件，文件记录了他和白小陌在一起的欢乐时光。无论她是否感受过自己的爱，他都觉得那些片段是他生命中最不想忘却的璀璨记忆。他真的希望，这些毫无文采的朴实字句能成为帮助他记忆的工具。

他的父亲，这座百货公司帝国的创始人，八年前因家族遗传的缘故突然记忆衰退。接受不了从精明商人变作痴呆老人的父亲在残酷事实面前选择了结束生命。金融奇才的哥哥继承了家族事业，短短几年间，依托与金融界的关系，迅速扩展了新地集团，然而，梦魇却同样缠上了哥哥。他的哥哥，遭遇了和父亲同样的痛苦。要强的哥哥经不起记忆迅速衰退的打击，从这座新地集团的巨塔顶层一跃而下。深爱哥哥的未婚妻也因哥哥的离开而选择自杀相陪。

贾少辰艰难地吞咽下喉间苦涩的痛意。如果有一天，他忘记了，这些字会帮助他吗？他曾把期望寄托在它们身上，然而，此刻他开始觉得堆筑起来的期望正摇摇欲坠。

“笃笃。”门口，总裁秘书苏琴站着。

“什么事？”难述的痛意搅乱着他强作镇定的心。

“总裁，洪董事说务必请您中午前签了和金氏的合作协议。”

“我不会签这份文件。”贾少辰拿起手中的文件，半眯起眼眸朝着苏琴说道，“还给他。”

“洪董事说了，若是您不签的话，我今天就得离开新地集团。求求您，看在我为新地做了那么多年的份上。”苏琴杵在那儿，不敢挪动半步。

“呵，他是在威胁我？”

“总裁，对不起，我得罪不起洪董事。求您，求您签了文件。”

苏琴低下头，不敢正视他。

自从父亲与哥哥抛下辉煌发展的新地百货撒手而去，他就开始和与父亲打江山的叔伯们打起战争。这一次新地集团与首尔金氏之间的合作便是公司第二大股东洪建国谈的项目。如果不是因为要保护白小陌飞去慕尼黑，洪建国那只老狐狸根本就没有机会去韩国谈首尔项目。金氏开价高且账务上有所隐瞒，明眼人都知道是个套。洪建国要不是得了金氏许的好处，也不会这么迫不及待地要签合同。

贾少辰半眯着眼眸，眼前的灯光瞬息被眼睑遮住。他的境况就如历史上与权臣抗衡的皇帝，只有赢，才能保住父兄留下的一切。

“告诉洪董事，我要暂时搁置首尔项目。”

“啊？”苏琴一惊，却不期遇上贾少辰淡漠的目光，“我约了谷医生，去看看他到了没。”

“嗯，可这份协议……”

“没有人会动你，就像没有人能逼我签这份协议。”

“可是……”

“你可以出去了。”贾少辰继续看起电脑的屏幕。苏琴噙着泪，退出了总裁办公室。掩门的时候，轻轻的叹息声隔断在外头。

“总裁大人！”不多久，谷学文推开了办公室的门，瘦长个子，鼻梁上架着一副眼镜，见了贾少辰便大声称呼起来。

“学文，你这一声总裁大人意味深长嘛。”

“怎么不是，报告已经出来了快一个月，我要是不送来，你是不是就打算让它直接进档案室了。”

“你可以寄给我。别忘了，我也是学医的。”

“寄给你？你这数不清多少亿身家的人会亲自收快递吗？至于学医这件事，你不说，我也快忘了。”

“这话说得过分了，好歹，我们都是学神经科的。”

“呵呵。”谷学文脸上抽搐了下，“是吧，那你是准备自己读报告了。”

说着，谷学文把报告推向他，贾少辰看了眼文件名，手放在上面，凝视许久后，推还给谷学文：“还是你读吧。”

他如果有勇气就不会犹豫，谷学文盯着他端视起来：“你觉得我能有这么好的演技吗？”

“什么意思？”

“意思就是，什么问题都没有，很正常，除了缺乏女性关爱之外，每一样都很正常。”

“你！”贾少辰一把抽起桌上的报告抬得老高，佯作要揍谷学文。谷学文往后一仰：“医患关系紧张呀，这没病也要打医生。”

“少来。不过，同学们都还好吧？”

“你是关心那些倒追你的女同学，还是关心我们这些忙得连相亲都顾不上的男同学？”

“学文，花那么多力气和我开玩笑，我照盘全收，谢了。”

“少辰，说真的，你不用那么紧张，伯父和你哥的事……”

“学文，我们还是说些轻松点的事。”贾少辰打断了谷学文的话，他不想忆起让他至今无法面对的事实，他生命中最敬佩的两个人匆匆离去，留给他的是勇气无法堆砌的未来。

“那说说白小陌。”

“说她干什么？”

“我想带她去检查下，是不是和你一样缺根弦儿。”谷学文见贾少辰不想提及过往的事，便兀自说起白小陌。

贾少辰笑道：“我们之间的感情和你想的不一样，很纯洁。”

“蠢友谊，是吗？”

“嗤。”贾少辰侧过脸表示不赞同，“是纯友谊，她把我当作她哥们。我把她当妹妹。”

“禁忌恋？”

“我说学文，你干吗老和我抬杠。”

“我这不是干着急嘛。你想想，你掌管了这么一个顶级百货公司的大摊子，还要骗那女孩儿说自己是打工仔。现在是什么时代？新媒体时代！就算你现在避不见媒体，她还是有一天会发现，要是她哪天发现了，你说怎么办？”

“凉拌热炒都行。要是在这之前她嫁人了，就更不用我操心了。”

“还盼着喜欢的人嫁人，我看你这嘴能硬多久。要我说，白小陌虽然说不上美女，但为人直爽大方，绝对是个好的结婚对象。现在男女比例失衡，能找上个不错的结婚对象，谁还不往上拥。不是我说，她那样的女孩子，带回家见家长，爸妈都喜欢。”

谷学文说的是实话，白小陌性格阳光，比起在压抑环境中成长的自己而言，他缺失的，正是她拥有的。和她在一起的时候，他就会很放松，哪怕只听她说上几句，也会觉得特有意思。可他不能害了她，因为爱，所以只能保持此时的距离。

“对了，霏霏在滨江写字楼旁开了个咖啡店，你要有空的话，去看看她。”

“哦，知道了。你妹妹那性格，随心所欲的，怕是这辈子都和我合不了拍了。”霏霏并不姓贾，她是贾少辰继母带过来的女儿，与贾少辰名义上是兄妹，实际则是朋友。当年，贾少辰与谷学文读书的时候，霏霏去学校和贾少辰说事，谷学文一见钟情，结果追了许久都没有追上。说起来，也是几年前的事了。贾少辰知道，谷学文还记挂着霏霏，但霏霏性格独立，绝对不会因为哥哥的半点好话，就对谷学文动心。

“有志者，事竟成嘛。”

Chapter Four

魔高一尺，道高一丈

萧锐和白小陌成了上司和下属的关系。

白小陌瞬间从平民阶层跃到了高管层办公区。茶水间不再拥挤，咖啡机从伊莱克斯直接升级到了德国 WMF 的，一台多选择果汁机，随时随地都有冰果汁和热果汁可供选择。条件是提高了，人也跟着变得非常忙碌。搬上楼的整个礼拜，萧锐都在同他们开会，一早九点到晚上六点半，开会的核心内容基本都在了解整个公司的产品及市场客户情况。除了 PPT 上的各类图标便是 Excel 的无数数字，大家有些招架不住，纷纷出现了倦怠的情绪。

“大家先休息下。Lily，叫些三明治上来。”萧锐关照何丽喊三明治，白小陌一听三明治，忍不住做了个呕吐状的姿势，几个男同事暗笑不语，不想萧锐看在眼里，直接问道：“有意见吗？”

白小陌吐吐舌头，伸出手应声：“吃了四天了。”

“OK，中午吃饭时间三十分钟，Lily，你到楼下罗森买五份三明治就可以了。白小陌那份，她自己会解决。”

“啊？”白小陌惊愕地张嘴，却迎来萧锐邪佞的微笑：“你既然不喜欢吃，我也不勉强你。三十分钟后，继续开会。你——自己解决吧。”

自己解决？

三十分钟要自己解决吃饭问题。白小陌皱起鼻子，瞪了眼自己的本子，早知道在这独裁者面前就不发出这种代表民主的呼声。

“还有二十九分钟。”

萧锐抬手看了眼表，何丽已经放完东西准备下去，白小陌赶紧起身追了上去，在背后吐了舌头，不想他后背像长了川久保玲的眼睛，忽然一下转了过来。白小陌赶紧摆正身子去喊何丽：“Lily，等等我。”

何丽放慢脚步，两人很快就坐上了电梯。白小陌长长地吁了口气，靠上电梯：“哎，快一点了，才给吃饭。二十几分钟哪里够吃，还不如吃三明治呢。”

“谁让你刚才多话的嘛。这下好了，还得自己掏腰包买午饭。”

“我说的不都是实话嘛，吃了四天三明治，再吃三明治不吐才怪。下去弄杯泡面都比这强。”

“我们办公室可是不能吃泡面的。”

“唉，那吃寿司吧。罗森的寿司还不错。”

“罗森的寿司是好吃，这个点儿下去，就别指望了。就是最不畅销的三明治，我每天都需要提前预定下。”

“啊，那我吃什么？”

电梯很快抵达了一楼，何丽快步前往罗森，拿三明治和买单的时间几乎同时完成。白小陌眼见何丽与自己说了句“一会儿见”后就拔腿走了，心里只觉无趣。到底曾经是人事部的，媚上的功夫丝毫不比 Cindy 差。明明她都没有参加过面试，居然跑来做了老板的秘书，不知是不是如很多人所说的，秘书是通达事业高峰的一条捷径。如果真是，何丽的野心也不小。

白小陌边想边在并不琳琅满目的架子上搜寻着食物，只见不远处的冰柜里静静地躺着一只三明治，想起何丽说每天都会订三明治，心想，那份静静躺着的三明治，本该是属于自己的吧？

“就一罐可乐吗？”

“嗯。”

这时，萧锐的声音像魔音似的钻入耳朵。白小陌一抬头，果然见他付了可乐的钱走到自己面前，抬起手表道：“还剩不到二十分钟时间，再不选就准备下午饿肚子。”

“故意的。”

白小陌动动唇，话含在嘴里。萧锐目光斜了斜，指向三明治，手里则打开了健怡可乐。白小陌咬咬牙，她就是不选三明治，哪怕选机器猫铜锣烧都坚决不选三明治。

“两个铜锣烧。”

“哦，不好意思，这两个铜锣烧过期了，我们打算下架了。刚才放那儿忘拿掉了。”

萧锐喝了口可乐，摊摊手坏笑起来。白小陌见他这般瞧自己，立刻转身从架子上拿了两只花花绿绿的卡通纸管，放到收银台上，朝他指了指说道：“那就买两盒夹心小熊饼，这位先生买单。”

这位先生买单？

萧锐一扫笑意，只见白小陌朝自己挤挤眼微笑道：“领导，请我吃小熊饼。”

是男人，又是领导。白小陌想既然他把自己圈到了部门里准备虐杀折磨，这点小罪，不过是“锦上添花”，更何况，是他讽刺在先。

萧锐在营业员期待的目光中付了钱。白小陌拿了蹭来的小熊饼干，很是满意。两人一同进了电梯，萧锐瞟了眼白小陌，挑眉道：“多大了，还吃儿童饼干。”

“唉，报纸上说多喝可乐容易不孕不育。”

萧锐一敛眉，白小陌晃晃手里的小熊饼干，强忍贼笑。电梯门又被人按开了，进来的竟然是前上司方敏之，风情万种的模样一如平常。

“是萧总呀。哦，还有 Melody。”

白小陌记得从萧锐进她办公室那天开始，方敏之对自己的态度突然又恢复到了以往，甚至更好。经过那次被出卖后，白小陌也学会了如何在表面上打花腔，她恭敬地说道：“方经理呀。”

方敏之抿唇，朝萧锐道：“听说萧总很忙，开了一个礼拜的会。”

电梯合上门，萧锐早已看到了刚才与白小陌在狭小空间中对峙的样子，淡淡道：“新人到公司，很多地方要学习。”

“学习？萧总说笑了，以前大家做同事的时候，你就已经能力出众了。”

以前大家做同事？

白小陌一愣，方敏之在维罗朗中国已经工作了十年，难道说萧锐之前也曾在维罗朗中国工作过？看样子，他的背后还有段故事。

“我们现在也是同事。”萧锐纠正道。

方敏之微微一愣，佯笑道：“是啊，现在也是。”

白小陌抬眼瞧一旁的男人，这时，萧锐来了电话。方敏之正竖起耳朵窥听，不成想，自己的楼层先到了。萧锐故意递过个眼神请她出去，方敏之极不情愿地悻悻离开。

白小陌暗笑，萧锐接起：“总裁……OK，我马上过来。”

离开电梯时，目色凝重的萧锐交待白小陌通知大家等他回会议室开会。白小陌复述给大家，然而，大家不想留在令人窒息的会议室，丢下亮着的投影仪先后回了办公室。

“徐风。”白小陌啃着小熊饼，泡了咖啡与邻座的徐风说起话。

“怎么了？”

“你来维罗朗有八年多了吧？”

“是啊，一把年纪了。”徐风见白小陌啃着饼干，反问道，“你吃这点不饿吗？”

“减肥呗。”

“你就不该得罪领导嘛。”徐风耸肩，显然觉得白小陌太稚嫩。

“我是表达民声。”白小陌说着，坐在椅子上往学风那儿挪近些，“萧总以前和你也是同事吧？”

“萧总？”徐风眼睛一亮，王培在旁说道：“他们都是一个部门的。”

“嗯？”

“销售部。萧总以前是维罗朗中国第一销售红人呀，多少女人爱慕他。”徐风并没有接着讲，王培显然更健谈。白小陌放慢了咀嚼的速度，饶有兴致地问道：“那后来怎么调到德国去啦？”

“后来……”

王培突然收了话，脸色尴尬地后退了两步回到自己座位，白小陌笑道：“不要卖关子，说嘛。”

办公室倏忽间没有了半点声响。白小陌下意识地感觉有人像鬼魅一样站在自己身后，声音一如平时，低低的，充满了杀伤力：“我说过会议结束了吗！”

萧锐的话像把冰冷的锁，将每个人锁在了紧张的氛围中。办公室里的人缄默地站了起来，快步走回会议室。白小陌撇撇嘴，快快地起身准备跟过去，萧锐却喊住了她：“到我办公室来。”

“哦。”

萧锐的办公室装修低调奢华，美式办公家具全是进口原木做的，没有半点胶水板的味道。即便如此，办公桌旁的 IQ Air 空气净化器仍亮着优雅的灯默默地工作着。这里的布置，足见行政 Alice 的“无微不至”。

“是他们没有听你的话，还是你根本没有传达我的意思？”

“这没什么区别吧。”白小陌不想成为众矢之的，避重就轻地回应萧锐，没想萧锐驳道：“不要用你的自以为是来模糊我想要知道的答案。”

“开会时不能接电话，吃饭只能吃三明治，每天休息的时间不超过半小时，会议室里的投影仪因为被过度使用，发出了怪响。大家留在会议室等也是虚耗时间，回到办公室还能查邮件。”

“嘭”的一声，萧锐将手中的文件夹重重地甩在桌上，掌心按在上头，声音像一记落地的雷声冲入白小陌的耳膜，白小陌浑身一个激灵，怔怔地盯着面前的男人，眼圈瞬间变红。

“一次打不醒！还犯第二次错，蠢得可以。”

“萧总，不是你施舍这份工作，我就得任你谩骂的。”

“怎么？不服？”萧锐凛冽的目光直刺白小陌，让她有些失措。事实残酷地告诉自己，她做的事的确就像他讲得一样：蠢。大家并没有因为她倡导的民主跟着她吃饼干，更没有人替她说句话，解释他们是明知要留会议室还回了办公室。

“不用去开会了。”萧锐微缓了语气，挪开压在文件夹上的手，取出其中一份递到她面前：“好好在这儿看完这份资料。等我回来，今晚加班。”

“喂，我……”白小陌手里拿着留有他余温的文件夹，想要喊住他，却只能眼睁睁地看着他的背影消失在门那头。贾少辰发短信说妹妹霏霏在滨江写字楼附近的弄堂里开了咖啡吧，约她晚上一起吃饭。眼下，她要加班，而且是在心情郁闷的情况下加班。

早有心理准备当砧板上的那条鱼，只是他那把刀剐得也太快，快得让她觉得浑身疼。深深吸了口气，白小陌发了条短信给霏霏和贾少辰，通报自己加班的“不幸遭遇”，然而，两人均没有回复。

IQ Air 的灯亮得很优雅，白小陌坐在座位上，唯一能做的事便是打开手里的文件夹：《奢宠系列卫生巾》。

卫生巾？

看到这三字的时候，白小陌像狐獴似的瞧了瞧周围，神经质地合上文件夹。

耍人也不至于这么个耍法？维罗朗是个大集团，涉及的产品数不胜数，头一个任务竟然是卫生巾。色斑鸠啊色斑鸠，干脆你去策划C罩杯的文胸好了。白小陌骂咧了一句，转念一想，萧锐是拿着文件夹进的办公室，那就是说他是去了总裁办公室后得到的这本资料。怪不得他脸那般黑，原来不是因为自己，而是因为被人出了难题。

活该他被人整，白小陌想来又觉得十分解气，狠狠地拿着文件夹，对准他桌上刚印的名片边敲边嘀咕"敲你个色斑鸠"。没想身后传来萧锐的声音："你在干什么？"

白小陌一惊，埋着脑袋刚翻开一页，面前却是他放大的脸孔："别在我背后做小动作，好好看完它。"

"我，我正看着呢。"白小陌撇撇嘴，在他咄咄逼人的目光下不敢造次。

"等我回来。"

萧锐的这一声"等我回来"就像是一个无限时的命令，只是当白小陌打开文件夹后，时间就成了不需计算的东西。白小陌大学读的是市场营销，当初毕业形势严峻才转做了客户服务。没成想此刻看到奢宠卫生巾的市场资料竟忍不住瞧了下去。

因为资料是英文写的，白小陌费了些时间看完，没想才刚合上文件夹，霏霏的电话就打了过来。霏霏长得很漂亮，追求的人不少。白小陌知道她与贾少辰过着完全不同的生活，她有都市女生的小资，又有少女情怀的浪漫。白小陌爱屋及乌，喜欢抱着贾少辰喊他"贾宝宝"，也喜欢和他妹妹霏霏这样的"薛宝钗"畅聊爱情和八卦。

"小陌姐，才看到你的短信。下午来的客人特别多，所以就怠慢你啦。你加班加到几点？我哥打车过来，一会儿就到了。”

“我给你们都发短信说加班了，时间还待定。他还打车干什么，这个点儿打车打哪儿堵哪儿，该有多贵呀。”

“那点钱而已。”

“霏霏，他将来可是要讨老婆的。你嘛，肯定是高富帅养起来的小宝贝。”

“得了吧。说正事，你是让我哥给你送饭呢，还是自己一会儿抽空下来吃。”

“肯定是后者了，你哥到哪儿都愿意给我送饭，就是不愿意上我们维罗朗公司。”白小陌也不知道贾少辰究竟是为什么不愿意来自己公司，他曾说自己与外企格格不入，她想这不是什么理由吧。不就是一栋建筑嘛，至于格格不入吗？

电话打到一半，只听徐风与王培的声音回荡在外面的办公室，虽然很低，白小陌却能腾出一只耳朵。

“最新消息，今天下午，新地集团已经正式宣布入股盛欣超市，成为盛欣最大股东。”

“哟，就这形势看来，新地集团的少帅正式对那些老家伙宣战了嘛？我看老家伙一心想着的韩国项目是玩完了。”

“精彩的家族内斗开始拉开帷幕，两家大客户成一家了，我们维罗朗也该转个风向了，山雨欲来的感觉。”

外面的人讨论得起劲，白小陌想萧锐一定会很快回办公室，正要收线，萧锐却已和鬼魅似的站到了跟前。白小陌像卡通片里触了电的猫一般，手慌乱地一甩，掌心中的手机飞了出去。萧锐闪了下，手机擦过他的脸颊飞到地毯上。白小陌瞪大眼睛一捂嘴，道：“萧总。”

“耳朵不够用，手也跟着上了？”

明明是神鬼一样出现才害得她甩出手机，可他却这样说她，把她所有的台词全给打回了肚子里。

“这份资料看完了？”

萧锐已回到她对面的椅子上，脸上挂了些疲惫。

“刚巧看完。”

“既然这样，这个项目就交给你了。”

“我？我没做过市场策划，怎么……”

“TJ大学01届市场营销毕业的优等生。”萧锐打断了白小陌的推诿，眯起双眼，眸子里透出的目光就像夺走女人心魄的利剑一样，直刺入白小陌的眼睑。白小陌知道他一定是认真看过自己的简历，于是镇定道：“这策划案不该是萧总亲自把关的吗？”

“我，还有别的安排。”萧锐分出些目光扫了眼文件夹，不禁失神在中午于伟与他的对白中。

“Wilson，副总裁，呵呵，只差一个字，你坐的就是我的位置。”

“我对这个字不感兴趣。”

“这不像你。”

“人是会变的。”

“哈哈哈。既然这样，那我就放心了。不过，你初到中国区，不做出些成绩，我也没法向中国区其他高管们交待。况且，你自己也不会放低要求吧？”

于伟扔了份市场策划案，限他在短时间之内PK掉行内老对手金洁的高端卫生巾系列。维罗朗有万千产品，于伟把这样的产品交到自己手里，眼神中的挑衅就像毒蛇的信子在他面前狂舞。他该如何应对于伟故意践踏他尊严的行为？是逃避地向面前的女孩儿说“有别的安排”吗？

“萧总觉得尴尬的东西，就扔给我。这就是萧总要告诉我如何做下属的方式吧？”

“我需要吗？”萧锐没想到白小陌竟会搬出自己的话来砸他的场

子。他不想与白小陌就这件事深入探讨，对一个不在高位的女孩儿来说，斗争是件遥远的事。她清澈的眼睛是单纯的。好与坏，在她看来就同左与右一样简单。

“刚看了几个小时的资料，有什么想法？”萧锐伸出掌心翻了翻，做个手势让白小陌谈自己的看法，白小陌正打算开口，手机在萧锐脚旁的地毯上响了起来。

“Sorry，我先接个电话。”

白小陌看着端坐在椅子上也不弯身替她捡手机的萧锐，暗暗地吐舌头骂他没风度。

“啧，怎么接不了电话了？”

电话是贾少辰打来的，可白小陌怎么都接不了电话，反复刷屏，但却只见屏幕上亮着名字，蹲在萧锐脚旁的白小陌喃喃自语：“摔坏了。”

“现在还是工作时间。”

萧锐已瞥见手机上的名字，竟不自觉地管起“闲事”来。白小陌站起身，摊摊手道：“我的手机又不是公司托收的，接听拨打电话不违反公司规定。”

“白小陌，你的手机今天中午开始已经由公司托收交费，所以，在工作时间最好只做工作的事。这一点，是最起码的要求。”

“公司托收？”白小陌站起身，瞧座位上的男人，“我怎么不知道？”

“昨天何丽为部门里的人都申请过公司托收，今天中午，我已经收到人事部确认托收的邮件。”

“在哪儿？”

白小陌狐疑地指着萧锐一旁的笔记本，萧锐没想她竟和自己较起劲，转过些角度，抬头看她：“怎么？上司还要向下属证明真假吗？”

“我可不敢有那意思。既然萧总说了，我当然得信了。公司托收了我的手机费，但手机还是自己的，今晚要加班，那我就没有时间去修手机。没有手机的话，我在自己的私人时间里，既不能接听私人电话，也不能接听公司电话。”

白小陌心里寻思贾少辰打电话给自己，一定是到了霏霏的咖啡吧。贾少辰是不会接听座机的，他也不会接听陌生电话，这一点白小陌是知晓的。所以，她必须修好手机。

“你可以用这只手机。”萧锐不知从哪儿变出一部手机放在桌上，白小陌也不含糊，利索地伸手去抓手机，萧锐右手一落赶巧覆住了她的右手手背，说道：“不过，得在加班之后。”

“就打一个电话。”白小陌嘟起嘴，伸出左手食指。

“No。”萧锐不退让。

“就一个。”白小陌心里狠狠骂色斑鸠，嘴上佯装傻笑。

萧锐干脆不答，直接摇头，白小陌皱起鼻子凑到萧锐脸孔前坚持地说道：“三十秒时间，就三十秒。”

“没有讨价还价的余地。”

“慕尼黑酒店的钱你还欠着呢，让我打一个电话，就一笔勾销了。”白小陌的五官拧在一起，瞪着面前的男人。

“那次的账已经结清了。还有……”萧锐盯着白小陌，压低声道，“最好不要再提那次的事。”

与萧锐之间的事，她对贾少辰都只字未提过，更不用说其他人。她知道自己酒醉，也知道醒来后他离开，可在自己酒醉到他离开这段时间里，究竟发生过什么事？她好像吵闹过，也好像被他紧紧抱在怀里过，就像一场梦，她在梦里肆意地发泄失恋的痛苦，而痛苦很快被从未有过的温柔驱除。

此刻，当他们又一次这么近距离地看对方时，她感觉自己在拼命地拒绝着什么。他应该也是一样吧，盯着她的时候，唇角竟起了不自然的弧度。

“萧总，如果没……”何丽打开了办公室门，目光只在两人叠在一起的手上停留了不过半秒，嘴里的话硬生生地改成“Sorry”。

“我这里没什么事，大家下班就可以了。”萧锐直起身，与何丽说道。

何丽看了眼白小陌，脸上浮过一丝莫名的神色，退出办公室。白小陌趁着萧锐目光锁在何丽背影的时候，一把抢过桌上的手机，兀自换起卡来。萧锐微张唇警告她的“无所谓”，却迎上她的笑脸：“我仅代表我自己感谢萧总慷慨的三十秒。”

给那男人打电话就这么重要，她难道就不知刚才他们之间的举动会让人引出多少话题？她竟然还能淡定地坐在自己位置上，俨然一副无所谓的模样，与自己开玩笑。

“贾宝宝，你先吃饭，我一会儿来吃。”

三十秒的时间就是为了和一个男人说一顿饭的事情。萧锐坐在她面前，她三十秒里一脸甜蜜的模样半点都没有逃过他的眼睛。看样子，那天她的泪水早就干了，那么自己抱着她那个瞬间涌起的感觉也该消散了吧。只是，见她挂在脸上喜滋滋的笑容，怎么看都觉着哪儿不对劲。

“三十秒，刚好。”

白小陌话刚说完，掌心里的手机被萧锐一把夺去，她顿时半张了嘴说道：“喂！”

“三十秒到了，我暂时保管手机。”萧锐似乎很在理，一把将手机按了无声后放到了自己抽屉里，任由白小陌直勾勾地瞪着自己，皱着鼻子找理由。

“工作的时候，不要光想着和男朋友逛街吃饭的事了。”他拿过桌上的策划案，目光看起文件。没成想才刚扫了第一眼，自己的手机响了起来。

“唉——”白小陌舔舔嘴巴，手托起下巴瞟了眼萧锐，指指天花板道，“只许州官放火，不许百姓点灯。”

“呵，说我？”萧锐手肘抬起，另一手像放慢镜头似的把屏幕上的滑块从右滑到了左，“满意了？”

“你！”

明明想看他怎么出丑，没想他竟来了个宁为玉碎不为瓦全的挂电话动作。白小陌愤恨地把话咬在舌根里，肚子里翻腾着骂他的波涛。萧锐被她这副涨红了脸颊的“傻丫头”模样惹得暗笑，翻过一页策划案掩饰自己的忍俊不禁：“说吧。有什么看法？”

白小陌撇撇嘴，含糊地动动唇：看法就是恨不得拿卫生巾盖在你脸上，哼。

可出口的时候，话语立刻改作了微笑：“我认为这项目可重要呢，而且萧总既然不忌讳，就应该把它当作重中之重啊。”

“咳。”

萧锐微尴尬地轻咳了声，白小陌窃笑，继续道：“其实，我觉得光纸上谈兵虽然看上去很 perfect，但看到真正的市场，才能做出最直观的判断。”

“继续。”

“没有继续了啊，我觉得萧总应该去一个地方。”

“什么地方？”

“当然是超市啊。你想想大家在哪儿买卫生巾啊，不就是在超市，网络的情况在这份报告已经写得清清楚楚，可超市呢？”

白小陌开始挖坑下套，她琢磨自己说完这番话后，一定会造成萧锐骑虎难下的局面。要么他得去超市，要么他得反驳她，可反驳她用什么理由呢。他应该是没有什么理由来驳斥自己的，因为谁都知道，想要做好一份策划，永远不可能脱离市场想当然。

没想，她刚埋个地雷，萧锐也不慌忙，反而说道：“所以，我没有挑别人来负责这个策划案。你是市场的需求者，应该对市场最了解。”

这话说得他很知人善用的模样，白小陌被他一回击，立刻又发话："常在局中走，往往就看不到真相。萧总对这产品是很陌生的吧，所以，萧总考察市场后一定能给出新的提议，而且，男人吧，其实和卫生巾是一样的。"

萧锐刚拿起柠檬水喝了一口，白小陌最后一句话把他一震，接连咳嗽了几声。"男人和卫生巾一样"，她这比喻简直是秒杀了所有善用修辞文人的联想，竟然把他比作卫生巾。

"哦，当然。萧总可不是卫生巾。"

"你……"萧锐想要驳她，她却又佯作思考状道："不对不对。"

萧锐黑了脸，白小陌一撇唇道："哎呀呀，我怎么就是这么嘴笨呢，萧总既不是卫生巾，也不是男人。哎，还是不对，我就是不会说话。其实我想说的是，萧总什么都不是。"

"白、小、陌。"

萧锐提起嗓音，白小陌偷乐，心里觉得舒畅不少，立刻把话题转回策划案："我只是做了个不恰当的比喻。其实，我的意思是两者作用是一样的，一种安全感。哪个女人都想有种安全感吧。"

蓦地，她感觉心底泛出酸意。安全感，每次不会超过一年的爱情让她怀疑是否真会遇上让自己心生安全感的男人。她提出了卫生巾与男人在安全感的类似比喻，可她真正遇到过能给自己安全感的男人吗？没有，一个都没有，每个人都自然地出现在自己的生活中，随即，又如袅袅升起的青烟一样离开自己。

"想法不错。"萧锐咽下自己上升的火气，捕捉她原本戏谑的目光在添上阴郁的瞬间后，收回了自己想要斥责她的话。她要的只是安全感吗？萧锐仿佛穿梭回过去，那个女人告诉他，他的胸膛是她寻觅安全的港湾。只是，到最后，他只是她的一个渡口而已。

办公室里一片寂静，他们似乎在同一时刻联想起关于自己的事，抓得住痛苦却抓不住甜蜜的过去。

"咕咕。"

因为静，白小陌肚子咕咕叫的声音顿时打破了两人的走神。白小陌吐吐舌头，萧锐合上电脑，利落地拿过衣架上的风衣说道：“穿外套。”

“啊？”

“趁我现在没有改变主意。穿外套。”

白小陌一下从凳子上站了起来，眨眨眼道：“吃饭？大发慈悲了？”

萧锐迎上她奸猾的笑脸，凑近她梨花似的白皙脸孔，说道：“我……”

“你干吗？”

“不喜欢被噪声打扰。”萧锐先指指白小陌肚子，又抬手指指耳朵。白小陌一下来了气，皱起鼻子指指萧锐的胃：“有人就是黄牛一头，从早干到晚，不吃不喝靠胃反刍。”

萧锐也不接嘴，径直走到门口顺手关了灯。白小陌在里头尖叫一声，跺脚叉腰地暗骂两句后，赶紧抓了衣服追出去。一抹黑色的影子半隐在走廊尽头，白小陌在萧锐身后嘀嘀咕咕的话语吞没在传真机声中。

“等等。”电梯刚要关上，白小陌一把抓住了门，萧锐眼疾手快地把她的手揪了回来：“没事玩什么电梯。”

“我的手机还在你办公室里呢，吃饭是私人时间，当然要带上手机。”

“吃饭时间不是用来给你谈情说爱的。”

萧锐一手拽住白小陌，一手按了电梯键，白小陌气得眉头打结似的瞪了眼萧锐，不想萧锐嘴角隐露坏笑。白小陌琢磨，等萧锐一出电梯门，她就赶紧关上门上楼抢回手机。

计划赶不上变化，小九九斗不过大Boss。白小陌眼见萧锐离开电梯，正得意地按按钮。不想萧锐突然停住脚步转过身，从手里变出一个手机，朝站在电梯里的女孩儿扬手，耸肩道：“找这个？”

“嗯？”白小陌一愣，门已经关了上去，只听银色金属电梯房里传来她的一声“可恶”。

秋夜的上海，冷瑟中继续着自己傲然的繁华，时钟拨过七点，糖醋排骨的香味混入空气中绊住了路人回家的步履，稍作停留后，归心似箭的人加快了脚步。传说上海人恋家，多半是因为厨房窗口飘出的那股香味。

“给我手机！”她狠狠地说。

萧锐只是朝前迈步。

“萧总，求求你嘛，给我手机吧。”她假装柔情，像一只小猫似的扒拉自己的嘴唇向萧锐祈求。

萧锐依旧继续往前走。

糖衣不行，炮弹不成，白小陌无计可施，只能跟在萧锐后面哼哼，直到拐弯进入一条街道，一片黄色银杏叶吹过路灯飘落在她浓厚的刘海上。橙黄的路光在弄堂的两旁照耀，条砖砌起的石库门在暗色与暖黄中交织成影。萧锐突然停住了脚步，站在街道的边缘，目光盯着那根漆成黑色的法式路灯与落了几片叶子的洋房二楼，一块木头铁圈做成的牌子上映着“Ginkgo”的字样。

白小陌并没有注意到萧锐突然停止的脚步，只是捡了这空档，取下刘海上的黄色叶片，轻放在掌心里。银杏叶是种奇怪的叶子，它就像爱情，黄了，裂了，才能感受到它的美。今年，银杏变黄飘落的日子再一次悄然到来，她又刚丢了一份爱情，只是，此时，她却有些遗忘了。

“在这儿吃吧。”

“这儿？”

白小陌一抬眼，蓦地发现正是霏霏新开的咖啡吧。小资格调的装修将这间咖啡吧掩得极好。白小陌贼贼一笑，上天待自己可真是不薄，萧锐那副冷漠的态度很快就要被天网给罩住了。白小陌暗哼了一声，跟着萧锐进了 Ginkgo 咖啡简餐吧。

霏霏正在吧台上忙活，白小陌扫了眼，贾少辰并没有出现在自己视线中。因为没有手机，白小陌也不知贾少辰去了哪儿，左顾右盼的间隙，萧锐已经招呼人点单。

“一份番茄酱 Pasta，一杯零度可乐。”服务生刚送上的菜单，萧锐还没有看便塞到了白小陌手里，“抓紧点单。”

白小陌翻开第一页，吐吐舌头，挤眼说道：“请客都没有风度。”

“小陌姐！”

这头话声刚落，吧台转角走来一位穿着浅灰色羊绒连衣裙的女人，颈项中卡地亚 Love 玫瑰金项链与纤细手腕上的手镯柔婉低调地绽放光晕。白小陌放下菜单应声道：“哈，霏霏！”

“怪不得我哥打你电话你不接，原来是佳人有约了。”霏霏与白小陌不是同类人，她唇角的笑容与眼中的气息神秘而妩媚。男人的目光在触碰到它的时候会不觉被它吸引，萧锐没想到像白小陌这般看似普通的女孩儿会有霏霏这样富有的朋友。不过，很快，他觉得自己这想法过了头。

她也有自己的圈子。

“别乱说，他可是我上司萧总。”白小陌指指萧锐，萧锐朝霏霏点头，霏霏虽然眉目间的眼神与自己目光善意交换了两秒，但他却能感觉这女人正从每一处细节打量自己，看似柔和的目光竟有些淡淡的敌意。听她嘴里说的“哥”，她该就是白小陌朋友的妹妹。

“哦，不好意思，萧总，我是小陌的朋友霏霏，这顿我请了。”

“太客气了，喊我萧锐就可以。”

“萧锐？这名字……”霏霏又看了眼白小陌，白小陌嗖的一下红了脸，岔开话题，干咳道：“这事说来话长，赶紧来点儿你这儿拿手的。”

“海鲜菠萝饭。”

“海鲜菠萝饭？菜单在哪儿呢？”白小陌顺手快速翻阅起菜单，霏霏立刻从她手里抽了回来：“我哥给你做的爱心餐，他有事先走了。”

“哇，贾宝宝给我做的啊，那我可要好好尝尝。”白小陌托着下巴，朝萧锐道：“萧总，瞧我，时时刻刻为公司节省开销来着。”

萧锐淡笑，听得出这贾宝宝与白小陌之间的关系就如他们间断不了的电话联系一样紧密不可分。这时，角落里传来手机新闻的声音：“我非常高兴盛欣超市集团能够成为我们新地大家庭的重要成员。”

“唉？这声音怎么这么熟悉？”白小陌伸伸脖子往萧锐身后看去，不想霏霏已经站到了后排沙发边，“不好意思这位小姐，您能不能把音量调小些，以免影响其他客人用餐。”

那两人被霏霏整得有些莫名其妙，白小陌并没有在意那么多事，萧锐微微往后看了眼，回正道：“你朋友很贴心。”

“可不是吗？和她哥一样，贴心啊。”白小陌突然想起办公室的时候也有人讨论盛欣，不免八卦起来，“盛欣超市是我们客户吧？”

“吃饭的时候不谈工作。”

萧锐并不爱在任何公共场合谈论工作，白小陌努努嘴道：“工作餐说不让玩手机，现在又说吃饭不让说工作，嘴长自己身上，说出来的都是理。”

说完，白小陌侧脸朝外，看着纷扬银杏叶的街道。萧锐的手机跳了条短信出来，白小陌瞟眼长叹：“州官放火，唉……”

短信的内容简洁明了：已约好盛欣的人，时间一会儿告知。

萧锐唇角勾起笑意，白小陌低嗤了一声。贾少辰留给白小陌的菠萝海鲜饭很快被端了上来。

“哇，这么香。”热气扑上脸，白小陌脑袋里跳出贾少辰围着围裙给自己烧着菠萝海鲜饭的模样，忍不住笑了起来。

“快吃，吃完干活。”萧锐打断道。

“嘿，我这不是要跟着萧总吃饭的速度吗？”白小陌心里一乐，身后的两人继续讨论着新地集团的事来。

“我和你说，我朋友在新地集团做中层的，她说他们老板有家族遗传病。”

“家族遗传病！”

萧锐半眯了下眼，喝了口柠檬水，很快，服务生端上了Pasta。白小陌见萧锐的菜来了，生怕落他一截被笑话，赶紧大口吃起菠萝海鲜饭。后面讨论新地集团总裁的人见白小陌的菠萝海鲜饭异常足料，又找了霏霏理论饭料的问题。

霏霏放了一半心思在处理饭料的事儿上，另一半则在萧锐与白小陌那儿。白小陌显然是没心没肺有胃口中，仔仔细细地扒拉着海鲜饭，嘴里还会塞得满满的与她说：“霏霏，你忙你的，不用管我们。”

萧锐看白小陌时露出淡淡的笑容，霏霏想要打断却总被自己忙碌的生意阻拦。浓郁醇香的咖啡豆，橙黄点缀的灯与木棉麻布铺设的桌布印出别样美丽。

白小陌起了身，毫无顾忌地摸摸自己肚子，萧锐口袋里的手机震动了下，他本不想去看短信内容，却不小心碰了下，上面写着：吃完菠萝饭，记得点评下我的厨艺，少辰。

“你怎么还不出来啊，霸王餐吃完了，还想霸着位置啊？”白小陌打断了萧锐偷窥的举动，萧锐没好气地把手机推进口袋，心里转念，自己居然会干这么幼稚的事。下属的隐私，有什么好窥探的？

尤其是像她这样耍点小聪明，扯个大喇叭让自己下不了台面的下属，不好好整整的话，尾巴都翘上了天。

萧锐在客人鄙夷的目光中走向门口，朝霏霏礼貌性地点头，霏霏正打着电话，他隐约听到。

“哥，妈让我和你说别同洪伯伯起冲突……哎，我知道，小陌姐吃过了，你就放一万个心……不是一个人来的，和……”

霏霏忽然见萧锐朝自己点头，很快压低了声。萧锐装作没有听见，白小陌已在玻璃门外朝自己耸肩，肢体语言表达她又急切渴望地想要手机。

“开工。”

白小陌皱皱鼻子，不想萧锐已往回走，一片银杏叶刚巧落在了头发上。白小陌捂着嘴闷笑，直到萧锐在白小陌的疑惑中上车后发现落叶瞪了她一眼。她才扑哧笑出声：“萧总，我们不上去加班研究小翅膀了吗？”

“上车。”

萧锐打了个手势让白小陌上车，白小陌一边挪位置，一边问道：“去哪儿？”

“在笑别人之前，最好自己先照照镜子。”萧锐目指了反光镜，镜子里清清楚楚地映出白小陌嘴角残留的菠萝汁。白小陌哼声抽出纸巾使劲儿擦擦，撇嘴瞪眼，又假装若无其事地坐在副驾驶上。

车子启动得很快，一个漂移似的开出了停车位。

“啊！你开这么快干吗！”

“闭嘴。”

“慢点！”

“啰唆。”

“我打 110 了！”

“你没手机。”

“还我手机！”

车子里两人争执的声音就似一首上下起伏的欢快曲子，渐渐地消失在本是压抑的地下停车场。

萧锐一路没有说车子将开往什么地方，白小陌心里琢磨自己这回就被他卖了还帮他数钱的命了。外地人看上海的路总觉得很相似，纵横交错不够大气，本地人却是十分自豪，摩登大厦间的间隙总能有石库门，老洋房这样的建筑穿插其中。

糖醋排骨的香气已经消失在了街头巷尾，萧锐带白小陌来的地方是人们最爱聚集的地方：盛欣超市。

从早八点到晚九点盛欣超市都是门庭若市，萧锐几乎是以抢的方式占到个停车位，随后“劫持”了白小陌进超市。他的目标很明确，明确得让白小陌吓了一跳：卫生巾货架。

实践是检验真理的唯一标准。此时此刻，她尤信此话。萧锐的雷厉风行与毫无顾忌是令人震惊的。不光是她，身旁的几个女人都斜眼瞧着他，仿佛他的出现，从视觉与感觉上，直接秒杀了众人。

“按照货架原理，这些该是卖得最好的。”

萧锐的货架原理对白小陌来说不是什么陌生词汇，只是她没有想到他一揽子把黄金地带的卫生巾全扫到了推车里。周围的人再一次齐刷刷地把目光聚焦过来，像是在琢磨她是不是被大姨妈光顾得要血崩，才买了这么多卫生巾。幸而她的手还抓着推车，只是不知道推车与她，是谁扶着谁的关系？

她愤愤地嘟囔：“脸皮厚得到了天。”

萧锐装作不知，自顾自要走，突然面前闪出一位带白翅膀粉色衣服的女人。

“您好，先生，我是维罗朗的促销员小西，您是今天第一位陪女朋友过来挑选小翅膀的先生哦。请问我能给您做个调查吗？”

“哈哈哈……”

扶着推车的白小陌站在萧锐身后，赶紧埋头锤了两下推杆。要不是条件不允许，她早就能笑趴到地上。维罗朗的促销员采访维罗朗副总裁。这是多有趣的事啊？要说萧锐不答吧，这不是打击了公司促销员的信心吗？要说答吧，他该怎么答呀？

求我救你，求啊，求我侠义地救你一次。

白小陌得意地微翘嘴唇，翅膀小西抓个精准，笑盈盈地说：“这位小姐一定是很幸福的吧？”

问话就像一粒不小心卡在嗓子里的枣核，白小陌觉得自己使劲吞咽都咽不下去。她很苦恼，苦恼这矛头什么时候就转向她了。

“我想她很幸福。”

他就像在德国海关时那样，一把搂了白小陌浅笑着应答。翅膀小西像是采访到了轰炸性新闻似的，激动起来，围观的人也跟着多了起来。白小陌最恨大家围观，特别是围观站在卫生巾货架前被色斑鸠上司搂着的自己。

“看样子，您是很了解您女朋友。我看先生选了不少品牌，但大多数不是我们维罗朗的，不知道原因是什么呢？我们维罗朗可是世界顶级女性护理用品制造商。”

这话问得萧锐脸上表情僵硬。所谓货架定律，就是胸口到目视范围那段的产品。卖得好，货架费最高，所以各大公司也最愿意把自己主推的产品放在那个地方。很显然在超市这一块，维罗朗明显输于其他品牌。

“感受的话，我女朋友一定更清楚。”

哼，这皮球踢得倒是好。明明是作为高管的他自我反省，现在倒成了她的事。说实话，她平时也不用维罗朗的产品，总觉得维罗朗在款式上选择面太少，包装中规中矩也逊色于其他品牌。既然萧锐把球踢她脚下，她也好好扫他一下面子：“维罗朗的产品挺好，就是市场开拓上弱了点。”

一边说，白小陌一边在他腰后猛捏了一下，萧锐倏地脸上不好看，低眉看她，却迎上白小陌假装绵羊似的笑容。萧锐没好气地被她暗算。翅膀小西不知哪儿摸出一对插着翅膀地粉色卫生巾递到白小陌面前道：“希望您能试试我们维罗朗的产品。”

接着，拍立得把两人表情极窘的样子给定格了下来。萧锐还没有来得及抢到手上，白小陌收进衣服鬼脸一作：留作证据，以备不时之需。

周围的人再次小声议论。

萧锐拖着白小陌，白小陌拖着一车子货仓促结账离开。这场景，就像两只栓一起的蚂蚱。

“照片给我。”

“手机给我。”

“白小陌。”

“萧、总。”

车一落锁，萧锐侧过身盯着正绑安全带的白小陌，白小陌本能地往后一靠，不想被他逼迫的姿势完完全全地箍住：“我是你上司。”

“员工守则第五条第六款，如果上司骚扰下属，下属可直接向人事部举……举报。”

“举报我？”

萧锐的睫毛很长，白小陌第一次这么近距离地盯着他的眼睛，黑色，幽深，仿佛藏着一个秘密，他极力地去掩饰，又掩饰不住，无意地流出些许伤怀的色彩。她离得很近，就像离这故事也很近，只是这故事究竟是什么，她抓不到，也解不开。

“就你这样的身材，还举报我骚扰你？”

他定了几秒后，嘲笑了一声。她明明感觉他刚才的眼神里有种说不出的东西，可转眼，他又成了这副该死的德性。上了贼车就下不来了，萧锐开车到了云庭。云庭是沪上高档社区，车子进入的时候保安查得很紧，往里还看了看，这才开闸放了进去。

“不是送我回家吗？”

云庭离自己普通的新村小区十分近，转两个弯就到了。白小陌还以为萧锐是送自己回家，没想是被拐来了自己家。

“把事做完，自己打车回去。”

刚才还半开玩笑，现在却像失恋找事解脱愁困一样，板着臭脸也不知道给谁看。

白小陌嘟囔了一句，两人坐电梯到了萧锐家。萧锐的家很大，高档社区里的酒店式公寓，整个装修高端大气上档次。

“我穿哪双鞋？”

“照片给我。”

“不给。”

“我再说一次，把照片给我。”

门口，他摊手给她手机，语音低沉得没有半丝玩笑的意味。

一张照片，他就这么在意吗？难道她会真的去举报他骚扰自己？刚才那照片照得好玩，她才有了念头要藏好，谁有这空闲劲儿去与“杀人不眨眼”的人事部去告发？再说了，他是副总裁，她一小蚂蚁能把大象给掰了吗？

不过既然他送了自己手机，那就权当交换。照片交到了萧锐的手中，只是在他眼皮底下亮了一眼，瞬间就被撕成了两片，然后他径直地朝敞开式书房那儿走去。

“为什么撕了？”

白小陌涌过一种难以言说的感觉，总觉得他好像撕了一件很重要的东西，没有了这样东西，他们间的距离瞬间就大了。大到她不敢再往前跨越一步。

这是一种畏惧吗？

真实的，对上司的畏惧吗？

“我回来了，妈非让我带鸡汤给你喝……小陌！你怎么在这儿？”

白小陌杵在门厅处，两只脚丫子站在地板上，尽管铺着地暖的地板并不凉，但这副样子却是十分可怜。她听有人喊，自然回过头，回头一看竟是谷学文，睁大了眼睛说道：“怎么是你啊？”

“这问题不该是我问你吗？”

“我？我是被诱拐来的。”

“诱拐？”谷学文探身往里面看了眼，手里提溜着一个膳魔师的保温盒："哎，我都忘了。你俩一个公司的，我和萧锐从小玩到大的。哦，对了，萧锐，你怎么让小陌一个人待这儿？来，拿双拖鞋穿穿。"

谷学文也不知道两人发生了什么事，只是看着两人都苦大仇深似的，自然也不好多说。

"你不是和贾宝宝从小玩到大的吗？"

白小陌问起谷学文，手机刚好响了起来，是贾少辰的电话："我刚在超市做市场调研……嗯，我在盛欣超市啊。嘿嘿，什么市场调研？不告诉你，嗯，就不告诉你。哦，对了，我遇到谷医生了。嗯，我知道了，你忙吧。我和你说了，要是你老板敢虐待你，我就拆了他。"

白小陌一副仗义的模样，谷学文想她绝对不会想到贾少辰的真实身份。见她挂了电话，他便附和道："我说白女侠，你可别把你家那位老板给拆了，拆了他去哪儿干活啊。"

"谷医生，我不就是说说嘛。"

"你们认识？"萧锐的声音幽幽地飘来，仿佛是从某个角落突然传出的回声。谷学文含糊地"嗯"了声。

白小陌嘟着嘴穿上谷学文准备的拖鞋，啪嗒啪嗒地走进客厅，将一大摞卫生巾扔在了沙发上。

"我说小陌，你没事吧？买那么多……不是你们俩一起买的吧？"

"有人下了圣旨，做下属的不敢不从。"

谷学文走到萧锐跟前，萧锐一脸漠然地倒了杯咖啡，谷学文搡搡他胳膊："你不是说过不会带女人回家的吗？"

"工作上的事。"

"我和你说别招惹小陌，否则你地位不保。"

"什么意思？"

萧锐放下咖啡杯，谷学文皱皱眉头，白小陌已走到谷学文身旁说道："问问你这位同居男友，今天还要不要加班了？"

谷学文一愣，推推眼镜朝一旁男人看去，萧锐落落眼皮：“告诉她，马上加班，还有，今晚我要用这书房。”

“谷医生，和他说，我打完电话再加班。”

“加班的时间是属于上司的。”

“打完再说。”

“喂，拜托你们两个，明明就半米的距离，当我是皇宫里的公公呀，说话还得传个声儿。”谷学文抬脸看着天花板，说道：“搬进来的时候，都说这房子设计有问题，书房非要来个敞开式的，还好不是卧室。”

说着，谷学文去了厨房拿出一对碗，分别盛上鸡汤，说道：“加班的人有加餐。说句公道话，小陌一女孩子家得打个电话回去。”

萧锐喝了鸡汤，对着与父母汇报结束的白小陌说：“把产品价格和名称列个清单给我。”

“哦。”

“开机密码在这儿。”萧锐随手在报事贴写了串儿数字字母，贴上了电脑屏幕。白小陌还打算问个清楚，萧锐却转弯进了走廊，谷学文耸耸肩道：“他喜欢一回家就洗澡。”

“我都说了只许州官放火，不许百姓点灯。我来就是加班，他呢，就是享受。没天理。”白小陌努努嘴，发了通牢骚。其实，萧锐给的工作对做事利索的她来说根本不是难事，只一会儿的工夫，她就把 Excel 表从纤细手指中整了出来。

萧锐在卫生间淋浴的样子在白小陌脑海里就像一只淋了水的斑鸠。她忍不住咯咯笑了起来，无意间瞥见垃圾桶里撕成两半的照片，没有犹豫便把它从垃圾桶捡了出来塞进包里。

“小陌，你记得别碰桌上的魔方。”

“魔方？”白小陌有双闲不住的手，手指才刚放回桌子，谷学文就及时开了口。白小陌不由舒口气：“幸好。”

男人一般比女人总要大气些，白小陌把贾少辰视为男人这类物种的集中体现。贾少辰就比自己大方得多，但凡她想要的，贾少辰都愿意给她。所以，她想这魔方涉及到了色斑鸠上司的某段情史，才显得尤其神秘。

“什么幸好？让你做的事做好了吗？有这么多闲情逸致聊天。”萧锐不知什么时候出现在了廊前，灰色家居服，头发半干，淡淡的香水味飘了过来。

“没有做完，我能这么闲情逸致吗？”

“打起十二分的精神，周日到苏州，我已经约好了盛欣的人。”

“啊？喂喂喂，星期天是周末，周末是不上班的啊。”

“你是上司，还是我是上司？”

“这不明摆着的事吗？”白小陌指指萧锐，再指指自己，侧脸看谷学文这位裁判。谷学文也不好插嘴，做了个鬼脸，拔腿就跑：“谷医生很忙的。”

“没时间耍嘴皮子，不光是周日，从今天到明天，我们要把初案做出来。”

“怎么可能？策划案需要时间。”

“市场会给我们时间吗？”

萧锐说话的时候，看了眼电脑旁的魔方，目光稍许停留了几分，伸手去拿魔方，脚不经意踢到垃圾桶，刚撕坏的照片已经消失：“照片呢？”

“什么照片？”

“超市里拍的。”

“不是给你了吗？刚才进门就交给你了，不见了别怪我。”

白小陌把脸埋在电脑后面，萧锐本想再说她，话到嘴边终是吞了下去。他不会告诉她为什么自己执着地要撕了照片，有些事，不是三言两语就能解释，尤其是在维罗朗这样人多口杂的地方。已经有过痛苦的结局，他不想再有人因此跌入泥潭，更何况像她一样的女人，虽然聪明，却没有心计。

记得那天面试后，她像一只受伤的小猫瘸跛在职场的曲路上，被人欺凌却无法还手。他想自己不该是心软的人，或许是因为慕尼黑那日的独处，让他在某一刻觉着如果不救她，会无法原谅自己的冷漠。只是，救了她，却像踩上了蜘蛛网，纠缠不清的感觉。

夜晚九点半，新地集团与盛欣高层出席的冷餐会进入尾声，贾少辰趁空打电话给谷学文，问白小陌是否和他在一起，并交待他记得送白小陌回家。谷学文无意间透露了白小陌要和上司周末去苏州谈盛欣超市推广的事。

“苏琴，查一下盛欣这周末在苏州有什么活动？”

贾少辰搁下红酒杯，眯眼看着觥筹交错中的洪建国与盛欣两位高层。那日拒绝了签署与金氏的协议，洪建国似乎一直保持着沉默，而苏琴也依旧安好。此刻，她在旁低声回道：“盛欣的形象代言人要在金鸡湖，也就是《私人订制》影视拍摄的地方拍宣传片，请了几家重要合作商。之前，他们邀请了您，您婉拒了。”

“维罗朗在其中吗？”

“维罗朗不在里面。”

贾少辰微蹙了下眉头，维罗朗中国区总裁于伟与洪建国的关系非同一般，眼下盛欣归了新地集团，这肥肉，洪建国当然会与于伟分。为什么名单中会没有维罗朗？

“替我安排明天同盛远山见个面。”

“好的。”

“记住，这件事不要对任何人说。”

周六上午，盛欣市场部的盛远山就在苏琴的安排下到了贾少辰的私人会所。今日约见盛远山的私人会所距离维罗朗集团并不远，在一间石库门房子里头。青砖古瓦，淡淡的檀香味萦绕梁柱，添了份古意。贾少辰穿了件浅灰开衫，听盛远山的脚步声，便倒起茶来。

“总裁。”

盛远山是盛欣超市总裁的侄子，说起来是自己人，但侄子终究比不上儿子，能掌要职却掌不了江山，因此，盛远山就担任着比外人亲、比亲人远的市场总监一职。这次并购，新地集团是大头，总裁贾少辰在私人会所密见盛远山。这让盛远山很紧张，见贾少辰为自己倒茶，盯着他修长的手指竟颤了起来。

“坐。”

“谢谢总裁。”

“盛总监不必这么拘谨，我想自己还算得上是平易近人的。”

“总裁年轻才俊，说话又和气。只是今天总裁找我，我心里有些忐忑不安。”盛远山拘礼地笑笑，摸不着头绪。

“不用忐忑，明天盛欣在苏州的宣传活动，我本来要参加的，但有别的安排，所以去不了。”

“恩，也不是什么重要的活动，新地集团事务繁忙，况且洪董已经出席了……”盛远山说到这儿，声音偃了下去。他懊恼自己嘴快，明知道外界传闻洪建国与贾少辰之间的争斗日趋白热化，他还往这上面怂。

“是啊，洪伯伯会出席。之所以谈到周日的活动，是我想了解下我们一些共同的合作商情况。”

“哦，是这样。”盛远山松了口气。

“外界都传言我和洪伯伯关系不好，盛总监不会信了吧？”

盛远山拿着小茶杯，刚饮了一口，差点咳了出来。贾少辰继续给他满上，他又推谢。

“这都是外界闲来无事，找题材写的，就像盛欣超市的八卦新闻一样。”贾少辰继续道。

“也是，媒体嘛，总不能闲着。”

“对了，这次维罗朗集团好像不在你们名单中。不过，我也听说，你会接洽维罗朗集团的人。”

盛远山突然抬眼盯着贾少辰，艰难地吞咽喉咙里骤然卡住的口水。背着盛欣的人私下接触没有被通知参加会议的维罗朗，这件事怎么会被贾少辰知道？这意味着什么？意味着新老板要清算那些拿了好处的人吗？他一想到这儿，两脚哆嗦起来。都说两家并一家，最敏感的就是市场部，他不会是第一个被开刀的人吧。

“盛总监不必这么紧张。我的意思是维罗朗与我们合作多年，我也希望盛欣与他们合作愉快。”

“哦，那是自然的，维罗朗是世界顶级企业。只是……”

贾少辰品了一口茶，等盛远山说下去：“洪董事之前同我叔伯他们打了招呼，说是要晾晾维罗朗，叔伯们就让我把精力放金洁那儿。当然，我觉得维罗朗名声好，所以就答应了和他们见见，这事说起来也……”

“呵呵，我正考虑给维罗朗更多发展的空间，要是可以的话，我希望盛欣与维罗朗合作多一些。”

他并不想帮助那个叫萧锐的男人，如果没有猜错，洪建国这次孤立维罗朗是维罗朗总裁于伟的意思，而于伟要针对的一定就是萧锐。外企斗争的残酷向来都是刀光血影的，原本这事与他贾少辰毫无干系，甚至，他还想萧锐被于伟踢走，只是白小陌正踌躇满志地在新岗位为手头的项目努力，他怎么会让白小陌的努力白费。虽然白小陌不会知道是他在后面帮了她，但能看着她倒在自己肩膀上傻兮兮地笑，他就满足了。他要的不多，只要她快乐。

Chapter Five

摩天轮顶的爱情不过只是传说

“你觉得我们这策划案能成吗？万一搞砸了，你是不是准备把我当炮灰啊？”

上海去苏州的路途只有一个多小时，白小陌心里像揣着小鹿似的不安。这份策划书只能算是个初案，萧锐急于求成的心态让她总感觉这事忒不靠谱。要是萧锐把件事弄砸了，最后还不是她倒霉吗？她越想就越觉得不是滋味，在副驾上，难免骚动。

“炮灰？”萧锐斜了一眼，“你值几两？”

“要不要这么损？”

“金色与黑色系打底加上薰衣草的味道，还有，你提到的理念：安全感。我觉得初案没有问题，即便是有瑕疵，也不会妨碍这次会谈。所以，请你不要用这副苦大仇深的脸对着盛欣的人。”

“没有了周末的人能不苦大仇深吗？”白小陌话音刚落，眼帘里映出摩天轮的轮廓，她忍不住激动道，“摩天轮，摩天轮！”

“你多大？上海没有摩天轮吗？”

“嗤，想你也没有听过摩天轮的故事。”

摩天轮的每个盒子都充满了幸福，它一圈一圈地转着，就像轮回的爱情，在空中画出美丽的弧线。

他何曾忘记自己与那个女人在满地银杏的时候坐上摩天轮，幸福地望着波澜的湖面，感受幸福的时刻?

“传说，在摩天轮转到最高的时候亲吻才会把爱情留住。”白小陌趴在窗边喃喃道。

“什么？”

“什么什么？”白小陌提提嗓，故意卖个关子朝萧锐瞧了眼，假装糊涂。萧锐尴尬地掩饰道：“没什么。”

“哦。我以为你在想自己没有在摩天轮转到最高点的时候亲吻呢。”

“无聊的话题。”萧锐冷嗤了声。

“装吧。”

车内很快恢复了平静。盛欣的活动在中午冷餐会后已经结束，新地集团与盛欣的首脑们自然不会闲在酒店中，早已和几家合作商一起去了安排的游艇会所。

与盛欣市场总监盛远山的见面约在了洲际酒店，早上活动的海报与发布会现场凌乱不堪，大家也都没有闲情逸致去管盛远山约了谁。当然，对盛远山来说会面萧锐已不是什么见不得人的事。新的大老板贾少辰亲自交待要他处理好与维罗朗的合作事宜。对他而言，八面玲珑的事当然要做得漂亮。

“啊哈，Wilson，很久不见。”“盛总。”

双方见面的时候有段距离，白小陌见萧锐与盛远山挺熟悉，不由在旁低语：“你们挺熟的嘛。”

“第一次见。”萧锐轻声道。

“骗谁呢？”白小陌抿着嘴，口中嘀嘀咕咕。双方正走近，传来一女人的声音：“盛总。”

循声望去，身着米白色连衣裙的女人朝这头走了过来。虽然衣着素雅大方，却掩不住凹凸有致的身材和浓郁香水透出的妖娆味道。迷魅的眼眸从盛远山身上很快流转到了萧锐的身上："这位不是维罗朗集团的副总裁 Wilson Xiao 吗？"

白小陌眼睛一斜，瞅着萧锐含声问："这也是第一次吧？"

"白小姐。"

呵，这女人竟然也姓白。白小陌心想自己咋和这个女人同一个姓。白，那是多么单纯的姓氏啊，没想到也有家门不幸的时候。萧锐这双带花的眼睛恨不得立刻飞点桃花出去吧。谈事，现在这气氛怎么看都不像是商务谈判，倒像是寻欢作乐的前奏。

"Wilson 认识我？"

"白小姐在模特业里名声斐然，我要是没听过，那就是孤陋寡闻了。"

"那我期盼……"姓白的女人狐媚地顿扬声音，"与 Wilson 能有合作的机会。"

"看来，我今天合作的事得换成萧总和你的了。"盛远山与那女人相视一笑，女人展展笑容，低声道："不妨碍你们谈正事。"

说完，人便走开了。白小陌琢磨这女人八成与盛远山有一腿，不然的话，一个模特怎么可能会留在会场？萧锐这只色斑鸠，就喜欢这种 C 罩杯女人了，和 Alice 一样，把魂儿都给勾走了。

"这位是我的助手白小陌。"

"哦，萧总的助手也姓白呀。"盛远山看着并不像个色眯眯的男人，长得五官端正，没什么特点，也没什么缺点，人海中丢下去再也捞不上来的那种。

"我叫白小陌。"

白小陌与盛远山简要打了招呼，在盛远山眼里，年纪轻轻的白小陌无足轻重。尽管萧锐默许白小陌介绍维罗朗的新品，盛远山似乎根本不在意白小陌的话。

“这份是策划案初案。”白小陌正要递上，盛远山直了下身，萧锐立刻伸手挡回了策划案，笑着对白小陌说道：“策划案这样的小事，往后你和盛总的下属交接就可以了。我们今天是来拜访客户，不是来谈枯燥的策划书的。”

“哈哈，没想到萧总在德国几年，没沾上他们一本正经的气息。”

盛远山露出笑容，萧锐说道：“那得看什么场合，和谁一起。”

白小陌把策划书放回自己膝盖，看着两个男人在面前客套，萧锐还把自己说得没有经验，心里寻思来的路上还调侃做不做炮灰的事。现在倒好，刚上来就把她当作肉盾给挡前面了。

“这儿的服务真慢，我去看看。”

萧锐来不及阻止白小陌离席，见盛远山眼神里有独聊的意思，也就没有多说，把话锋转到了正题上。

白小陌径直到了吧台，服务生见她是从座位上过来，立刻彬彬有礼道：“对不起让您久等了，我们马上就送过去。”

果然是五星级酒店的服务，白小陌心叹这反应速度比她这好使的脑袋都转得快。不过，她得赶在他们送去之前动点啥手脚。记得下午茶单上有黑糖红茶，于是心上一计：“对了，我身体不太舒服，能不能在我的咖啡里加点黑糖啊？”

“浓缩咖啡里加黑糖？”

“黑糖玛琪朵听过吗？或者……”白小陌手肘搁在桌上，假装神秘地凑上去道：“黑糖咖啡。”

“呃，对不起，我们这儿暂时只提供焦糖玛琪朵。不过，小姐要是需要黑糖的话，我们可以为您准备黑糖。”

正说着的时候，咖啡已经准备完善，服务生取一只白瓷小容器，夹了几块黑糖。没想到白小陌直接把白瓷容器里的小块黑糖放到了浓缩咖啡里，搅了一小会儿，擦去溅出的咖啡渍，轻拍下手，笑盈盈道：“OK 了，端过去吧。”

服务生对白小陌这样的动作也不好多说，脸上的笑容僵硬尴尬。白小陌回到萧锐身旁，盛远山与萧锐之间的对话已经落在了合作话题上。

“我们的条件绝对不会输于金洁。”

“萧总的确是非常爽快的人。”盛远山话落。双方见服务生端来了咖啡茶点，也都直起身好让服务生能够弯腰把东西放上桌。

“这家洲际的下午茶还不错的。”盛远山刚说完，喝了一口浓缩咖啡的萧锐就差点咳嗽起来。浓缩咖啡量很少，不消一两口就喝完，可这咖啡的味道着实可怕至极，按洲际的服务水平绝对整不出这样的咖啡。他立刻斜眼看白小陌，白小陌则若无其事，莞尔一笑道：“是啊，这儿的咖啡也很好喝。萧总，是不是比我们维罗朗办公室的还好喝啊？”

“不错。”萧锐见一旁偷乐的白小陌唇角正得意地微翘着，手捧着咖啡杯揣了报复心思的模样竟让他生不出半点的怒意，反而有些控不住地多停了几秒。

她是不是一个拿着扫帚的小魔女，能把自己的火气都扫得干干净净？

盛远山没有在意萧锐目光的迟滞，只是与萧锐继续谈合作。说心里话，萧锐的诚意与整体合作方案的确让他感觉新颖而吸引。早就听闻他在这行名声斐然，后来被调去维罗朗德国总部，没成想见到本人的时候，还是让他眼前一亮。他交谈的口气看似平和却暗藏玄机，话语不遮不掩，却又意味无穷。

双方的会面只用了四十分钟，盛远山显得很满意，萧锐表示他很喜欢盛欣的代言人和布置，同时邀请他改日在上海见面。盛远山欣然笑笑，说是一定要多多交流。

白小陌跟着萧锐离开洲际酒店，手里拿着熬了半宿才整出来的策划书，虽然心里不服气，但刚刚狠狠地报复一次，也算是恢复了心情。

秋日的阳光温暖如金，广场上空的风筝与摩天轮竞相追逐至高点。萧锐朝摩天轮方向望去，没有在至高点吻过的爱情是不是真的无法坚持到最后。出神的瞬间，他不禁嗤笑，什么时候被这揣了小九九的魔女给迷了眼睛，竟会想这种事情。

“哎，这策划书白做了。”

坐上车的时候，白小陌狠狠地长叹，接着，便瞪着萧锐的脸仔仔细细地打量，一动不动，仿佛在端详一件珍品。

“盯着我做什么？”

“青年才俊 Wilson Xiao，萧总，请问，这样就算结束了？”

“如果你问我同盛欣的会议，结束了。”萧锐并不看白小陌，只是拉了安全带，发动了车子，“奢宠系列拿下盛欣超市黄金位置不成问题。”

“不成问题？我看你们都没谈什么重点？”

“是。”

萧锐突然侧过身，抬起手臂放在副驾座位上，白小陌往后一缩，低声喊：“干吗？”

“你光顾着往我咖啡里做手脚，哪能腾出时间听我们谈了什么。”萧锐目光紧锁住白小陌，“小魔女”往后挪着自己的颈项，如同周黑鸭曲脖的模样：“哪有？”

“我冤枉你了吗？”

“你是上司，我怎么敢？借我一百个胆子也不敢在你的咖啡里做什么手脚。再说，我也喝了呢。Espresso 本来就苦，本来就苦嘛……”

白小陌眨眨眼，陷在座位里，装得一副无辜的表情，似乎真受了委屈，被他这位一口一声的上司给冤枉了。

“我警告你。”

“萧总，等等，我有电话。”

手机绝对是白小陌的杀手锏，她左右一摸，这手机随即在他面前晃了晃。萧锐也不含糊，一把夺了过去，直接按了接听键。

听筒那边是男人磁性的声音：“小陌，开完会了？还顺利吗？”

车内的气氛瞬时凝了住，白小陌伸手去抢，萧锐只一换手，就到了白小陌够不到的地方，然后说道："她还在开会。"

男人微微一顿："再见。"

简略的话语听似不悦，萧锐虽然未曾与那人谋面，但从这简短的声音中感觉他并不若白小陌平日里口中喊的那么普通。他蹙起眉，总觉得不安的心绪浮上心头，只是感觉不出这不安源于何处。

"干吗挂我的电话？"白小陌恨不得砸上拳头，只是手到了半空又摊张在他面前，"还我。"

"是他挂断的。"萧锐也不与她多争论便还了手机。

"嘴在你身上，想说什么就是什么了。"白小陌一收手，藏在身侧，"刚才你们真谈好了？"

萧锐笑笑，白小陌怀疑的口气让他只觉得好笑。不过今天约谈的事很顺利，顺利得蹊跷。盛远山是条狐狸，但不是条聪明的狐狸，与他交谈的过程中分明露出自己是受人的纵容指派。如今，盛欣的东家是新地百货，新地百货的决策人洪建国与于伟关系甚深。盛欣今天故意疏远维罗朗出自他们之手应是确信无疑的事，但盛远山后面的人是谁？为什么会给自己一条路？

白小陌全然没有这样的概念，只是皱鼻子抗议萧锐野蛮开车后，便朝着反光镜映出的摩天轮影子傻傻地发呆，唇角勾起，好似浸在某一段回忆中无法抽离。

爱情。

摩天轮顶点的吻真能一直下去吗？世间的童话总是沿着人们期待的方向延展，而现实的结局往往残酷地让人不愿多回想一秒，就像皮夹中他不愿再取出的照片，定格着他的爱情，永远被他关入了记忆的格栅。

Chapter Six

初次见面

在爱的人面前，会希望她的眼里只有自己。

新的一周。没有歇上半天的白小陌得了色斑鸠上司从指缝里挤出的允诺，周一睡了个自然醒后才上班，没想楼下遇到了简希，被她一把拖到墙边，神秘地问道：“喂喂喂，你现在和男神高管走得很近嘛。”

“什么很近？”睡觉这件事是很奇怪的，睡得越多越是犯困，处于半困中的白小陌打了哈欠，不以为然地从简希面前闪了过去。

“装吧。”简希瞟瞟白小陌，低声道，“周末都一起去苏州了，还装。”

“苏州？”

白小陌先一重复，突然像触电似的一震，拉着简希道：“你怎么知道的？”

“咳，刚还装傻，现在一摆证据就承认了？”

简希这么一说，白小陌还真得一愣，发现自己是傻了，居然这么糊涂地就承认了。萧锐说过去苏州的事要绝对保密，现在，她却证实了简希的问话。只不过，简希是怎么知晓这件事的呢？

“扯吧。我怎么可能去苏州，我和我那万里挑一的闺蜜美男一起呢。”

“得了吧。别提你那闺蜜美男了，就一幻象。还是男神高管是重点。说说，你俩发展到什么阶段了？我听说上周你俩关系还有些僵，怎么周末就闪和了？”

“闪和？你倒是挺会造词。我可没和他一起出去。”

白小陌盯着电梯，简希八卦的嘴毫不停歇，只是继续道：“都被人看到了，还赖，说你俩还是从一家酒店里出来的。”

“越说越像真的。”

电梯到了一楼，白小陌赶紧往里钻，简希突然被一个同事喊住，一只脚伸进电梯后只能拔了出来。白小陌赶紧按了楼层，门隔开了简希失望的神情，把自己锁在了四方小间中。

究竟是谁看到了他们出酒店？谁这么无聊？简希又是怎么知道的？简希那张封不住的嘴，会不会到处乱说？

“啊！”白小陌突然惊呼一声，电梯门正巧打开。门那段的光线被一个伟岸的身影挡了视线，他似乎也有些愕然，站住了没有往电梯里走。

白小陌赶紧一勾指头，低声道：“快进来。”

“什么事？”

白小陌不知在哪儿和他谈刚才简希同自己说的事，觉着把他喊进电梯间最安全。不想才按住门，萧锐刚要进来，徐风在后面喊了萧锐：“Wilson，我刚把你要的报告给了何丽。”

“OK。”萧锐改了主意，转过身与徐风说起话来，白小陌也不好一人霸占电梯，于是走了出来，准备去办公室。

“等等。”萧锐喊住了她。

“嗯？”

“你做的奢宠系列产品策划书，我已经邮件批复了。你把它做成file交给市场公关部总监，我要尽快上市奢宠系列产品。”

“哦。”

白小陌应了声，她觉得自己应得莫名其妙。策划书是他们两人一起商量的，有什么批复不批复的？她只是缺了半天的班，感觉萧锐比自己还在梦游状态。

到办公桌前，白小陌打开邮箱，萧锐的确发了一份文件到自己邮箱里，标题清楚地写着奢宠系列策划书。按理，这样的策划书都得是用加密邮件发送的，不知为什么，他只是标注了“紧急”字样。

白小陌刚要打开，没想看到另一条劲爆的人事邮件：客户服务部方敏之经理调市场公关部任部门总监。

方敏之调部门升职了？

“Melody，你邮箱还没有备份吧？”王培不知什么时候端着咖啡站在她身旁。

“备份？”

“是啊。”王培探了下身，挤挤豆大的眼睛，“一早公司IT说就接到总部通知邮箱服务器要备份到总部云服务器上，有一个小时的空闲时间。难得啊，你懂的。”

王培坏笑的模样，白小陌自然是一看就懂，撑着下巴跟笑道：“那我留着这宝贵的一小时，好好珍惜。”

“啊，Melody，我开始佩服起你了。一有勇气，不畏强权，二有头脑，灵活聪明。我怎么就想不到这一招呢？”

“好啊，多多佩服我吧。”

白小陌眯起眼睛，想到周末萧锐对自己说奢宠系列项目已经谈好，心里早就偷乐了。

“对了，Wilson是不是对你有特别指派任务啊？”

王培故作神秘地压低声问白小陌，白小陌刚要回他，贾少辰打来电话："今晚有空吗？"

"今晚？"

"男朋友有约呀。"王培在旁调侃，白小陌一侧头，低声道："等等。"

她走得不紧不慢，因为她知道贾少辰早已习惯了自己。

"贾宝宝。说吧，你今晚约我干吗去？去霏霏那儿吃你的海鲜菠萝饭，还是带我去见你的酒窝公主。嗯，或者是……"

"想带你去个地方。"

"要不要这么神秘？难道是挑结婚戒指？"

"傻瓜。你都没嫁出去，我怎么会结婚？"

"听着好像很在理，我可是你姐，一定得等我嫁出去，你这小弟才可以娶老婆。哈哈，这么一说，我觉得自己肩膀上的担子顿时重了千斤。"

电话那头传来贾少辰的笑声，白小陌很喜欢贾少辰的声线，尤其是他唱《一生有你》的时候，他喉咙里的声音就像融进了歌词，让自己沉醉。

不过今天的电话，贾少辰特别神秘，他终是留了秘密没有告诉白小陌晚上的安排。

白小陌绝不是一个能够耐得住性子的人，只是回到办公室工作后，她的心思被萧锐那封邮件震了住。

怎么会这样？

这份策划书根本不是他们一起商量的策划书。明明是薰衣草，怎么变成了云朵？难道说是那只该死的色斑鸠改了策划书？

"萧总，文件放你桌上了。"

"谢谢。"

白小陌正想着怎么去找萧锐理论，他刚巧回了办公室。白小陌直接杀了进去："萧总！"

何丽忙起身喊她，却被萧锐抬手止住："让她进来。"

白小陌心里暗自“切”了声，何丽知趣地离开了办公室，顺手带上了门。

“什么意思？”白小陌嘟嘴道。

“这话，不该是我问你吗？”萧锐边说，边拿过手旁的文件签了起来。

“这份策划书有问题，那天晚上，我们做的策划书明明不是邮箱里的那份。”

“是吗？你的意思是我……”萧锐签了两份文件，手自然地搁在桌上，抬眼看白小陌，“发错了？”

“是改了，不是发错了。”

“白小陌。”

萧锐叫了声她的名字，没有半丝玩味，看她的眼神骤冷了下来：“我发你的就是奢宠系列产品策划案，把它装帧好后交给方总监。十五分钟前，我已经和你说过这件事的紧急性，而你还在这里浪费时间。”

“可是这……”

“三秒钟。”萧锐抬手看起手表。

白小陌看萧锐这副模样，气得直咬牙。明明是他改了整个策划内容，不知会她也就算了，还那么理直气壮的。周末白和他缓和关系了，活该他喝了那杯咖啡，早知道直接往里放两只虫子，恶心死他。

白云，白云，色斑鸠一定是在他的大房子里搂着某个C罩杯的女人，想到了白云啊白云。哎，可怜了谷医生，居然能和他这样人住一个屋檐下。

白小陌嘀咕了许久，按着萧锐的意思装帧成册送到了市场公关部，不想简希正搬着整理箱进市场公关部，见她进来，赶紧把箱子扔在了桌上，迎上来：“小陌。”

“你怎么跑这儿了？”白小陌不傻，看简希在搬东西，自然猜出她是跟着方敏之来了新部门。简希是什么人，领导一升职就能带上她一起跑，就能说明她的舵使得有多灵活。

“就允许你动，不允许我动啊。”简希见白小陌看穿自己调部门，一搡她的手臂道：“你是不是真和男神高管周末去酒店了？”

“谣言止于智者。简希，我一直觉着你就是智者。”

“少来。咳，早上我打电话给你要份转岗文件，你没接电话，我就借个名头上去转一圈，无意间听到何丽和人打电话说道男神高管和你去了苏州洲际酒店的。连他秘书都和人说了，我这能是造谣吗？”

何丽？

她在和谁说这件事？

她又怎么知道萧锐和自己去了苏州？这是临时的决定。难道说是萧锐自己告诉的秘书？

“你呀，管管好嘴。我去找你上司了。”白小陌从简希的整理盒里抽出块巧克力塞她嘴里。简希猝不及防，赶紧伸手托住巧克力，一副狼狈的模样。

“Melody？你找我。”

没想到方敏之已经看到了自己，白小陌点头，拿着手里的文件走到方敏之面前：“萧总让我送份策划书到您这儿。”

“哦。”方敏之瞟了眼白小陌手里的策划书，说道：“到我办公室说吧。”

方敏之的新办公室维持了前任的装修风格，这儿贴满了维罗朗集团的商品推广照片，置身其中，仿佛有一种进入百年文化腹地的感觉。只是这种感觉，与它的新主人显得格格不入，白小陌看得出，方敏之是非常不喜欢这里的一切。

“我听说这份策划案是你和Wilson一起做的。”方敏之翻开这份机密文件，迅速扫过陈述页。

白小陌吃过一次亏，对方敏之任何可能带有陷阱的话，她尽量用“嗯”来回应。

“白云这样的创意好像有些……”方敏之鼻子轻碰了下抬起的手背，显然对萧锐给的这份策划书感觉不佳。白小陌跺跺脚，自己的名声也跟着被那只色斑鸠给毁了。

云朵，这么土的创意。

只是方敏之的这个小动作很快就被她的一番赞许替代：“真是很贴合整个产品啊。Wilson 果然是 Wilson，这份策划书一定能帮我们压过金洁。”

白小陌附和一笑，这牛吹给谁听呢？金洁作为维罗朗的竞争对手在超市里的份额要高上一成，就那天他们在超市里看到的，都是压倒性的优势。更不用说金洁正在策划的高端产品了，怎么会输给这个失败的策划上？

方敏之该是故意这么说的吧？那个推给萧锐这个项目的人是不是也等着在看好戏？

白小陌前一分还在幸灾乐祸萧锐失水准的表现，下一分却开始为他担忧起来。可是，他看着也不像那种栓个绳子把自己往死勒的人。难道说他还有后招？

之前，他神神秘秘地与盛远山谈妥了。是不是意味着不管产品策划有多差，盛欣超市都能把奢宠系列产品炒红了？怪不得盛远山连策划书都不看。只是，他们俩有这么好吗？

方敏之嘴角莫名的弧度就像萧锐格外淡定的面容一样让她心生疑窦，也许这是高层的事，原本这事离自己很遥远，而现在这遥远的事仿又与自己有了切不断的联系。

“为什么这么心不在焉？”

下班后，白小陌去了霏霏的咖啡店等贾少辰。霏霏说贾少辰临时有些事，要稍晚一些。白小陌并未在意，只是看着落地玻璃外渐渐暗了的天，路灯亮了起来，只是淡淡的橙黄并未耀亮路面。

离开公司的时候，萧锐不在办公室。白小陌总觉得有些什么搁在心里，几次拿起电话要打给他，却觉得没有理由。下午的时候，他说得很清楚，那份策划书就是最终版。他该是清楚策划案的轻重吧？

“嗨，我说小陌姐，我和你说话呢。”

“啊！”

手一碰调勺，啪嗒一下落在了桌上。霏霏长叹了一声，手搭在白小陌肩膀上问：“你在想我哥吗？”

白小陌摇摇头。

“小陌姐，你有没有考虑过我哥？”

沙发不远处，一身运动衫的男人止了脚步，静静地看着朝玻璃窗外失神发呆的女孩儿。她朝玻璃外的路看了许久，竟没有发现他。咫尺的距离，他只感觉她就像镜花水月无法掬捧在手里。

“考虑什么？”

“和我哥在一起啊。”

“我们不是总在一起吗？”

“不是你们现在这种在一起。我的意思是男女朋友。”

“男女朋友！”白小陌突然从机械的回答中惊醒了过来，回头看霏霏的时候，恰看到贾少辰，眯眼招手道：“过来过来。”

“等多久了？”

“不知道，快过来。”

白小陌起身拉了贾少辰，顾不得贾少辰的反应，一把搂住贾少辰的胳膊，把头枕在上面，另一手伸手去摸他胸口，眨巴眼睛朝霏霏说道：“你哥看到我心脏跳得可平和了，怎么会爱上我呢？”

心跳得平和就是没有爱的感觉？

贾少辰低眉看枕在自己胳膊上的女孩儿。他已经把她当作了比自己生命都重要的人，又怎会浮于表面地怦怦乱跳呢？

“我说得对不对？贾宝宝。”

“我刚来，都不知道你们在讨论什么。先吃些饭，我带你去个地方。”

“你一说，我肚子倒真是饿了。刚才霏霏在问我，为什么不和你凑成一对？”

“所以，你就这么大庭广众地吃我豆腐？”

“那你吃我嘛。我可不介意，随便摸，摸吧，摸吧。”白小陌凑到了贾少辰的脸孔面前。

“受不了你们俩，眼不见为净。”

白小陌一个人在疯，贾少辰的心却似刀割，她与他毫无距离，可这却不是他想要的，他好想一把抓过她乱舞的手，紧紧吻住她的唇，告诉她，这些年，他爱她已似自己的生命。只是，他没有勇气，在爱情与命运面前，他是一个懦夫。

他恨自己，更恨自己在她面前的伪装。

“贾宝宝，过三十岁，我没人要的时候，我找你，不好，三十五吧，不好不好，四十吧。哈哈哈，我是不是在咒自己？不行，我得立刻相亲，找个男人嫁了。”

“不！”

他打断道，声音响得有些吓人，周围的顾客朝他们看来。他竭力吞咽下喉咙里的高音，“不好意思，我是说，你，别随随便便嫁人，至少得过了我这关。你看你之前找的那些男朋友，哪一个靠谱的。往后，我一定得好好把关。”

“好啊。果然是好兄弟，好姐们。”

白小陌拍了下贾少辰的肩膀，无意间看到玻璃外约莫七八米的灯柱前出现了熟悉的身影。

他站在那儿，就像一株柏杨，脸朝向一旁的一杆路灯，好似在想什么事。周围经过的女人都会瞥过两眼，他却把目光留给那盏灯。

“都几点了，还在那儿装男神。”

白小陌哼了一声，外面似是起了阵风，落在地上的银杏叶卷了起来，纷纷扬扬地绕在他的脚畔起舞。

“你认识他？”贾少辰打断了白小陌的思绪。他当然认得这个男人，只是想听她的回答，带着审问的色彩。

“那不是你上司吗？”霏霏端了意大利面到他们跟前，“要不要我去招呼他吃饭。”

“不用！”白小陌举起叉子喝止道，“人家在扮演男神，让他去扮演吧。”

“就是你上司？”

“是啊。”白小陌伸手掰正贾少辰的脸庞，“上司不用审核，就是个发工资的人。”

那个叫做萧锐的男人从他面前夺走了白小陌的眼神，他却什么都做不了，反而因为白小陌，不停与洪建国结梁子。他离开新地集团时，洪建国与他在走廊面对面地盯了对方良久，末了，洪建国在他耳边低声威胁他，他既能辅他贾少辰，也能废了他。

他仍然记得洪建国说的话：开豪车，玩女人，才是你的生活。

开豪车，玩女人，洪建国自然是希望他是只知道吃喝玩乐的公子哥，这样，他才能淋漓酣畅地挥动手中的权力。

只是，他不会让洪建国如愿。

“都快启程了，你该告诉我今晚的目的地是哪儿了吧？”

白小陌与贾少辰的饭吃完了，萧锐却仍在路灯下，手插在侧袋，低头看着路沿上不规则的银杏叶。白小陌嘴上问贾少辰晚上的节目，眼睛却偷瞥萧锐。

“上车。”

贾少辰的车是一辆白色小电驴，他使了个眼色让白小陌坐在后面，搂住自己。白小陌常坐在他身后，为此，没少交罚款，也没少接受批评。可贾少辰不在乎，白小陌当然更不在乎。

坐在上面，她会抱着贾少辰的腰，吹着路上的自然风。这不论对贾少辰，还是白小陌而言，已经是习惯了。只是今日，白小陌的动作却是有些迟缓，坐在他车后，手臂环得松松的。

“抱紧我，小心掉下来。”

贾少辰的话引来萧锐投来的目光，他能清楚地看到萧锐往前走了半步，脸上的表情短暂地闪过吃惊。他在打量自己，准确地说是在判断他们之间的关系。

“萧，萧总。”

白小陌原只是偷看萧锐，没想到贾少辰的话语声竟然把他的目光引到了自己身上。贾少辰握着她的手，一如以往地贴放在他的腰际，她却感觉手僵硬得很，拼命往回收，好似刻意在回避萧锐的猜测。

“你朋友？”

“是。”

“恩，是啊，少辰是我最要好的朋友。”

三个人初次见面的开场白竟会是在这样没有预料到的秋夜。萧锐终于见到了挂断电话的男人，他看上去有些面熟，不知是在哪儿见过，却一时记不起来。对于他这样拥有超好记忆的人而言，记不起面前这位有些面熟的男人是件匪夷所思的事。或许，是什么别的理由，让他找不到与那面熟男人匹配的参照物。

贾少辰没想到白小陌会想要挣脱自己，更没有想到她会急着用“最要好的朋友”这样的话来澄清他们之间没有男女关系。这让他沮丧不已。冒着被认出的风险向萧锐炫耀他与白小陌的关系，结果却把自己塑成了一个傻子的角色。

“哥，萧总。”

白小陌使劲在心里和自己说，不就是色斑鸠吗，为什么自己要向他撇清与贾少辰的关系？这有什么关系呢？之前在所有的男朋友面前，她从来都不顾忌的。现在这是怎么了？好像与贾少辰之间黏在一起是件见不得人的事了。

幸而，霏霏救了自己。尽管她不知道霏霏是看到了三人之间的尴尬，才出来做了打圆场的人。

“哥，你不是要带小陌姐去玩吗？还不去？”她使了眼色催促贾少辰。没等白小陌想明白该说什么，贾少辰转动了小电驴油门，带了她朝路的另一头开去。

“Bye bye。”

白小陌再见的声音淹没在路的尽头。路灯下，两个人的电驴在他的眼中似烛火渐渐熄灭。

“不好意思，萧总，我哥不善言谈。”

曼妙身姿的女人站在路灯下，见他们消失在眼幕中，方才开口，眼瞳中的余光扫过一旁的男人。

萧锐下意识地睨了眼霏霏，轻笑地收回自己跟着远去的眼神。

“到我店里喝一杯？”

“好。”

“Ginkgo”字牌耀着素描水彩的黄色银杏叶，一双人影进入落地玻璃大门，身后的路延向古色的石库门巷。一位穿着格子衬衣的眼镜男人望着那双人影隐在门的那头，垂下了手中的白色玫瑰，唇角微扬过一道浅浅的痕印。

转角处，觊觎你的身影，伤痛是不是也能变作爱你更多一点的理由？

Chapter Seven

属于你的灿烂笑容

“这不是原来的厂子嘛！”

半个多小时的路途，白小陌被小电驴带到一块庞大的工地，工人们仍在奋力地工作着。这座城市，即便是在晚上，工地上四处灯火的场景也并不少见。

“以为你忘记了。”

“怎么可能忘记呢？瞧瞧那块地方，东南角，我可是在那儿救的你啊！女汉子救美男子的故事发生地呀！”

许多年前，他站在小山坡上，看着这间国营厂的人拖家带口地声讨自己的父亲。他觉得那些人很可恶，只是那些人眼眶里的泪又让他觉得他们很可怜。

他不知道什么是对，也不知道什么是错。

父亲在他心里是偶像，因此，父亲做的事，他都认为是对的，直到那一次，他开始有了懵懂的怀疑。

哥哥在小山坡找到他，让他回去，他不回去。两人争执的时候，他不小心滑了一跤，白小陌就是在那个时间点闯入了他的生活。她竟然把自己的哥哥推了一把，随后摸出怀里自制的沙包狠狠地砸了他哥哥的脸后，拉着他就逃命。

这就是女汉子路见不平拔刀相助的全过程，虽然回忆起来十分好笑，但却是贾少辰最常回忆的场景。他从未告诉过白小陌真实的故事，只是让她反复地提起这件往事。

因为这样，也会是她最常回忆的一件事。

彼此回忆相同的事，何尝不是一种浅伤的幸福?

“你怎么想到带我来这儿？啊，对了，你看看这字，新地集团呀。看样子新地集团这个超级大土豪要造大房子呀。Shopping Mall，一定是座超级 Shopping Mall。”

“大土豪。”贾少辰忍俊不禁。

“怎么不是？你想想新地集团 New Centry Mall 那栋建筑，幕墙上有好多金色啊，土豪金呀。你说那么一大栋，不是大土豪吗？”

“我听说，这座 Shopping Mall 是高大上的，中间还会有座桥架天幕。”

“天幕？”

“是啊。”

在他们相识的地方，他会留出一座小小的山坡，坐在山坡上看着天幕。天幕映出的，会是七色的彩虹，会是飘着的蒲公英，也会是冬季见不到的鲜花，夏季瞧不着的雪花。

“天幕要是能放映银杏就好了，你知道，我最最喜欢的就是银杏叶子，黄黄的，像小扇子。”

“那就让天幕放映银杏叶子，一年四季都放。”

“说得你好像是这里的主人。”

“假装我是。”贾少辰拉起白小陌的手退到路边的台阶坐了下来。

“里面还有小山坡。”白小陌闭上眼睛指指工地的东边，歪过头凑近贾少辰脸侧，“还有一个女汉子。”

星辰下，她的脸庞就像湖水中的盈月，他看着她，低声相附："还有我。"

她的笑容是他眼中最美的景色，即便上天此刻就夺走他所有的记忆，他坚信，他一定能记得她脸上浮起的笑容。他抬起手，渐渐靠近她的肩膀，她的脸庞。

小陌。

你是我这辈子最想记住的人，你的眉眼，你的脸廓，你的笑颦，你的一切。

"我……"

"贾宝宝。"她突然睁开了眼睛，"和你说件很奇怪的事。今天萧锐给了我一份策划书。"

萧锐。

为什么在他特意营造的环境中，她要提萧锐的名字？难道他比他们的回忆更重要吗？

"下班了，我们不谈工作，好吗？"

"不是啊，我就是觉得奇怪所以才想和你说的。明明周末的时候，我们讨论的策划书不是那样的，可不知为什么他今天居然……"

白小陌的话语根本无法完整地进入贾少辰的耳朵，他实在不想听白小陌用"我们"来形容她和萧锐，更不希望她如此在意他们之间的工作。虽然他很厌恶自己这种满含妒忌的情绪，可他却无法克制自己。

"小陌。你根本不用担心任何事。"他打断了她泉涌般的话语，她突然转过头，双手放在他的脸颊，鼓着嘴巴："你是嫌弃我啰唆了吧。我知道的。你一定是这么想的。"

"有我在，任何事都可以解决。"

"嗯，假如你真是……"白小陌指着工地说道，"是那家集团，我们维罗朗大大客户的老板，就帮我在维罗朗出人头地！"

会的。

只要你愿意。

你要的，我会倾我所有。

手机声突然打断了两人的对话，贾少辰凝视的目光被白小陌催促接电话的话语打散。

“总裁，有件事，啧，我不知道该怎么说？”

“说。”

电话是盛远山打来的，贾少辰站了起来，电话那头顿了顿继续道：“洪董事刚刚关照我说，是要签了金洁在我们超市女性卫生用品黄金货架的合同。我知道，您之前关照过我要给维罗朗的，我也见过维罗朗的人。这，这……”

“那天的话，你还有不懂的地方吗？”

“哦，我懂了，懂了。”

盛远山吃了定心丸后，挂了电话。只是贾少辰的电话却并没有停止。

“总裁。今天晚上洪董事与于伟私下见过，看样子，他们很快会有行动。目前看来，于伟是想尽快去掉萧锐这个眼中钉。如果总裁直接插手盛欣超市业务，洪董事绝对不会就此罢休，我担心您……”

“没什么可担心的，该来的，想躲，都躲不了。”

“贾宝宝，你工作上很忙吗？”白小陌看着几步开外的贾少辰连着接了两个电话。贾少辰耸耸肩，佯作的确如此，却不想手机又响了起来。

“少辰呀，是我，阿姨。”

贾少辰听得出电话是霏霏母亲任俪打来的。她平日里很少会打电话给自己，听得出她是有事要与自己说。任俪说是清理别墅里一些旧物的时候，整理到他父亲的一些东西，希望他现在去拿。贾少辰知道在这一时刻，任俪找他去拿东西，不过是借口，她一定是要做洪建国与他之间的和事老。他本有一百个理由不去，但出于对任俪的尊敬，便应了任俪。

他发了短信让人在白小陌家附近安排好车子，而自己则送白小陌回家。没想白小陌说自己要去超市，于是，贾少辰便关照她去完超市早点回家，自己去往佘山别墅。

路途灯光明亮，低调奢华的宾利只能引来懂车人的注意。等候贾少辰的司机见他过来，赶紧毕恭毕敬地从车上下来开门。贾少辰上了后排座椅。

前后不过几秒的时间，不远处奔驰车里的男人却看在了眼里。

是他?

她男朋友?

不可能。他之前明明开的是小电驴，怎么会突然上了宾利车?一样的衣服，一样的身形与外表，可完完全全不是同一背景。

小电驴，宾利。

两个世界的交通工具。

"滴滴——"

后面的车子烦躁不安地按着喇叭，萧锐只是一闪眼的工夫，宾利车已经消失在视线中。

或许真是累了几天，整个人出现了幻觉。萧锐这么提醒自己，打算去超市旁的咖啡店买两包咖啡豆，不想车才开了两分钟，眼前却是她一瘸一拐的身影。

巧合，总是发生在他们之间。

哪怕朝着两个方向分开，最后都能撞在同一条线上。

"怎么？男朋友把你扔这儿了？"

说完后，萧锐觉得自己有些可笑，竟然会莫名其妙地说出这么幼稚又酸酸的开场白。

"喂！你吓我一跳。"

“做亏心事吗？”

他开车跟在她的身边。

“切，我又不是某些人，道貌岸然，常做亏心事。”

“上车。”

“我为什么要听你的？”

“你不觉得自己走路的样子有碍市容市貌吗？”

“喂，说话要不要这么伤人啊。”

“那你和上司说话能不能客气些？”萧锐往前开了一段，把车子停在路旁，挡在了她的跟前。

“拦路打劫的。”

“上车。”

“喂，你，你快放我下来。”

白小陌显然没有做好任何准备就被萧锐打横抱了起来，两只脚在半空中甩了几次，一只鞋子掉在了地上。萧锐并不管这些，把人塞到了车里，捆上安全带，回头从地上提了鞋子。

“光天化日强抢良家少女。”

“现在是晚上。你也不是什么良家少女。”

“嗤，我怎么不是良家少女了？”

“你家在哪儿？”

“我为什么要告诉你？”

白小陌嘴里虽在抬杠，但心却因为萧锐刚才突然的举动惊得慌乱不已。他抱着自己的时候，她分明能感觉自己整张脸红得像烧过似的，还有一种难以形容的感觉滋扰得她定不下心思。

“那我就查你简历。”

“哎，我说就是了，查什么简历。”

他还真是做得出。

萧锐看着反光镜的女人，实际，他也无法解释为什么会做出这样事来，只是他并不觉得有任何不妥，再重复之前一分钟的事，他仍旧会这么做。

白小陌说了自己的住址，他才发现原来他们之间住得那么近。

“什么时候，你可以不这么狼狈地出现在我面前。”

“你以为我想，刚才鞋子卡进了地上的槽缝里。”白小陌感觉自己终于找到个好借口，可以低头看鞋子。

“怎么？和男朋友吵架了？”

“他不是我男朋友，他是我最好的朋友，霏霏的哥哥。男性朋友，闺蜜，你懂吗？男、闺、蜜。”

“我不聋，不用重复。”

“他有事，我刚想去超市，他就放我在超市门口了。谁知道那里石板路不好。”

放在超市附近？

刚才那辆宾利车也是在超市附近出现？会这么巧吗？不，不可能。

“你朋友是做什么工作的？”

“为什么要告诉你啊？我和你说，虽然你开的奔驰，他开的只是小电驴，你要是看不起我朋友，我可头一个和你翻脸。”

“他妹妹能在房租那么贵的地方开店，他却看上去很普通。”

“萧总也有好奇的时候吗？他们又不是亲兄妹，一个有钱，一个没钱有什么关系。”

白小陌从未考虑过这之间的联系，而她的解释听上去也很合理。萧锐并没有和她继续争辩，他愈加觉得那对兄妹之间肯定藏着更多的秘密。

“到了，就在这儿放我下来。”

她解开安全带，萧锐蓦地按住她的手。两人不约而同看着对方，两人彼此的距离只剩了一颗心大小。

这一刻，他忘却了那张照片中的女人。

这一刻，她拂去了所有出现过的爱情片段。

如果时间滞留在这一刻，他们之间便只剩了对方，所有人都成了背景。

“不管发生什么事，你要相信我。”

时间还是拨动了它的秒针，他收回了手，下了驾驶位。她跟着用另一只手摸了摸刚才那只被他覆住的手，心跳得更厉害。

“住这么近。以后加班倒是很方便。”他站在车门外，看她一副被自己吓得惊惶的模样，拉开门调侃道。

白小陌失神了两秒，吐舌头道：“我能力这么强，才不会加班。”

她不知自己究竟有没有向萧锐说再见，她也不记得是怎么走回家，回到卧室的。

她只记得自己从包里拿出了用胶带纸粘好的合影。

“色斑鸠。”

她喃喃道。

接着，手又戳戳照片里英俊的男人，托起下巴念了起来：和你那么熟吗？要不是我清楚你的德性，一定会误会刚才的事。

误会？

他是不是在国外待久了，所以才会这么不懂得“矜持”？

“小陌，这几天，你加了两天班，喝点鸡汤，好好补补。”

不知什么时候，母亲敲门进了房间。白小陌慌张地找地方藏照片，却被母亲看得真切：“藏什么呢？”

“没什么。”白小陌把照片塞进了枕头，笑盈盈地应声。

“最近，怎么没听你提小肖了？”母亲看着白小陌，岁月累在眼角的纹路泛出慈爱与关切。白小陌不想母亲为自己担忧，更况，“肖瑞”这个名字如今在她的脑子里已经完完全全被萧锐替代了。

“小陌啊，别再瞒着妈了，妈知道你和那个肖瑞断了。”

“怎么会呢？老妈你呀，就知道乱猜。”白小陌端起汤碗喝了一口，咂巴了嘴巴，转移话题：“老妈煲的汤是越来越有大厨的风范，不，比大厨还要好。”

“小妮子就知道转换话题，还说你妈瞎猜。你是妈生的，妈还不知道你个性。去了趟德国，就没见着你俩的照片。这是你个性吗？”

“老妈，瞧你这话说的，好像你女儿喜欢到处显摆，秀幸福似的。”

“这是证据一。”

白母见自己女儿不认，也悠悠地卖起关子：“证据二，妈刚看到送你回来的男人不是之前那个小子。”

“老妈，不带这么监视你女儿的。”

“证据三，你藏半截的照片。”白母目指了弓起的枕头。

“老妈真是的，送我回来的不是我男朋友，是我上司。”

“上司？上司好啊。我们以前国营厂都是自个儿厂里的谈恋爱结婚的，知根知底。”

“打住！老妈，你知不知道外企最忌讳办公室恋情，你别拿着国营企业那套来说啊。”

“我和你爸不还是一个厂子的吗？说起来，他算是我师傅呢。那时候吧，你爸坏得很，常借口说教我这徒弟这个那个的，其实呀，他有那心思。”

“那是你那时候。我这上司可不会，他的眼里只有工作，哪会有什么别的想法。他光知道自己怎么把项目做好，根本不搭理你女儿啦。再说，办公室恋爱有什么好的。24 小时，除了睡觉的 8 小时，都要在一起，那该是多么可怕的一件事。”

“按你这说法，我生了你这小讨债的，岂不是更可怕。”

“老妈……”

白小陌倒在母亲的怀里，白母轻轻地拍拍她的肩膀：“找男朋友啊，记得一定要眼睛擦擦亮，千万别找贾少辰那样的。对了，最近没和他来往吧。”

“妈，他是我好朋友。别老说他的不是。”要不是母亲不喜欢看到贾少辰，白小陌也不会只让贾少辰送自己到超市，自己就不会崴到脚，白白让萧锐捡个便宜戏弄自己。

“我不是造他的谣，你想想要是一个好男人会出入那种高档娱乐场所吗？”

“和你说了，是你眼花看错了。”

“瞎说，你老妈我是老花眼，看远的东西清楚得很。”

白小陌不与母亲争辩，在她眼里，贾少辰是个绝对纯洁的男人，进出高档娱乐场所这样的事绝对不会真的。所以，她从未问过，更不会因为这件不可信的事而不理睬贾少辰。

贾少辰是谁？

她的闺蜜。

没有他在自己身边，就好像早上起来没有刷牙，出门没有梳头一样，浑身难受得无法继续一天的生活。

至于萧锐，他在自己耳朵边出现的次数成几何数递增，时而是只极让人讨厌的色斑鸠，时而又是装得别样温柔的青年才俊。虽然她总试图避免在他面前出丑，可偏偏每次遇到他，都会以一种难以解释的丑态出现。

机场，失恋的时候。

酒店，大哭的时候。

面试，得意的时候。

超市，窃喜的时候。

巷中，尴尬的时候。

马路，狼狈的时候。

不知下一次，又会是怎样的场景？

Chapter Eight

计划内的输赢，计划外的情感

争斗可以有计划，而喜欢上一个人却无法计划。

秋季的上海在寒潮后总是格外寒冷。维罗朗集团就像上海的天气，莫名地迎来了一场令众人抖慹的寒潮。

奢宠系列的策划案被提前暴露在行业内著名刊物上。好事的人将奢宠产品云朵设计笑作是落伍之品，并用四格漫画嘲笑了庞大组织的维罗朗集团在市场拓展上慢如巨象的动作。而在巨象之前，则是金洁乖张可爱回头诡笑的萌猫标志。

一早，这幅四格漫画出现在了维罗朗集团员工邮箱里。白小陌也收到了。

云朵，云朵。

这下倒好了，被云朵砸了头。

萧锐接连两天都不在公司，谁也不知他去了哪儿，此刻这条关乎战略市场部门的重大事件已如巨石悬在顶上。若非部门处在高管层，怕是早已被其他部门同事的闲言碎语弄得士气低落。大间办公室里，何丽不停地打电话，林朝华，徐风说着什么，王培则摆弄着电脑。

桌上的电话响了起来，白小陌接了起来。电话是简希打来的，语气神秘 ：“小陌，奢宠系列是你和男神高管一起做的吗？”

“怎么了？”

“唉，我以为男神高管是无敌才俊，没想到是个……唉，你俩怎么能商量出来这么差劲的策划案，现在沦成别人笑柄了。哦，还有这么机密的文件，怎么会让媒体的人知道呢？”

“你问我，我去问谁？”

“问谁！我说小陌啊，你咋能这么淡定啊？这可是你们部门的机密文件啊，现在出事了，谁负责啊？当然是男神高管啊。可他是总部派来的，能开他吗？我看你这次凶多吉少，哼，等着当炮灰吧。”

“什么凶多吉少，当炮灰？少吓唬我。”

白小陌嘴硬地去驳简希，眼前的光线却突然被人遮住了，耳朵里传来一个沙哑女人的声音 ：“Melody，请把你的电脑交出来。”

“什么？”

白小陌惊愕茫然地看着来自 IT 部门的同事，虽然脑子里很快闪过糟糕的想法，但仍表现出镇定的样子 ：“你们是来查看升级邮箱的吧？我已经弄好了。”

“对不起，因为公司商业机密泄露，我们是来收走你的电脑进行调查的，还有，你的手机也是属于公司的，请同样交出来。”

“调查？你们是在怀疑我把策划案泄露给媒体的？”

白小陌只觉背脊冰凉，仿佛走到了悬崖边，而前面的人正步步紧逼。

“Melody。”

人事部经理 Cindy 不知何时也到了白小陌办公桌附近，只是她并没有马上质问白小陌，而是隔了好些步，站在她下属的背后称呼了一声。她似乎并不想正面与白小陌撕破脸皮，但又碍于上头的命令必须出现在这儿。

看样子，自己不是被当作调查的对象，而是被当作了嫌疑人，甚至就是罪犯。

“我没有泄露公司半点信息。”

“这个需要调查后才知道。”IT 的同事是与数字“0”、“1”打交道的，他们没有 Cindy 的圆滑，只是一板一眼地与白小陌说道。何丽从办公桌走了过来：“萧总不在公司，你们这么做的话，对他不尊重。”

“Lily，虽然你不在人事部了，但你该明白我们也是别无他法的。还有，不光是 Melody，你们部门所有员工稍后都要接受调查。”

Cindy 扬扬眉：“收电脑。”

“公司怀疑我的话，那么就请查我的电脑和手机。部门其他同事与整个策划案毫无关系。”

“还愣着做什么？”

白小陌脑子空空的，泄露公司机密这么大的罪名分明是有人栽赃嫁祸。

究竟是谁？

是谁要这么陷害她？

萧锐去了哪儿？白小陌比任何时候都想要见到他。面前这些入侵者闯入他们的办公室，对她，就像提审一个犯了重罪的罪犯，只差一副手铐而已。

IT 部的人坐在白小陌的办公桌前，何丽蹙起眉头盯着这些人，反复用手机拨打萧锐的电话，却始终没有任何回应。

“和邮箱服务器调查结果一样。策划案转发过一个外部邮箱。”

“转发？什么转发？”白小陌惊愕道，萧锐给她的策划案，她除了不满意外，根本没有做过任何转发的动作。怎么可能会有转发到外部邮箱的行为呢？

“这么清楚明白的事实，难道还需要重复吗？Melody，你把萧总交待的策划案发到了一个外部邮箱。我们相信，这封邮件把策划案的详细内容泄露给了媒体。”

“不，不可能的。”

她从未做过这件事，也根本不知道外部邮箱是什么邮箱，她想要去查电脑，却被IT的人牢牢挡着：“电脑是公司财产。”

“Melody，刚才我们查过你的手机，这部手机经常与一个非公司手机号联系。”

电话号码是贾少辰的，他们之间的确每天都通电话。尽管电话是贾少辰打来的，并不占用公司电话费用，可此刻查询电话记录的时候，对这频繁出现的电话号码起疑，她就落了被动。

“这电话号是我朋友的。”

“朋友？公司托收缴费的手机规定很明确。”Cindy说到一半，下属在她耳边低附了一句，她脸颊瞬时掠过得意的神色，好似计上心头的模样，“你朋友姓什么？”

“这是我的隐私，我为什么要说？况且，他是打我手机，不是我打他手机。不属于公司管辖范围之内，就像很多人都会接到房地产广告。”

她感觉自己只差一步就会跌落身后的悬崖，而脚下的碎石已坠入深渊，她听不到撞击石壁的声响，只能听到自己颤抖的声音在竭尽努力地辩解，而那些尚算熟悉的脸孔却冷凝地要碎碾她的清白。

原以为先前被方敏之设局已体会了职场的唇亡齿寒，没想到还会遭遇栽赃陷害的事。

“Melody，违反竞业协议不仅仅是有悖公司规定，还牵涉法律上的事。不是你故意隐瞒就可以躲得过去……”

白小陌耳朵嗡嗡作响，眼睛盯着Cindy不停吐字的嘴唇，手心里沁满了冰凉的汗滴。她孤独地站在圈子里，没有人出来再帮她一句。

悠悠众口。

她该怎么办?

“这么多人?”

“萧总!”低沉的问候声后，何丽清脆的回应立刻把众人的目光拉向声源。原本围着白小陌的圈子拉开了条口子，被孤立的她顺着那道口子看到拖着银色行李箱的男人朝这儿走来。

如他们第一次在机场相遇，他把西装搭在臂弯上，衬衣的袖子捋了起来。

“萧总。”Cindy 愕然地看着面前突然而至的男人，他的出现显然不在她的计划中 :“您……回来了?”

“是啊。没想到我不在的时候，会有这么多同事来串门。”

他勾起嘴角，朝白小陌看来 :“看样子 Melody 人缘不错。”

听到他声音那刻，她的眼睛莫名被薄雾蒙住了，自己就像在掉入悬崖的刹那被他拉了回来。这是他第二次紧紧地拉住自己，从悬崖的边缘回到安全的陆地。他的目光虽只是短短停留，却满是关切，她感到乏词可言，努力地遏制打转的泪水，任由眼前俊伟的男人故作不知情地打发周围的人。

“萧总，您可能还不知晓奢宠系列产品策划案泄露给了媒体。今天一早，奢宠系列产品的策划案便被行业杂志发到了电子平台上。您和方总监是公司的管理层，绝对不会出卖国内公司信息。我们查过，Melody 邮箱里的策划案邮件转到了外部邮箱，而她手机电话清单里又与一个非公司手机保持频繁联系。”

“分析得不错，不过，这只是场误会。稍后，President Office 会给大家一个交待。我和总裁五分钟后要开会，Melody 也需要列席。”

他是副总裁，他想保的下属，又怎么会保不住?

“萧总开口了，我们当然明白其中一定是有什么误会。”Cindy盯着他半寸不离的目光，似乎明白了他的意思，第一个挪步离开白小陌办公桌，下属们自然跟得紧，而IT部门的人见人事部跑得快，也不想得罪萧锐，赶紧追上他们一起离开了战略市场拓展部门。

何丽见为难白小陌的人走开，便走到萧锐面前解释：“Sorry，我打不通你电话，所以……”

“和你没关系，麻烦帮我倒杯热橙汁。”萧锐交待道。

徐风，王培，林朝华刚才没有替白小陌出头，此刻更是知趣地埋头做自己的事，不去看萧锐。办公室内，他像一堵坚实的墙壁替她挡住了那些恣意摧破她自尊的人。他低眉望她，见泪在她微红的眼眶里打转，不免生了心疼：“到我办公室吧，有些事要和你说。”

白小陌受了委屈，脚下每一步都灌了铅似的沉重，他能感觉在过去那段时间内，她是被孤立在无人援手的地方。这种感觉就像是在德国酒店那天，她闷着心里的苦，直到喝了酒，堆垒的痛才溃堤般涌了出来。她在自己怀里，那种感觉至今难以忘却。

“Sorry。”

何丽送来热橙汁离开萧锐办公室后，萧锐站了起来把热橙汁递到白小陌身前：“喝些橙汁。”

“你不用说Sorry的，刚才要不是你让他们走的话，我大概今天就得卷铺盖走人。”白小陌的手冰冷，触到杯子的时候，温暖迅速直达四肢，因为危言抖颤而冷却的身体很快恢复了属于它的温度。

“看你说话这么利索，我有些后悔了。”萧锐边说边从身旁的箱子里拖出一个深褐色纸盒递到杯子旁：“甜食是治愈心情最好的食物。”

萧锐的办公室很温暖，橙汁散发着浓郁的香味，深褐色纸盒里的巧克力丝滑诱人，白小陌愣愣地盯着面前仪表非凡的男人，竟有些失神。

谁知萧锐开起玩笑："怎么？怕我下毒？"

白小陌伸伸脖子缓过些神，喃喃道："那邮件根本不是我发出去的。"

"我知道。"

接着，她抱着杯子，咕咚咕咚喝了两口橙汁，塞了颗巧克力进嘴里。

"啊！怎么这么苦？"

"这下好了，满血复活。"

"有预谋。"白小陌皱眉瞪他一眼。

"对，有预谋。"他跟着承认，悬起的心放了下来。

只可惜预谋的事还没有说出口，于伟与方敏之就进了办公室。白小陌一吞嘴里的巧克力站了起来。当然，像她这样的小蝼蚁根本没有机会得到于伟和方敏之的半分关注。他们只关心面前这位突然回了德国又很快赶回公司的男人。

"看样子今天浦东机场过来的路挺顺畅。"于伟的目光聚焦在萧锐的身上，白小陌在边上旁观，默默地抿着嘴里的巧克力。

"路，还成吧。我把小王留在浦东机场了。"

小王是公司安排接他的司机，萧锐有了别的安排，直接将他撂在了机场。这让方敏之觉得有些意外，而于伟则是不露声色。萧锐自然明白老狐狸是不会在这种细节问题上露出尾巴的，只是招呼他们坐下来谈策划案的事。

"Wilson，我想 Melody 不适合参加今天的会。"方敏之落座时似乎突然意识白小陌也在办公室，涂了秋韵谜红唇膏的嘴唇冰冷地下逐客令。

萧锐微笑，摊手继续道："请 Melody 参加这会是想把奢宠系列项目的最新进程向大家完整地介绍下。"

于伟的脸孔很平静，平静得可怕。白小陌平时很少见到总裁，在她的印象中，总裁就是公司内刊与年终晚宴上那位亲和力十足的中年男人。可眼前的他却好似另一个人，除了严肃深沉外，还有一种难以名状的恐怖。

“最新进程？”方敏之迅速睨了眼于伟，于伟与她并无目光接触。萧锐却朝她笑了笑，这让方敏之眼瞳里蓦地晕上了惊惶之色。

“当然。”

“总裁，早前的策划案已经提前曝光，难道还要再继续下去吗？”方敏之又看向于伟。白小陌也有些摸不着头脑，策划案到了将死的状态。刚刚五分钟前，她还被怀疑成出卖公司的人。萧锐浅眯了下眼眸，提醒她，接下的事她只需做个听客。

“这次策划案泄密不过是一场戏。”于伟的声音很沉，深沉得让人生出窒息的感觉。他并未看任何人，只是平静地看着对面的墙壁。

方敏之一愣，嘴角抽搐道：“一、一场戏？”

“这次的策划案泄露是我特意安排给媒体的。先前已汇报了总裁。”

“特意安排？把策划案透露给媒体？”方敏之惊问，目光立刻闪向于伟，于伟并不接话，她方才意识自己的莽撞，尴尬地转回头。

“既然金洁拿着我们的策划案不知该怎么用，那我就帮他们想个用处。”

“你越说越让我迷糊了。”

方敏之搁在扶手的手臂落在膝盖上，不自然地相交在一起。

“我们维罗朗有人一早把奢宠的策划案交给了金洁。准确地说，是把这策划案硬塞给了金洁。谁都知道金洁是我们维罗朗最大的竞争对手，而当金洁拿到一份完全比不上他们即将上市产品的策划案，他们会怎么处理？”

萧锐耸耸肩继续说：“一定是暗骂这份策划案的差劲，可即便如此，他们还是会想如何调整更具卖点的策划案来压制我们。既然这份策划案他们已经拿到，我就让媒体提前曝光，走一招暗渡陈仓。”

“暗渡陈仓？你的意思是我们维罗朗有另一份策划案。”

方敏之说的话很快被萧锐的话语证实：“既然叫暗渡陈仓，又怎么能没有准备？这都靠总裁的支持。”

白小陌听得入神，萧锐的话就像是一场未曾写入管理书的鲜活商战案例，而她正置身其中。

“Wilson 提到的新策划案主题是薰衣草。”于伟淡淡道。

薰衣草？

那不就是他们一起做的策划案吗？原来没有被他废弃。

“为什么要选用薰衣草？”

“女人对紫色有莫名的情愫，而安神芬芳的薰衣草又是浪漫的代名词。”萧锐走到方敏之身后，手扶搭在椅背上，半低下身继续说道：“薰衣草精油浸润处理过的纸盒散发着淡淡的芬芳。一片虚实相交的薰衣草田，鎏金束带上零荧光剂的字样，淡紫色的昂贵无痕粘胶贴合女人的内衣，贴心紫色试纸关注女人最私密的健康。让女人在浪漫中重获婴儿般被呵护的感觉。”

“咳。”方敏之整整领子，侧脸朝着俊朗的男人牵强地展展笑容，正要说什么，萧锐却已离开她回了自己座位：“方总监还满意这样的创意吧。”

“很精彩。”刚落了静的办公室内响起鼓掌声，拍手的正是于伟，这位适才还面无表情的男人，嘴角扯出一丝笑容：“这才是我们 Wilson 的创意。”

这就是当初他们一起提出的想法，不，他在整个策划上又提高了一步。白小陌心里嘀咕。

“总部很重视这次策划案，准备交代法国公司务必选用阿维农最优质的薰衣草原料。”

“Great，但是 Wilson，你似乎忽略了法国到中国的海运起码一个半月的事。再说法国人做事的速度，大家都很清楚。”

“方总监说到了点子上，所以，我已经建议澳洲公司为我们提供薰衣草的原料。这几年，澳洲的薰衣草田已经发展成熟，所以，不必舍近求远。海运三周就可以到达上海。”

“看样子，Wilson 都已经准备好了。”方敏之叹声的时候，眼睛余光扫向于伟，她想与于伟目光交流此事，然而，于伟显然不想在这样的场合中露出半分声色。

“可以这么说。当然真正做好，还是不能缺了这最后一道东风。”

萧锐从脚旁的银色行李箱取出一份合同亮在手上。白小陌看得清楚，这是盛欣超市与维罗朗集团的合作文件。

“盛欣超市！”

方敏之一惊，于伟直了下身子，似乎也没有想过萧锐会亮出这张牌来。

“没错。”萧锐把合同推到于伟面前，“这是我们维罗朗和盛欣超市签订了女性用品黄金货架协议。”

白小陌没想到他真的会这么轻松拿到盛远山的合同，明明那天也没有谈及什么。他却真的做到了他说的事，难道是在自己偷偷干坏事的时候，他把最要紧的事说完了？

“我想金洁很快也会知道我们拿到了这份协议。这样一来，他们得花心思如何针对我们的策划案，而我们的胜面会更大，首批样品会在我们维罗朗集团下属高档化妆品专柜以紫色浪漫小化妆包赠品形式进行首次宣传。”萧锐说到此，挑眉叹息了声，“那个挖空了心思卖消息的人该是最失意的吧。”

“是啊。”方敏之唇角的弧度牵强僵硬。这细节被白小陌抓住了。奢宠系列策划案只有他们三个人最清楚，按现在这情况来说，最大的可疑对象是方敏之。可方敏之又怎么可能这么明目张胆地在只有三个知情人的情况下传出消息。她不是傻子，也绝不可能做出这么傻的事情。还有，如果是她的话，如何解释自己邮箱那封被转发的邮件。究竟是谁转发了自己的邮件？

白小陌正想着，于伟站了起来："Wilson，好的策划案最终还是要靠市场来验证。当然，身为维罗朗中国区总裁，我也绝不容许有人泄露公司半点机密。"

方敏之迅即也起了身。

只见于伟走到了同样离座送他们出门的萧锐面前，压低声道："不管，他是谁。"

萧锐的脸孔保持着笑容，站在那儿，白小陌能感觉他就像战场上蔑视敌人的少帅，眼神里的自信能让那些设下圈套害自己的人不禁战栗。

于伟与方敏之离开萧锐办公室后便去了于伟的总裁办公室，刚关上门，方敏之便上前要问，于伟收住脚步，沉声道："从总部邮件服务器升级的事开始，他就已经设想好了，就等着我们的人一头栽进去。他比几年前更难对付。"

"那我们接下来该怎么办？"

"把该放出去的消息放出去。"

另一边，送走了于伟与方敏之后，萧锐关了门，白小陌双手握住橙汁杯子，把嘴贴在杯子上，哼哼道："万恶之源。"

"留我这儿是准备邀功待赏？"白小陌说的声虽低，但他却是听得清楚。就知道自己把真相一抖落，她这小九九的心思就立马飞了上来。

"兴师问罪。"

白小陌咬着玻璃杯口，斜眼盯着萧锐，直到他回了老板椅，才"嘭"地把空了的玻璃杯放到桌上："你是故意把邮件不加密发送给我的。"

"呵。"萧锐浅笑，把刚才亮出的合同重新整理了起来，"那你是不是故意离开座位的时候不锁定电脑屏幕？”

“我，我……那如果你加密了邮件，就是我不锁屏幕也不会有人偷……”白小陌语无伦次间突然意识有人偷用了自己的电脑，于是一下不知道如何说下去，萧锐故意不抬眼看她，只是看着文件说：“没人告诉过你，上司是不会犯错的。”

“强词夺理。”白小陌白了一眼，撇嘴道，“你知道是谁转发了我的邮件，是不是？”

“这件事会有个结果，但不是出自我的口。还有，刚才 Cindy 说到你的手机问题。我已经提醒过你，和男朋友聊天尽量有个度。”

“说了不是我男朋友。他是我好朋友。”

“都一样。”

萧锐仍旧低头做事，白小陌哼哧了一声离开座位。他搁下笔，抬头看着她的背影，他知道她一定不喜欢自己刚才的话，就像他也不喜欢把她同那个男人联系在一起。

这种独占的感觉让他突然喊住了白小陌：“晚上有空吗？”

“怎么？请我吃饭，道歉吗？”

她就等着他的话吧，她回过头的那张脸就分明把心窝里的话都掏了出来，恨不得说“你怎么不请我吃饭”，而万分期盼的目光撞上自己眼神的时候又故意露出无所谓的姿态。

他觉着，这样的她才是最真实的，而自己似乎喜欢上了这个让他有些哭笑不得的女人。

“我有空。”

就在他愣怔的时候，她真的就迫不及待地自问自答了。

Chapter Nine

两个爱上她的男人

两个爱上她的男人，她会选择谁？

夜晚，天黑得微有些早，萧锐与白小陌两人一同去了 Ginkgo 咖啡吧。巷子里的银杏叶几乎已经寻不到踪迹，白小陌望着洁净的地面，睫毛下的眸子漫上了失望的色彩。

“在想怎么打劫我吗？”

“这可是你积极主动地邀请我来吃的，怎么能说打劫呢？”

“反正也不是第一次。”

萧锐朝着巷子的尽头去看，白小陌皱皱鼻子，一副不与他计较的模样大摇大摆地进了咖啡吧。霏霏一见着萧锐与白小陌同时出现在咖啡吧显得很惊愕，目光定格在萧锐脸上。这让白小陌觉得奇怪，拉上霏霏的手凑她跟前道：“怎么了？”

“没什么。我以为就你一个人来吃饭呢。”

“没有啊，我之前和你打电话的时候说了两个人的。是不是你忙得忘记了？”

“哦，可能今天生意好，我没有记住。”霏霏拿着菜单交到白小陌手里，“我哥和我说你想吃泡泡馄饨，他说一会儿下班带泡泡馄饨过来。”

霏霏说话的时候，目光总是时不时地看萧锐。

“你哥要给我惊喜啊。可是，我今晚有人请了，而且，这顿我必须吃他的。”

“为什么？”

“说来话长。”白小陌刚要入座，霏霏低声说她脸上有些脏痕，她便先去了洗手间。

“故意把她支开，是有话要说吧？”萧锐见视线中已经看不到白小陌，方才张口问霏霏。

“今天在浦东机场，我应该把话说清楚了。”霏霏假装把菜单送到萧锐跟前。

“是，你说得很清楚。只是，你说的话不会是你哥的意思。”

“你……”

“动物界，雄性竞争雌性的方式通常都是最直接的。如果你哥把我当作竞争对手，他不会这么拐弯抹角。”

早晨飞机到达浦东机场后，萧锐接到的电话是霏霏打来的。霏霏说有份他一直在等的文件要交给他。萧锐支开了司机小王，与霏霏一起离开了浦东机场。

在德国的时候，萧锐与总部高管们聊维罗朗中国重要客户新地集团，高管给他看了贾少辰在慕尼黑接受采访的照片。他终于确定了那个坐在宾利上的男人与开着小电驴的男人是同一人：新地集团少帅总裁贾少辰。

“给你文件，不是因为我欣赏你，而是为了小陌。”

“哥。”

萧锐与霏霏的对话被贾少辰打断，提着焖烧罐的贾少辰站在桌旁，目光冷峻而有敌意。

“谢谢贾总给了我们维罗朗机会。”

“她想要的，我都能给她。”

贾少辰自信的神情无声地宣示了他对白小陌的感情是他萧锐无法触及的。他爱白小陌，不管她做得好，还是不好，他都无条件为她好。

萧锐唇角浅印了笑容：“倘若贾总认可的是小陌的策划案，我想她会更高兴。”

“我和小陌认识二十二年，没有人比我更了解她的心思。”贾少辰放下焖烧罐，旋开盖子，小心翼翼地倒在碗中。小葱与鸡汤的味道浓郁地飘在空气中。

“贾宝宝，你怎么来了？”

白小陌从洗手间回来，本想找霏霏问她脸上有什么，为什么在镜子里看不到，没想见到了贾少辰。

贾少辰笑笑，假装不知情，问白小陌：“你们今晚在这儿吃饭？”

“哦，是这样，我们今天拿到了大客户的合作协议，所以萧总请我吃饭。”

“一起吧。”萧锐说道。

“不了，我还得回公司加班。”贾少辰拒绝，侧身与白小陌关照道，“吃完后焖烧罐交给霏霏，我出差回来后拿。”

“出差？你要出差吗？很少听你说出差。”

“老板让我去，不能不去。”

“出息了嘛。老板肯定是越来越器重你才让你出差的。”白小陌习惯性地顺手拍了下贾少辰的手臂，贾少辰只是笑笑，看了眼萧锐说道：“不打扰你们。”

“来都来了，吃完再回公司吧。”

“我们不是外企，不像外企那么自由，老板分分钟都要求员工做事。不好意思，失陪了。”

贾少辰走前又低头看了眼白小陌，倘若她真的希望自己留在，她会毫不犹豫地一把拉自己坐下，而眼下，她的潜意识是把自己当作了电灯泡的。

就像自己说的那样，二十二年了，他对她是如此熟悉，熟悉到脸上点滴的情绪变化都能感受得到。而也因这份熟悉，她对另一个男人的关注牵出了自己内心的不安、惶恐与嫉妒。虽然他厌恶这种低级的情感挣扎，可这种挣扎愈发地强烈难控。

“我说过，不要插手我和小陌之间的事。”霏霏借口说有些家里事要和贾少辰说话，跟着他走出了咖啡吧。贾少辰确定咖啡吧里的人不会听到他们之间的对话后，转身与霏霏说道。

“哥，爱一个人为什么要爱得这么辛苦？”

“这是我的事。我已经一而再、再而三地告诉过你，不要去打扰她的感情生活。”

“哥，我知道你是怕自己失忆。可你真的甘心这辈子都只能默默地忍受痛苦。虽然我不是你的亲妹妹，但我一直都有把你当作我的亲哥哥，妹妹怎么能一直看着哥哥这么痛苦下去。那些人根本配不上小陌姐。”

“萧锐和他们不同。”

“是，他是不同，他不像别的人那样可以用钱收买，他不缺钱，也不缺能换钱的才能。他还有优秀的外貌，让女人心动的气质。可是，即便他是完美的，他能和哥哥你相比吗？你是新地集团的少帅。才能，钱，外貌，你有哪样不能和他抗衡的。他说得对，如果你把他当作竞争对手的话，你就该和他正面竞争。”

“霏霏，哥哥的事让哥哥处理，好吗？”

贾少辰只觉心就像被蚕丝层层地缠绕，无法呼吸。霏霏的每一句话就像针一般刺在自己心里。他知道霏霏在过去的几年掐断了白小陌几次恋爱，就如霏霏所说，那些贪图钱财名利的人如何配得上她？她就是自己的公主，除非王子才配得上拥有她。可是，他又不想那个王子出现。他自私，只是每回有了这种自私的心态就会厌恶自己。

“你看他们。”

霏霏回头看落地大玻璃，透过大玻璃。白小陌把贾少辰给她的泡泡馄饨盛了些给萧锐。贾少辰握紧拳头，半眯双目转过身。

他不想再多看一秒。

“哥，小陌姐肯定认为这一切都是萧锐的功劳。而这明明是哥哥帮助他拿到的协议。哥哥难道忘记了你做出多大的牺牲才让洪建国那只老狐狸同意的吗？是洪建国在首尔和金氏的合作项目。哥，那项目是你对抗洪建国的重要一役，你已经坚持了很久，甚至召集了董事们反对合作项目。我知道，你为了这个项目费了多少心思，做了多少思想斗争。现在，因为小陌姐，你放弃那个项目。可是，她现在却对着别人笑，是别人，不是哥哥你啊。”

对着别人笑。

是，他做了这么多，最后她却对着别人笑。

“哥，你到底要逃避自己的心到什么时候？”

他不知道答案，他想是一辈子，应该是一辈子，不，或许是他彻底地忘记所有的时候。

到那时候，她仍会站在自己身旁，拧拧他的胳膊说：“喂，你就这么不记得我了！死没良心的家伙。”

这就是他要的结局，一个不伤害她的结局。

奢宠项目的新策划如火如荼地展开了。维罗朗集团直到所有事都已成熟之后，才发布了之前关于内部泄露信息给媒体的消息纯属子虚乌有。事情非但出乎了维罗朗内部人的意料，新的策划案更让业内一惊。

金洁显然成了最大的输家，针对维罗朗奢宠策划案做的卖点几乎全废。而维罗朗奢宠系列通过多渠道媒体发布的在新地百货专柜赠送的首批样品，瞬间成了都市女性关注的女性产品。

维罗朗因此为奢宠系列的正式上市做了一次规模极大的推介会，业内及以关爱女性为题材的媒体也应邀出席了推介会。

白小陌十分得意，在过去的两年多中，她从来没有想过自己竟然能参与到这么重要的一个项目中，而这个总被她背后说是“色斑鸠”的男人却帮助她实现了大学里的梦想。

这一日，有些初入冬季的感觉，推介会会场里却四溢着薰衣草的香味。整个主题会场以紫色为主题，紫色的椅凳用金色纱蝴蝶结系绑，而三块动态大型 LED 屏幕播放着在薰衣草田爱恋的微电影。

微电影放映完之后，追光灯给了座位席上的萧锐，直到他站到台上，一身 D&G 深色套系西装领带、白色订制衬衣的俊朗模样立刻引来了台下女人们的热议。

“非常感谢大家能够莅临我们维罗朗奢宠系列产品的推介会。”

萧锐打开推介会话题之后，掌声总在每一次专业提问之后停歇。白小陌坐在角落，看着萧锐在台上应接各方的问题，脸上不由生出笑容。

“喂，你看那些如狼似虎的女人，恨不得立刻上台扑倒男神了。”

简希不知何时溜到了白小陌身旁，咬起耳朵来。白小陌轻搡了下，一边鼓掌，一边低声道：“就你没好话。”

“怎么不是？我保证男神明天就成了女人们的理想丈夫，国民老公。”

白小陌一挑眉，懒得搭理简希，简希可不管，继续在旁叨叨：“你吃醋啦？”

“你有完没完？”

“哟哟哟，什么有完没完？我这是关心你的终身大事。你知道的，你的条件呢，一定算不上女神级别，而他呢，是男神级别，而且，是狂蜂浪蝶正在追捧的男神。”

“那怎么样？”

白小陌撇撇嘴，心里不是滋味。简希说的是事实，只是她觉得刺耳。萧锐算得上男神，现在这么多女人扑上来，他这种钻石王老五自然就可以随意挑选。C罩杯的女人都能排成一条街等他呢。她呢？她就帮着他数有多少女人候着吗？

“在这儿，我要感谢我部门的同事白小陌小姐。”白小陌正咬牙切齿地遐想他被女人包围的样子，不想追光灯一下打在了她脸上，吓得她往座位后一仰，被简希私下戳了下臀部，这才站了起来。她正想着该摆个什么Pose给追光灯，没想到大家对她的关注早已过了，追光灯又回了萧锐的脸上。

“萧总，能问个私人问题吗？”

萧锐朝发问的女记者点头，女记者继续道："萧总您这么了解女人，生活中是否也有和微电影里一样的女朋友呢？"

这也是白小陌的问题。那个与魔方有关的女人应该就是他爱的人吧。只是自己从未听到过她的故事，本想问谷学文，但毕竟有些唐突，过了段日子后，也就没有提及过这件事。

只见萧锐抬起左手正反转了下。台下的女人们不禁一阵议论，那女记者有些激动地说“谢谢”。

“答非所问，还显摆双手，又不是纤纤玉手。”白小陌不傻，她当然明白萧锐的意思是单身，谁知才刚嘀咕了一声，简希就奸笑地投来目光。白小陌瞪她，她赶紧转了话题："我听说你们部门王培辞职了。"

“王培？”

简希不说，白小陌以为王培去度假了。可王培为什么会辞职呢？他们部门才起步，按理是发展最好的部门，他有什么理由在这个时候辞职离开呢？

“听说是有问题。”

简希几乎是抿着唇把话说完的，白小陌搡了搡，沉声道：“就知道瞎扯。”

“我瞎扯？你去问男神。”

简希不以为然地哼了句，白小陌想起在萧锐发给自己策划案的时候，王培就在自己身旁。难道说内奸是王培？这想法就似天上的流星瞬间划过眼眸。

证据似乎变得更明显：他用邮箱升级的事来转开她的注意，而她正巧有电话离开座位，随后他就捡到了空隙将邮箱里的邮件转发到一个外部邮箱。待她回到座位的时候，一切都恢复如常。

这种阴谋论的论调越想便越接近事实。

白小陌觉着自己找不到王培离开的更多理由，只是不管萧锐，还是其他高管，都不会向任何一个蝼蚁般大小的员工透露半点关于离职人员的事，尤其还是这么敏感的事。风波平息，终是有人付出代价了，原本是自己，而现在却成了那个推她上悬崖的人。

“萧总监，盛欣超市先前邀请过重要合作伙伴出席合作宴会，当时并没有选择维罗朗集团，而是选择了金洁集团。不知维罗朗究竟是用什么方法乾坤逆转地拿到了盛欣合作项目的协议。”

正神游在王培问题上的白小陌听到有记者向萧锐发难，立刻止住了自己的思绪，听萧锐回答：“对不起，涉及商业机密，我无法透露。”

“那请问萧总这次与盛欣的合作是不是预示着维罗朗集团与新地集团之间的合作将进入一个全新的纵横式发展纪元？”

“新地集团在过去、现在、将来都视维罗朗集团在中国极其信赖的合作伙伴，而我们维罗朗集团也十分期待与新地集团海外事业有更多合作。”

“啊！”

正在这时，有位女记者突然提了嗓子喊了声，在场的记者与嘉宾不约而同地区看她。她方才挂了电话，脸色难堪地收起手机就往会场外疾步离去。

不一会儿，另有几位记者的手机也来了提示。一条爆炸性信息就似烟火一样迅速燃起。萧锐见台下的记者微有些坐立不安的模样，也示意了公关部适时结束推介会。

关于会场最后为什么会突然有些小骚动，很快就有了解释：新地集团少帅总裁贾少辰在首尔遭遇交通事故，事故正在进一步核实中。

萧锐听到这一消息的时候，立即想到了白小陌，而白小陌并不知情贾少辰就是新地集团总裁，只是听到有人在议论为什么刚才女记者会惊呼的事，才做了个无关紧要的听客。

“在首尔出事故，不知道是不是很严重？”

“听说新地集团少帅没有结婚，要是真出了事，那巨额财产怎么办呀？”

“好像是留给摄政王了。”

“不是吧，好像听说他还有个妹妹。”

“妹妹？说不定是情人呢。”

女人很快就能从一个论题到另一个论题，白小陌觉着有些腻烦这些意淫似的对话，于是去了茶点区拿块抹茶蛋糕吃了起来。萧锐站在远处，见她从八卦女人堆里抽身出来，赶紧几步上前，不想白小陌的手机在他步履即将近身的时候响了起来。

“小陌。”

“贾宝宝。”白小陌喊了贾少辰的名字。萧锐听到后立刻缓了脚步，心想那男人该是没有什么事。

“你在推介会上吗？”

不知是因为音响里的乐曲声过响，还是因为贾少辰的声音故意压低，白小陌听得不是很清楚，偶尔抓到“推介会”三字，便“嗯嗯”说“是”。

“开心吗？”

“嗯。”

这一句的声音更低沉，白小陌甚至怀疑自己听错了他的问话。因为她实在是想不通贾少辰为什么要突然问她开不开心。于是就用了这个模棱两可的语气词。

贾少辰似乎还说了些什么话，她听得更模糊，好像是在问她，还记不记得他们第一次见面时的场景？她觉着贾少辰像是喝多了，有些奇怪，随意敷衍了几句，没有等他再多说些更奇怪的话，就挂了电话。一转身，白小陌险些撞上一旁的高俊男人，只见他从身边经过的服务生托盘里取过两杯香槟酒。

“你朋友打电话来？”

尽管他们之间并不友好，但他也不会因为这种情感上造出的对立而表达对贾少辰个人的不满。

“是啊，通话音质不好，估计也没什么事。”

白小陌虽然很喜欢贾少辰，也真心把贾少辰放在重要的位置上，可面对萧锐的时候，却总尽力避开对贾少辰的赞美。此刻，她见萧锐拿了两杯香槟就顺手夺了一杯，连喝了两大口。不想这香槟酒却十分有劲，一入喉咙，她便窘迫地咳嗽起来。

“这水平，还是喝白水吧。”

萧锐一下从她手里抽走了玻璃杯，换上一杯白水。

涨红脸的白小陌赶紧咕咚咕咚地喝了起来，萧锐微侧脸，唇角勾起一抹坏笑。

“我的落魄就是你的乐子。”

“那我需要乐的时间应该更多些才是。”

萧锐抬起手中的香槟杯喝了两口，白小陌也不好大声驳斥他，心里琢磨着该怎么用无形的招式来教训他的腹黑。一位戴着木质镜框，与萧锐年龄相仿的男人走到了他跟前："Wilson，先前还担忧你回中国是不是会被 Sherry 的事绑缚？没想到一回来就打了个头彩。"

Sherry？

白小陌咬着杯沿，目光左右打量那男人与萧锐，萧锐适才戏谑的脸孔泛出尴尬，只见他拍了下对方肩膀，笑道："过去的事都是历史。怎么样？不做销售，做新媒体的感觉如何？"

"没什么猛料挖，一般般而已。先前约了新地集团少帅，没想到直接被拒了。刚听说他在首尔遭遇车祸，不知道情况怎么样？Anyway，都和我关系不大，韩国那儿我们有专线的人跟消息。要不然，赏个脸让我给你做个专访，替我完成指标？"

萧锐正要接他的话，不想手机响了起来，那男人轻声说了句"你先忙，改天电联"，转身离开。白小陌想那个叫做 Sherry 的女人应该就是与魔方有关的女人。看样子，他们之间的恋情有不少人知晓，只是好像在那段恋情之后有段让他不愿提及的故事。

"马上有新挑战了。"白小陌拿着玻璃杯站在放置空杯的小高台前，手指玩弄起紫色薰衣草，全然没有听见身后的萧锐在和她说话，只是一个劲儿地想着究竟那个 Sherry 和萧锐之间有过什么样的故事？而他们因为什么原因不在一起了？

"听到有工作要做，就立刻选择性耳背了？"萧锐贴在她身后说话，白小陌吓了一跳，半侧了头应声道："怎么敢？"

"我会让何丽明早通知大家开会。"

萧锐喝了口香槟后，撇下白小陌，与业界的一些熟人相聊。白小陌看着他与别人聊天时举手投足的姿态，不由生出一番仰慕的情愫。她想自己是不是爱上这个男人了？不然的话，为什么目光不由自主地盯着他，生怕错过他任何细节。不，不会的，她怎么可能爱上他呢？这个只知道 C 罩杯的男人，瞧瞧他与几位打扮入时的女人聊天时眼睛里漾起的桃花，就是自己内心声讨的色斑鸠。

白小陌又从服务生那儿陆续拿了三杯白水猛喝，很快，她犹疑自己情感的心思被时不时进出洗手间的事打断了。直到第三次进洗手间，白小陌听到有三人在厕所里聊着天。

“没想到 Wilson 刚回维罗朗中国就有了这么好的成绩。”

“是啊，你们有没有发觉他去了德国之后更帅、更有味道了吗？”

“可不是嘛，一回来就做了副总裁，我看没多久就得顶了于伟的位置。我要是能拿到他的专访，说不定就……”

“瞧你这副女色狼的样子，口水哈喇子都要流下来了。”

“我总觉得当初 Sherry 的事背后另有蹊跷。”

“蹊跷，呵呵，那谁搞得清楚，这下属和上司之间……”

白小陌被身后想进洗手间的人挤了进来，说话的三人立刻朝她看了一眼，收了话题，迅速离开了洗手间。很显然，她刚才在追光灯前露的一秒钟脸已经在大家的脑海中留下了印象，否则的话，她们又怎么会突然止住了话题。

她们口中的 Sherry 和之前那男人嘴里的 Sherry 应该是同一个人。听她们说的话拼凑起来的意思是那个 Sherry 是萧锐的下属。难道说他之前的女朋友是下属吗？

白小陌的疑惑如厚实的云朵堵在心里，她一直在想 Sherry 是谁，却没有得到任何答案。再次回到推介会冷餐会场的时候，萧锐已经不在会场内。白小陌找遍了每一处角落，都不见他的踪影，心里燃起的疑惑很快被失落完完全全替代。

原来，想一直见到他的心思会是这么重。

Chapter Ten

当嫉妒在作祟

嫉妒的火烧得有多旺，那爱得就有多深。

白小陌一直在想一个问题，自己究竟是从什么时候开始对那个男人有种怪异的感觉？

是机场敲他竹杠？不，不像。

是面试被他搭救？不，也不像。

是一起策划项目？看上去，有点像。

还是……

她实在想不出自己这种情感究竟是在何时、何地、何样的情况下发生的。最后，她归结了一个原因，这次是中了情毒，所以才会没有征兆，没有准备地喜欢上一个男人。夜晚回家，白小陌辗转难眠，从枕头下拿出那张两人的合照，竟有种一人傻笑的幸福感。只是这种幸福感很快就被谷学文的电话打断。

"小陌。你和霏霏在一起吗？"

"霏霏？我没和她一起啊，她不是在 Ginkgo 吗？"

"没有，我刚和导师做完一台八个小时的手术，看到手机上有八个她打来的电话，可我打过去的时候一直不通。”

“是不是她在忙？”

“我快到 Ginkgo 了。”谷学文开着车，白小陌等他停稳车后继续电话，“Ginkgo 关着门呀。”

“怎么会？现在才九点，她的店不会这么早关啊。你找过贾少辰了吗？”

“他的电话也不通。”“他的电话也不通？不会啊，我今天在公司推介会上，还接到他电话呢。”

白小陌还说着话，电话那头的声音竟然消失了。谷学文似乎发现了更重要的事，白小陌连喊了几声“谷学文”，“谷医生”之后都没有应答，方才讪讪地挂了电话。

窗前的电视机闪过条短新闻“首尔事故中虽然车辆变形严重，但车内两名中国籍男子均只受了轻伤。据悉，两名中国籍男子中一位是国内某著名百货公司总裁，事故原因尚在调查中……”

白小陌没有在意这条新闻，只是继续发呆想着自己的事。首尔那么遥远的事，她根本没有任何的心思去关心。她只是在想，这未来该怎么面对暗恋的人呀？暗恋这么土的恋爱方式该怎么解决呀？明天一早还要开会，自己到时候该如何安放自己忐忑的心，慌乱的眼神？白小陌想到这儿，一骨碌从床上爬起，突发奇想地戴上眼镜照照镜子，仿似架上这副眼镜，自己的表情就会被遮住而不被发现。

次日一早，白小陌戴了一副眼镜出现在了办公室，眼镜是黑色大框，镀膜镜片微有些磨损，但并不影响清晰度。只是她突然戴眼镜的行为引来了其他几人的注意。他们原在小声议论王培辞职的事，见她换装出现，不由调侃起来。

“Melody，你什么时候近视眼了？”

“就是啊。戴上眼镜有些文艺小青年的味道了嘛。”

“还好吧。”白小陌撇撇嘴，萧锐却在这时进了会议室，风尘仆仆地把电脑放在桌上，如以往一样，卷起几寸袖子。白小陌心扑通一跳，把头埋了下来，只听萧锐打开了话匣："首先，和大家说一下，王培因为个人发展的原因离开了我们部门。很遗憾，我们在起步期就少了一位出色的同事。不过，我相信将来仍旧会有更优秀的同事加入我们团队。"

萧锐自然随意地看向大家，只见白小陌戴了副黑框眼镜，有些惊讶，而她压低头根本不在听自己话的样子看上去颇是反常，于是问了句："Melody，你不舒服？"

"呃？没，没有。"白小陌推推眼镜，瞧了他一眼，赶紧低下头，心跳得异常快。

"Melody 成了功臣后正在改变形象中。"徐风在旁解释，白小陌扯扯笑容，算是附和了他的话。

"挺文艺的。"萧锐说着打开了电脑，与大家说起了新的项目："总裁与总部都很满意这次奢宠系列的策划与推广。不过，满意也就意味着更多的挑战。我们维罗朗欧洲一直有个事业部门是做孕妇有机化妆品，总部有计划将该事业部的产品放到中国做，第一步要在中国大型百货设立独立专柜，第二步，设立中国事业部，第三步，倘若市场壮大，将来整条生产线进行本土化中国生产。"

"孕妇有机化妆品不错，有做头。现在，法国、德国、日本、韩国都在致力于发展孕妇有机化妆品。无刺激、无铅汞等危害，就这条理念本身而言，不用说是孕妇，就是对普通女人都很有吸引力。"徐风讲了自己的理由。

很快，林朝华附和了两句。萧锐等白小陌开口，没想白小陌却只是低头望着桌子上一块并不特别的地方。虽然他知道贾少辰并无大碍已经回了国，可她心不在焉的样子只能让他联想她是为贾少辰担忧分神。

"Melody，你有什么想法？"他故意问道，好让她从沉思中回到属于他的会议上。这算是一种意欲控制她思想不脱离自己，飞向别的男人的自私吗？

“我，我没什么想法，觉得挺好的。”

这答案既无创意，又有些答非所问的意味。萧锐看了眼林朝华与徐风，两人各有想法，先前奢宠系列项目让白小陌捡了便宜占了先，自然也更希望白小陌的势头能暂时低下来。见白小陌没什么话，也更有了跃跃欲试的想法。至于何丽，作为他的助理，很少对这种部门业务会议品头论足。

萧锐暗忖：那男人明明没什么事，她非要这么担心做什么？

他向大家介绍项目完后便指派了任务：林朝华做策划与推广方案，徐风到二线城市与电商销售一起做市场渠道铺货准备，而他与白小陌则负责一线城市百货商场的新专柜入驻事宜。

一线城市百货商店的专柜入驻事宜首先得从名声最大的新地集团开始。一旦新地集团有了新产品的独立专柜，那么其他百货公司会自然而然跟进。先前他与白小陌在奢宠项目上与新地集团已间接地建立了联系，这么一来，两人共同负责一线城市百货商店的专柜入驻事宜便是顺理成章的事。只是，与新地集团打交道，就意味着无法绕过贾少辰。

除却这份担忧，他还因另一件事而惴惴不安：她似乎在某个不经意的时候闯入了自己的生活轨迹。当她不在自己眼皮底下工作，不再偷想那些妄图整他的小九九，他会觉得缺了些什么。反而，当她恣意地做些小动作，敲他竹杠的时候，他会莫名地涌上一种幸福感。这种无可救药型的疾病，就是爱情。他有些抗拒，但知道这种抗拒是无效的。

萧锐回办公室的时候，桌上放了一个快递包裹，发件人处字迹模糊，而收件人却清楚地写了“萧锐”。

一只被打乱的十六阶魔方。

几张叠放在一起的照片。

他拿起照片，目光紧锁在上面，几片纸的重量，在他的指间却似铅般沉重。

魔方是她最喜欢的，不，应该说是她最喜欢用来惩罚自己的“刑具”，她说如果自己惹她不高兴了，就得在规定的时间拧好被她打乱的魔方。他有与众不同的记忆力，拧好打乱的魔方对他而言是轻而易举的事。可为了逗她开心，他常常佯装自己很傻，总是拖延时间来完成惩罚，以此博得她满足的笑容。

直到那一次，她站在自己面前，泪水浸湿了整个脸庞：为什么你明明知道是我诱你进这圈套，你还非要往里跳！

他记得自己只是小心翼翼地擦却她脸庞的泪水，涩然笑了笑，将魔方塞入她的手里。然后，他转过身。

最后，他们此生未能再相见。

家里的那只魔方是毕业时因为他和同学吃散伙饭忘了陪她去看场电影，自己买来后送她用来惩罚自己的。后来，她不小心把魔方落在了他那儿，再后来，魔方成了定格他们过去的物件。

而眼前的魔方，中央红色的心与那一日他塞入她手里的一模一样。

因为爱，所以他不在意被她设局陷害。时至今日，他都不曾恨过她。

记忆中的她与照片里的一模一样，只是印在照片上的笑容已成了凋落的花朵碎落在泥土中，化得了无踪影。如果他不曾纵爱她，或许他们间不会有那样的结局。

“萧总。”

“什么事？”

何丽不知什么时候进了办公室，萧锐浸没在那段记忆里，甚至没有听到她敲门。

“《都市精英》的阮先生想问，您下周三有没有时间做专访。”

“专访？”他沉默了片刻，“和市场公关部做个备案吧。”

“好。”

何丽正要离开，萧锐喊住了她：“这快递是你放进来的？”

“没有，这几天都没有您的包裹。”

何丽摇摇头，萧锐见她不知情，也未再多问。究竟是谁把这包裹放在了自己桌上？快递网站上的信息是空白的，很显然，这只包裹是有人特意放在他桌上的。

难道是刚才开会的时候？能进入高管楼层，那么这个人一定在维罗朗。谁会知道这只魔方的存在？而谁又会有她的照片？送这两样东西的人究竟是什么目的？

临近中午，维罗朗中国总裁办公室发了公司群邮件，日后维罗朗中国但凡有关于销售与市场的事都要先向萧锐汇报。萧锐正式成为了公司掌有实权的副总裁，这条讯息迅速成了公司热议的话题，中午吃饭的时候，几乎所有人都在谈论萧锐。

简希更是一把抓住了正要出门的白小陌拖向大楼外的某处僻静角落。

男神的后台是谁？

男神会不会取于伟而代之？

男神以前女朋友好像是他下属，男神是不是喜欢吃窝边草？

“天，我一个小喽啰怎么知道那么多。我还有事，乖，你回自己办公室吧。”

简希的八卦精神断然不会因为白小陌的推托而中断，她穷追不舍地拉着白小陌说道：“我也是一个小喽啰，你得让我认清形势啊。”

“小陌。”

突然一辆汽车停在了路边，车里的男人朝白小陌打招呼，口气听上去十分熟稔。简希眼尖地看到停车证是上海最有名的医院，激动地拽起白小陌的胳膊道：“你新男朋友做医生的啊，看上去条件好好的嘛。”

“学文，你怎么来了？”

白小陌一愣，萧锐竟然先于她与谷学文打起招呼，简希更是瞪大了眼睛分析眼前的场景。

萧锐与白小陌什么关系？医生与萧锐什么关系？医生与白小陌又是么关系？

“是我要来。”

萧锐看谷学文的时候，后排的车窗落了下来，座位上的男人戴了墨镜，语声低沉冷淡。尽管如此，萧锐仍是一眼就认出了后排座椅上的男人是贾少辰。很显然，谷学文隐瞒了他们互相认识的事。现在回想那次在自己家里，谷学文警告自己不要招惹白小陌，其实是因为他早就知晓贾少辰对白小陌的感情。现在这情景，他萧锐倒像是一个插足进来的第三者。

“从首尔回来了？没什么事吧。”

“谢谢，老天暂时不想收我。”

贾少辰取下墨镜，眉骨裂开的地方依稀可见伤口的深度，萧锐无法猜出他身体其他地方是否受伤更重，只是见他唇角勾起的弧度透着些许敌意。

萧锐尴尬地站在车侧，白小陌挣脱了简希的纠缠，大步走到车前，见坐在后排的贾少辰受了伤，也顾不得暗恋萧锐这事，拉开车门就往里钻：“你怎么破相了？这么深的口子？怎么不缝针啊？谷学文，好歹你也是个医生，就是这么对待贾宝宝的吗？”

“这也怪我？我怎么这么倒霉，遇上你们三个，好端端的休息日不但泡汤，还吃力不讨好地被你们三个晾臭脸。这活儿，是没法干了。”

谷学文拉长了脸，贾少辰朝白小陌耸了下肩：“你错怪学文了，我就是去他那儿处理下伤口。没想到路过这里的时候，正好看到你，还有萧总。”

"是吗？"

"是吗？"谷学文学着白小陌的调调，做起鬼脸。白小陌撇撇嘴，低声道："算我错怪你了。"

转而，她又责怪起贾少辰来："你出几天差，就成了这个样子，都是做的什么活儿呀？辞职跳槽！赶紧的！"

"我真的没事。"贾少辰看向白小陌身后的萧锐，得胜者的目光流转深幽如潭的眸瞳。首尔遭遇的车祸，是他第一次真正面对自己的生死。原来生命可以脆弱得如此不堪一击，无论是否有钱，都可能在未曾想过的瞬间结束它在人世的一次轮回。在救护车来之前，他只打给了白小陌，因为她是自己命悬一线时唯一出现在脑海中的人。他守了多年的坚持是否还能继续下去？他开始怀疑自己能否真的看着她躺在别人怀里，继续装作若无其事的样子？

萧锐是如此出色的男人，出色得让他不禁用妒忌这样低级的方式来表述自己对她的在乎。

白小陌是个缺心眼的女人。她几乎没有经过大脑思考就直接挥手让谷学文开车去医院。萧锐像是被丢弃的婴儿眼睁睁地看着三个人离开自己的视线。

她还当自己是她上司吗？连假都没有请，招呼也不打，就这么大摇大摆地就跳上车跟着别的男人跑了。

还有，那个谷学文，居然瞒着自己，还当自己是兄弟吗？

女人，兄弟，下属，朋友，他们倒是一唱一和地演了场好戏。他呢？本想出来透透气，没想却是出来找气受。

"Bastard！"

恶狠狠地骂了句脏话，萧锐转过头才发现看八卦的简希站在身后，脸色暗了下来，简希吞吞口水喊了句"萧总"，然后拔腿就往大楼逃去。

萧锐双手插了下腰，没好气地又骂了句。

“Wilson。”

越是不想见的人，越喜欢在最心烦意乱的时候出现。萧锐迅速调整了心绪，朝走向自己的女人应声道：“方总监。”

“恭喜你。”

“恭喜我什么？”方敏之心里打着什么样的算盘，他难道还不了解吗？拥有实权的副总裁，这出戏是唱得真好。以退为进，他倒是没有想过于伟能出这么一招。把他的人全部安置到自己这儿，让他应接不暇。智者千虑都必有一失，更何况他？于伟的意图不正明显吗？

“呵呵，你到哪儿都这么受女人欢迎。总裁办公室消息一出，你就成了整栋楼的焦点。”

“你是在赞许我有女人缘，还是在损我到现在都搞不定一个女人？”

萧锐自嘲，方敏之跟着笑。与这样的女人打交道，是一门艺术。

白小陌突然离开办公室显然不在计划中，萧锐经过她座位时，无意间看到她落在桌上的手机。以前她手里总拽着手机和他抬杠，现在倒是丝毫没有察觉手机落在这里。看样子，贾少辰在她心里还真是很重要。

落下手机的白小陌陪着贾少辰去了医院做伤口处理，谷学文一个外科医生的手法自然是好得没法挑剔，白小陌盯了贾少辰许久之后，坐在一旁凳子打算给萧锐发个消息，谁知口袋里空空的，她一个激灵叫了声：“哎呀，我的手机不见了。”

“手机？在我车上吗？钥匙在我外套口袋里，你先去车上看看吧。我还得替少辰看看别的地方伤到没，你在这儿也不方便。”

“小陌，拿着我手机，我们好了后打电话给你。”

白小陌也没多想，拿了车钥匙和手机后丢下两人去了外面。谷学文的车里并没有手机，白小陌用贾少辰的手机拨了自己的电话，几声之后，竟然是她熟悉的声音。

“想到你的手机了？”

“怎么在你手里？”没当着他的面，她便不需要因为暗恋他而显得羞涩。

“先忙了，晚上给你。”

萧锐匆匆挂了电话。白小陌开始愤愤，某人拿着她的手机还能这么嚣张。暗恋？她一定是被浆糊搅乱了神智，居然会有那样的想法。

等一下，他没有说好时间。那么晚上是指几点？七点，八点，九点，或是十点？

白小陌正想再打个电话，贾少辰却用谷学文的手机先打给了她。令她奇怪的是，贾少辰的手机里竟然没有谷学文的手机号，非但如此，他手机通讯录里竟然是空的，而所有通话记录只有他们两人之间的。

“没找到手机？”

贾少辰出现在自己面前的时候，白小陌紧紧地盯着他清澈若水的眼睛，她隐约感觉他藏着一个秘密。可是，这秘密究竟是什么？

“落公司了。”她答道，伸手还了让她生了疑窦的手机。

“那就没事，晚上一起吃饭吧。”

“哈，你受伤了，我请你好好大补一顿。”

白小陌请两人喝了顿粥，花光了身上的钱，最后还问谷学文借了三十。付钱回来的时候，白小陌看到谷学文与贾少辰争执，尽管声音压得很轻，但谷学文脸上不满的情绪却是十分明显。

她依稀听到谷学文说“你要瞒到什么时候”。

“以前是什么样，现在还是什么样，什么都没有改变。”

“她能相信吗？再说，你这可是让我里外不是人。”

白小陌正听着，没想贾少辰看到了她，两人的对话便立刻终止。白小陌试图去问他们在争论什么，贾少辰解释说自己不过是在同谷学文争论是先送谁回家的事，因为白小陌家离谷学文家近，所以想把他先送回去。白小陌并不信贾少辰的话，以前她从未有过，只是今天的贾少辰让她感觉到疏离。

回家的时候，白小陌因为在想贾少辰的事而忘了与萧锐的约定，低头进了小区门，走了不过几步的路，一头撞上了突然蹿出的黑影。

“啊！你，你吓死人了。”

白小陌惊恐万分的表情让萧锐哭笑不得，拿出手机轻敲了下她的头：“上班不带脑子，走路不长眼睛。”

“我！”白小陌反驳的时候，目光撞上他低望自己的眼色，小鹿撞怀般紧张起来。明明是放弃了那念头，怎么看着他的时候还会慌乱，准备反击的话语也吞进了肚子里，调子瞬间落了二十分贝：“我怎么知道你会突然出现？”

“你运气好，遇上好上司。”萧锐递过手机，手机突然亮了下，不知是按到了哪儿，竟跳出当初她拍下萧锐的照片。萧锐伸出的手刚要收回来，白小陌像小猫似的扑上去一把夺回，脸跟着涨得绯红。

“我回家了。”

她想就这么从他眼皮底下溜走，手腕却被他拉住了：“你朋友有和你说过什么话吗？”

“你说少辰？”

白小陌摇头，萧锐似乎没有得到自己想要的答案，扯扯唇角道：“回去休息吧，明天一早七点，我接你上班。”

“接，接我上班？”

她一愣，更慌了神。

“懒惰的下属必须得为自己做过的事负责。”萧锐松了手，白小陌努努嘴，不管不顾地转身回自己的住处。

她慌乱躲闪的眼神与自己握住她手腕的感觉是如此相似。

悸动，却又不安。

Chapter Eleven

谣言四起

于伟伪善地让出了实权，而在萧锐掌权后一周的时间内，关于他当初离开维罗朗中国的原因却传播开来：骚扰女同事。

骚扰女同事？

对男高管而言，最容易引发下属们不满的无外乎两件事：一，业绩平平，拍马上位；二，道貌岸然，潜规则女下属。萧锐刚在奢宠系列产品上大放异彩，大家自然不会质疑这位总部派驻中国的高管能力，而这位高富帅回到维罗朗中国后仍是未婚单身却能轻易引人揣度。

只是萧锐似乎与往常并没有什么不同，即便是在谣言暗涌的日子，也根本没有理会它们的意思。可越是如此，白小陌越觉得他有些不对劲，比如，他刻意与自己保持距离，甚至此刻还把她喊进了办公室，说："最近徐风那儿忙不过来，我和他谈过会调你过去帮忙。"

"可你不也很忙吗？特别是最近没什么进展。"

"我这里会有别的安排。"

“别的安排？”

萧锐的目光看上去有些疲累，他似乎没有想过要回答她的问题，所以只是用这种搪塞的方式在应付。

“没什么事的话，你先出去吧。”

“是不是因为外面的传言，所以，你才调我去徐风那儿的？”

萧锐意识白小陌比想象中的更清楚自己的意图。总部传来指示让他尽快消除谣言引发的消极影响，同时迅速把孕妇有机化妆品项目推入中国市场。自从那次他收到无名包裹，每天都会有 Sherry 的照片以无名快递的形式出现在办公桌上，照片的背后还写着让他声败名裂的话语。除了 Sherry 的那些照片之外，对方还寄了他与白小陌进出洲际酒店、Ginkgo 咖啡吧，甚至他家附近的照片。偷拍照片的人显然用了让人误会的拍摄角度弯曲他们之间的关系。

这些照片在未来某个想要置他于死地的时候，可以一并成为他潜规则女下属的证据，而白小陌会成为这场阴谋的牺牲品。他曾在这样的境遇中失败过，他不能再在同一个问题上犯第二次错。他不会让白小陌受到伤害，一丝一毫都不能容许。突然生起的流言与贾少辰的出现让他意识自己是真的爱上了这个总与他抬扛的女人。只是现在，他不能承认。

“谣言？你想多了。”萧锐笑笑。

白小陌想萧锐的答案一定不是真的，因为他眉间紧皱的痕印出卖了他。她选择相信自己的判断，他不是对谣言无动于衷，而是内心焦灼地在寻求解决的办法。

在四起的谣言中，人会变得无助，就像当初她被人说是出卖维罗朗的人。这种滋味，她很明白。现在，她该为他做些什么呢？

“萧总，《都市精英》访问的一些资料做好了。”

何丽进了办公室，萧锐的手机收到了陌生号码发来的短信：半小时后，浦东香格里拉见。贾少辰。

贾少辰？萧锐收紧了掌心中的手机。先前他想通过自己的渠道接触贾少辰，避开白小陌以公司对公司的形式来谈合作，然而，贾少辰却屡屡拒绝他。新地集团另一个实权人物洪建国与于伟的私交早就不是秘密，因而，他只能继续硬磕贾少辰这条线。没想到在自己遭遇流言侵袭的时候，却突然收到贾少辰的信息。

"我要出去会儿。"萧锐蓦地起身，径直走向门外，何丽站在门口问道："您要出去吗？那三点钟的访问怎么办？"

"我会回来的。"

萧锐在何丽的问题中离开了办公室，何丽无奈地放下资料后回了自己座位。白小陌刚要离开座位，突然看到有张照片落在了地上。她捡了起来。

照片里是萧锐与一个女人，女人穿得很随意，T恤加碎花短裙，可即便是随意的服装，都无法遮掩她的美丽。

她就是那个魔方的女主人吗？

不知道为什么，女人总对喜欢的人的情史特别好奇。白小陌想照片中的女人该就是Sherry吧？照片中搂着女人一脸幸福的萧锐俨然与现在的副总裁萧锐判若两人，一个阳光帅气，一个冰冷凌厉。为什么在地上会有这么一张照片呢？

Sherry。

魔方。

维罗朗集团员工牌。

她蓦地发现Sherry手上捏着一根印有维罗朗公司logo的挂绳，喜欢美丽的女人都不愿意在拍照的时候挂着一张员工卡。她真是他的下属？萧锐真的像传闻一样潜规则女下属吗？可是，他家的魔方难道不是爱情信物吗？

谷学文。

白小陌立刻想到了谷学文，不假思索地打了谷学文手机，接电话的竟是霏霏。

“小陌姐。”

“霏霏，怎么是你？”

“哦，今天 Ginkgo 的电路跳闸，我打修理师傅电话一直没人接。学文正巧过来，就帮我在修电闸。”

“谷医生在 Ginkgo？”

白小陌听到谷学文在 Ginkgo，立刻从座位起来朝 Ginkgo 跑去。虽然秋风冷瑟，但白小陌从维罗朗奔至 Ginkgo 的时候，还是热得额上添了层薄汗。

谷学文刚换上新的保险丝，先前听霏霏说白小陌打过电话，可没想到刚从梯子上下来就看到了白小陌：“你怎么来了？一头的汗，要我救人吗？”

“差不多了。”

“救谁？”

“萧锐。”

“他？他怎么了？在你们公司和人打架受伤了？”

谷学文收拾好梯子搬放到杂物间，霏霏递了杯水，朝白小陌说：“小陌姐开玩笑吧。”

“我问你，Sherry 是谁？”

“Sherry？”谷学文犹疑地看了眼身旁的装饰物，白小陌明白他肯认识 Sherry，追问道：“别说你不认识，Sherry 是不是魔方的主人？她也曾经是维罗朗中国的人，对吗？”

“小陌，这是萧锐的私事，我不方便说，你要是想知道的话，可以直接问萧锐。”

“公司现在有很不利萧锐的传言，我想知道真相。”

“什么传言？”

谷学文脱下手中防静电手套，收拾起工具，避开白小陌的目光，俨然不想回答她。

“这几天，有人传言萧锐当年是因为潜规则女下属的事才离开维罗朗。你知道这种事情在维罗朗这样的外企肯定会影响很大。”

“你信吗？”

霏霏只是站在一边旁听，谷学文停下手中的活，侧过来问道。

“我当然不信！”

白小陌很激动，仿佛这件事与她有着莫大的关系，谷学文轻吐了口气：“你既然不信，就更该当面问他。”

“我……”她突然在想自己以什么身份去问萧锐呢？下属的身份？还是其他的身份？

他们算是朋友吗？

算是吧。

犹豫几秒，白小陌继续道：“他刚才突然离开办公室。”

“小陌。”谷学文顿了顿，“他不会有事的。”

“谣言虽然止于智者，但我们公司那些人都是豺狼虎豹，哪有什么智者。”

“萧锐他会处理好的。”谷学文终于放下了手中的事，朝着白小陌说道。

霏霏却突然开了口：“学文，小陌姐说得有道理，你说萧锐也是你朋友，你总不能让萧锐含冤吧。再何况，小陌姐只是问些问题而已。”

“霏霏，你不知道其实 Sherry 是……”

谷学文突然停止滑到嘴边的话，咽咽口水：“你们别盯着我。”

“是什么？你说啊？”

“就是他下属，而当时萧锐离开维罗朗中国是因为 Sherry。”

“Sherry 是他下属？你说 Sherry 就是他潜规则的下属？”白小陌提了嗓音，吃惊地看着谷学文。

“我不知道具体是什么事。萧锐没和我说过，我知道，他离开维罗朗中国背井离乡去了德国是因为Sherry，那晚上是我把他从酒吧里拖出来的，送医院洗的胃才活过来。Sherry是他在大学里初恋，算起来是他的大学学妹，她毕业后也到维罗朗工作，成了他的下属。至于后面潜规则之类的事，我不清楚，也从未没有问过萧锐。我只知道萧锐很爱她。”

萧锐很爱她。

他和Sherry的故事简单却又复杂，而谷学文说的话对她来说却如刺哽喉。喜欢C罩杯美女的色斑鸠爱上一个人的时候竟可以疯狂到不计后果，她有些妒忌那个自己只从照片上看到过的女人。虽然她经历的那些爱情也曾如夜空中的烟花一样璀璨，可离开自己的时候却总是不知不觉。如果能有人爱她像萧锐爱Sherry那么深，那该是多么幸福。只是萧锐爱她那么深，怎么可能会潜规则女下属？

那传言背后的真相是什么？

“你迟到了。”

浦东香格里拉，贾少辰一身订制款黑色衬衣，贴服完美的领口托衬出一张孤傲冷峻的脸孔。萧锐站在桌前，额上沁出的薄汗显得有些狼狈，贾少辰勾唇一笑，抬起手腕目指价值百万的表，沉语道。

“Sorry。”

萧锐并不解释，只是承认自己迟到。事实上，他根本没有办法准时到达香格里拉，他相信贾少辰是故意安排了这个无法达到的时间。自己现在的处境并不好，如果贾少辰能在这个时候给他机会谈合作，他倒是不介意被贾少辰刁难。

“坐。”

“谢谢。”

萧锐手挡住领带刚坐下，贾少辰却已开了口：“离开小陌，我会给你专柜入驻的合同。”

让他离开白小陌。

萧锐没有想到贾少辰会这么开门见山。

“我不希望一个有劣迹的上司威胁到小陌的工作和生活。”

贾少辰将桌上的一个信封推向萧锐，萧锐打开信封，眉头瞬间掠过惊愕，但很快又平复原状，把信封放在桌上：“难道贾总也相信这传闻？”

“我对你的这段故事不感兴趣，但我不想让小陌有任何风险。”

“我也一样，对这样生编胡造的事情不感兴趣。所以，小陌在我团队里没什么风险，反而，我认为她在我的团队里能发挥自己所长。”

“维罗朗中国不缺她，而她却需要一个平稳的工作。”

“看来贾总还是不了解小陌。”

贾少辰拿着杯子的手凌在半空，没有往嘴唇送，反而隔了两秒后，又放回到桌子上：“萧锐，你只是一个迟到的人。不管是今天，还是在认识小陌上。”

“是。”萧锐自嘲地笑笑，继续道，“所以，这些年，你用这样的方式阻止她同别的男人相爱。”

“我没有做过。”贾少辰立刻反驳道。

“新地集团是一家大公司，我相信贾总不该因为私人感情而影响到公司运营。”

“你是在教育我？”

“我是请贾总给我时间来谈谈合作方案的。”

“呵。”贾少辰冷嗤了声，别过脸去，“新地集团庞大得就像一艘航舰，维罗朗和我们之间的合作不过是一块甲板而已。”

“新地集团的确很庞大，可掌舵的人却多了些。”

“你——”听到这话，贾少辰有些按捺不住，强忍着，方才压住了音调：“你是在诽谤我们新地集团高层之间的关系。”

“贾总已经在奢宠项目上证实了这点，我无需再揣度新地集团高层之间的关系。今天，贾总约我来这儿，也是为了这块甲板的合作。”

“萧锐，我说过，你要的合作我可以答应你，但是你得答应我离开小陌。”

“如果我不同意，贾总准备怎么做？”

“那就由着现在的局面继续下去。”

“奢宠项目再加上孕妇有机化妆品这一项目，洪建国的控制权迟早会落在你的手上。如果你站在洪建国一流的立场上，怕是很难有机会再与他分水抗衡。我不过是一个职业经理人，说到底，大不了就是离开维罗朗重新开始。你不同，新地集团是你父亲和哥哥辛苦创立的事业，你不能一走了之。而小陌，有她自己的选择，你不能替她做决定。”

萧锐的话直刺贾少辰的心底，他何尝愿意用这样的方式来逼退萧锐？他在她身旁守护了二十二年，从第一眼看到她，到少女，到如今，她就像自己的心房，每天陪着他呼吸，陪着他生活。

贾少辰朝萧锐字句顿挫道：“她是我的生命。”

“我还是那句话，你不了解她。我建议贾总仔细重新看一遍白小陌花了心思做的奢宠系列策划书，还有这次我们孕妇有机化妆品的专柜方案。在这之前，我不会再与贾总谈论任何关于我们维罗朗与新地集团之间的事。对不起，我还约了媒体的采访，失陪了。”

贾少辰以为自己占尽了优势，没想到面前的男人却在警告他后离开了，他第一次感觉权力与金钱会如此缺乏诱惑。看着萧锐离开的背影，他竟心生更多的惧意。因为他完美得没有缺点，反而使自己落得行径卑劣。可是，他有更好的办法吗？他试图把白小陌拉住，却只能看着她走向别人的怀里。他恨自己，恨自己对爱无能为力，恨自己只能拿出这般令他自己都生厌的方式来让萧锐离开。

桌上的信封。

他的手落在上面，冷嗤：萧锐这样的男人又怎么可能会潜规则女下属？

一个小时后，白小陌再见到萧锐，一句话都没有来得及和他说上，就被《都市精英》的记者抢了“先机”。她没有看清记者的长相，只是看到了他的背影，一时感觉有几分熟悉，也没有细想，便去了徐风那儿探讨二线城市推广孕妇有机化妆品专柜的事宜。

“谢谢萧总给我这机会。真是很抱歉阮铭突然有了别的安排没能过来。”

赵沅？

白小陌听着声音立刻站了起来，站在萧锐办公室门口与萧锐道别的人果然是自己第二任人间蒸发的男友赵沅。

他还在上海？

还做了《都市精英》的编辑？

可他却从来没有和自己说过，她记得热恋的时候，他突然留下字条说是回了老家山东，再也不会出现在上海。

她正迅速地搜索关于这个男人的一切时，赵沅却离开办公室向走廊走去，她赶紧追了上去，赵沅却刚巧进了电梯。

“等等！”

赵沅认出了白小陌，就如白小陌认出了他一样，可是，电梯并没有因为他们彼此目光的互换而停住。

电梯关上门向下移动，白小陌拼命地按着按钮，她要一个答案，她要知道他当初为什么会不辞而别，不为爱情，只为心中的不甘。

“你这么按下去，公司得找人修电梯了。”

萧锐站在身后，虽然不知白小陌为何这么拼命地从办公室跑了出来追一个记者。白小陌回过头，出乎他意料地问：“他是赵沅？”

“你。”萧锐一愣，他没有想到白小陌的脸上会落下泪痕，这泪，让他不由生出痛意。

白小陌丝毫没意识到自己已经落泪，她只想知道为什么这些年那些男人会突然离开自己，她等不到电梯，那就跑下去追他。

为了这个答案，她可以不顾一切。楼梯的多少，楼层的高低在这一刻变得无足轻重，只是她才奔出几步，手却突然被拉住，他沉沉的声音在后面响起：“发生什么事了？”

“让我下去！”

她挣脱，却被他牢牢地拉住：“你要找他，我可以打电话让他回来。”

打电话让他赵沅回来？

是，她可以让萧锐打电话喊赵沅回来，可当她再一次对上他的目光，她却感觉自己眼前一片模糊，身子瘫软似的坐了下来。萧锐顺势将她放在自己怀里，低声道：“告诉我，究竟发生事了？”

“我不知道，我不知道当初为什么他会离开我？我要知道答案。”

“你以前的……”萧锐默然，可她的前任男友不是和自己一个名字吗？怎么会是赵沅？

“他们一个个都这样，每次都会人间蒸发，我要知道答案，知道答案！难道我就这么差劲儿吗！”

她是一个要强的女人，在他的怀里，他能感觉她的无助与内心那份要强的自尊。他们都离开了她，这就像是一个心结紧紧地缠绕她。他摩挲她背脊的时候，都能感觉她心中久久藏着的痛。那些男人的离开都与贾少辰有关。

“我有什么不好的？”

“这和你没什么关系。”

贾少辰与霏霏让她一次次失去爱情。就像今天在香格里拉的对话，他清楚地告诉自己，自己无论何时都是一个迟到者，认识她，也同样是后来者。

"我要问赵沅，那个混蛋。"她陷在他的怀里，就像一只受伤的小猫被人救起，话语声在啜泣中渐渐地轻偃了下去，"我真那么差吗？"

"有时候有些无理取闹而已。"

一听萧锐这么说，她立刻抬头皱着眉头看向他，不想却见了他下巴到脸庞好看的弧线，心一紧，赶紧又埋下头去。

"小陌，你是不是很想和我一起做手头这个项目？"

"你不让我做了。"她微叹，情绪从波澜中慢慢平复。

"若是喜欢，就和我一起做吧。毕竟，这样的机会不会一直有。"他的指腹抹去她眼角的泪。

倘若这一次败北给于伟，萧锐清楚自己会因此离开维罗朗中国。他是总部派来的人，不过，这样的角色终究不过是他们用来制服地方势力膨胀的一个棋子。棋子的结局无非是牺牲，或是成为他们下一个想要制约的人。

"什么意思？你要离开维罗朗？"她突然从他怀里直起身，"我知道，你肯定没有潜规则过 Sherry，她是你女朋友。"

"你调查我？"

"哪有？我只是碰巧知道了。"

"这件事，我会处理。"萧锐说到一半，听到身后有门掩上的声音，回头去看的时候，门已经关得严实。白小陌并不知道自己与萧锐一起被偷拍的照片正像一枚定时躺在他的抽屉里，那枚炸弹随时都会爆破。

他能处理好吗？

白小陌从他的眸色中看不到半分属于自信的神采。他在撒谎。她能感觉到他们一起从台阶上起身时，他更像是一个需要安慰的人，只是他的声音却如他的怀抱一样温柔："没事了？"

“嗯。”

故事的背后究竟是什么？她看着他拉开门前扯下了领带，紧拽在手中，虽然一言不发，却是沉重得让她感觉他内心如鼎压下的痛。

谷学文的嘴一时是撬不开了，她剩下的资源只剩下维罗朗集团内部。白小陌回到座位，关于赵沅的事已抛到了脑后。在维罗朗中国公司系统的公共存储盘上，有一个联系人文件夹，几乎所有在职员工的手机号码都在里面，行政部每半年都会更新一次，另存为新文件。

她想或许在上面能找到Sherry的联系方式，尽管她还没有想好自己拿到联系方式后该和那女人说什么，但她手里的鼠标已经快速地点了起来。

2014年，2013年，2012年……

为什么只有五年的信息？

她提到嗓子眼的心瞬间如陨石坠了下来。一条线索才刚有了眉目，却又断了。白小陌锤了下桌子，却被徐风看在眼里："什么事惹了我们Melody小姐？"

“哦，我在公司公共盘上看些资料，可公司的公共盘是越来越慢了。”

“慢吗？不会啊，IT做过公共盘瘦身了，听说几年前的文件都被归档进了硬盘。”

“原来是这样。”白小陌喃喃道。

下班前，何丽被萧锐喊进了办公室，白小陌离开的时候，何丽没有出来。

白小陌试图联系谷学文却没有打通，忽而，想起贾少辰，想起他那只只存她号码的手机。为什么会这样呢？他有什么要隐瞒的吗？

地铁里，归家潮将狭小的空间挤得密不透风。白小陌来不及思索太多的事，在人群中寻找自己立足的地方，突然听到一个男人与一个胖阿姨用上海话对骂了两句，朝那儿一看，发现正是王培。

“王培！”

王培的脸瞬间僵在原处：“Melody。”

她是嫉恶如仇的人，可不是一个记仇的人。王培或许真的算计过她，可现在她在维罗朗安好，而他的样子看上去比先前在维罗朗的时候差了不少，至少圆润的脸好像有些瘦了，皮肤蜡黄了，还有些松垮。

“怎么样？最近还好吗？离开维罗朗，你也不和我说一下。亏我们还是同一战壕的。”

“还算，不错吧。”王培本是说话滔滔不绝，此刻却好像如鲠在喉，五个字还切成了两半。

“比维罗朗好就好。”

“怎么会？”王培刚说完，立刻回神道，“你还好吧？”

“我不错，就是现在没饭吃，要不，老同事相见，我们一起吃顿饭吧。”

王培是维罗朗中国的老员工，白小陌想或许他的身上能问出些自己想知道的事情。她总觉得王培有自己的难言之隐才会做出先前的事，他匆匆离开维罗朗中国，怕也是心中有愧。面对她提出吃饭的邀请，王培虽然犹豫，但最后还是答应了。两人一起去了家瓦罐店，王培在半路说他请。白小陌应了。

“徐风他们还好吧？”餐饮业总是不缺生意，上菜的速度永远都是你催他上，他不上，你说退菜的时候，瞬间各种菜就端了上来。王培本没有说话，上了两盘菜后，他才开了口。

“嗯，挺好的，最近大家忙着新的 Project。”

“是有机化妆品的 Project 吧？”

王培喊了两瓶啤酒，满了自己的杯子，又给白小陌倒了些。说完话，他先于白小陌碰了下杯，自顾自地干了一杯。白小陌对王培的酒量并不了解，看他这么快地吞下一杯酒，想是真的在向自己道歉。

“看样子你现在是身在曹营心在汉啊？”

“哪有什么曹营？现在晃荡着呢。”

“怎么会这样？”

白小陌没有想到王培在失业中，他的情况比自己想象的要更差。

“别提了，这件事过去了就过去了。说真的，我在维罗朗那么多年，也只对不起过你一个。再来一杯。”王培又自己满了一杯后干完。

“王培，我问你件事。”

“什么事？”

“知道 Sherry 吗？”

“知道。”王培只是吃了小口的菜，又倒了杯酒，“萧锐以前的女朋友。”

白小陌“嗯”了声，尽管心里不是滋味，仍旧继续问道：“我听说萧总之前离开维罗朗是因为她的缘故。”

“哈哈哈。”王培突然笑了起来，那笑声有丝凄凉的感觉，最后竟有了些哭腔，她甚至觉得他是哭了，只是用笑在掩饰而已。

“炮灰吧。和我一样。”

“和你一样？”

“怎么突然提起 Sherry 的事来？有人在算计萧锐吗？呵呵，不用担心，他应付这种事绰绰有余。”

王培似乎有些惋惜，白小陌听他短短的几句话后不由生了心思，难道说 Sherry 和王培一样都是受人指使要害萧锐的吗？怪不得谷学文说萧锐因为 Sherry 离开了维罗朗中国。她竟然会害一个爱自己这么深的男人?

白小陌吃着饭，假装喝了些啤酒，而王培却越喝越多，喝到脸颊熏红，嘴里怨起自己没有用只配被人利用，白小陌劝他少喝些，王培虽然话少了，可却没有停止喝酒，甚至大声喊服务员去拿黄酒。白小陌朝服务员使了眼色。王培骂骂咧咧地扶着一旁的墙壁去了洗手间。

这时，贾少辰打来了电话。白小陌像见到了救星一样催他来救场，待到白小陌见贾少辰与谷学文一起过来，二话不说就让两人帮忙把王培送回家。

“于伟，你他妈就是王八蛋。”

Chapter Twelve

爱如酒醉

爱深了，便如酒醉，剩三分清醒，七分糊涂。

王培喷着让贾少辰十分厌恶的酒气，谷学文是医生，对各种让人作呕的味道早已脱敏。白小陌则从王培的手机里翻到了他妻子的电话，让贾少辰打电话给王培的妻子讨要住处。

王培迷迷糊糊，突然瞪大了眼睛喊叫："我是七分清醒，三分糊涂。哈哈。于伟，你让我一个人扛，你狠，你厉害！"

很快，他又迷糊地闭上了眼睛。

白小陌接过贾少辰电话的时候，突然想起王培会不会存着 Sherry 的手机，低眉看着手心里的手机发愣。

"你怎么了？"

"我想找一个人的电话。"

白小陌的话刚落，车子一下刹了车。谷学文转过身，瞪着白小陌说道："你疯了？为了套 Sherry 的信息，居然还揽上个酒鬼。"

"我没疯。"

谷学文斥责白小陌，白小陌一个劲儿朝他使眼色，可仍觉得身旁的眼睛正紧紧地盯着自己，虽然平时她总以姐姐自诩，可当她大条地做些危险的事时，他还是会立刻换上自己威严的外衣。

“我真没疯，我们是偶遇而已。”白小陌斜眼看了身旁的贾少辰，赶紧又朝谷学文抗议，“谷医生，你是不是平时喜欢向病人夸大手术风险？非得把事实夸大，看我被教育。”

“学文夸大？那你解释下现在你手里拿着手机干吗？喜欢窥探别人通讯录？”

“我没有喜欢，我只是想会不会有 Sherry 的电话？萧锐在维罗朗有些麻烦，和那个 Sherry 有关，我不过是想帮他而已。”

“帮他？他是你上司，维罗朗中国的副总裁，要你一个小喽啰帮什么忙？”贾少辰抑制不住内心燃起的愠怒，冷嘲热讽地挖苦白小陌。

白小陌抿抿唇，她没想过自己解释完，贾少辰还会这么不理解她。她感觉他平日里温和的眼睛充满了一种让自己陌生而疏远的颜色。

他可是自己的闺蜜，什么时候变成了这样子？

“贾宝宝，你怎么了？小题大做的样子。瞧瞧你，都皱眉头了，不要这样嘛，我不看就是了。”

白小陌做出投降的姿势，王培偶尔打了两声呼噜，贾少辰别过脸朝向外面。他不想与白小陌吵架，他没想到她竟然会为了萧锐做这么多。而萧锐，也当着他的面拒绝了自己提出的交换条件。他们之间，是不是已经有了自己无法插足的关系？

不可能，这不可能。

他的心里反复只有这么一个声音，他不能自已不断迭起的痛意，唯有望着窗外的景色。

“贾宝宝。”白小陌抬手掰过他的脸，嘟起嘴唇：“我的贾宝宝，不要生气了，好不好？我答应你，姐姐我，再也不让弟弟你操心。”

贾少辰眯起眼睛，凝视她的脸，她双手仔细地把他唇角的弧度挑起来："来，笑一个，迷倒众生的酒窝大美男。"

他终是抵不过她的甜言，忍不住勾唇笑笑，白小陌仿佛忘了王培，靠在贾少辰肩旁，自顾自地说道："贾宝宝，今天见到赵沅了。本来，我想追上他，狠狠地打骂他一顿，质问他为什么要离开姐姐我。后来……"

"后来呢？"他把靠在肩旁上的脑袋转向自己，"发生什么事了？"

"不告诉你。"

他盯着她的眼睛，才发现睫羽下的眼睛有些浮肿，她一定是哭过了。倘若不是因为自己，白小陌与赵沅该还在一起，也不会有后面的第三任男朋友，更不会有萧锐的乘虚而入。

"咳，你俩这么肉麻，干脆凑一起得了。"谷学文开着车说道。

贾少辰回了句："开你的车，赶紧把人送到家。"

"就是，我快晕过去了。"

谷学文只觉自讨没趣，干脆好好开车把不停在车内释放酒气的人送回去。约莫十分钟后，王培被妻子"领"了回去，正在大家要上车的时候，王培突然拉住贾少辰的手臂，指了指说道："我认识你，呵呵，我认识你，新，新地集团……"

"别拉着人家啊，快，快放手，跟我回去，还嫌不够丢人，没了工作，还到处丢人。"女人边赔不是，边拉走了王培，只听他嘴里仍旧喊着："总裁！总——裁——"

"小陌，他乱说的。"

白小陌正欣慰地看着王培被妻子送回去，虽然听见了王培的话，但并没有在意，反而贾少辰提了句"他乱说"，倒让她觉得奇怪。

"哎，你俩杵人家家门口干吗呢？走了走了。"

"走吧，小陌。"

“贾宝宝，你该不会真是新地集团的总裁吧？”

她竟然会问这个问题，贾少辰愣怔在原处，谷学文在旁也不知该怎么为贾少辰兜回来。白小陌见他表情僵硬，立刻扑哧地笑了出来，瞧瞧他胸口：“瞧你这样子，你要真是新地集团总裁，那我就是……就是……”

“是什么呢，大晚上的还做白日梦。”谷学文浇了盆冷水，白小陌努努嘴，拉着贾少辰回了车上。贾少辰一言不发，他真的不知道这次之后，他还能瞒多久。随着与洪建国斗争日趋白日化，他已经不再保持不露脸的低调。在信息发达的今天，她很快就会知道他的真实身份。谷学文能帮助他一次，不代表下一次也可以躲过。谎言，总有包不住的一天。他看到反光镜里，谷学文朝自己投来的眼色。他明白，谷学文亦有相同的担忧。

“小陌，我有个问题。”

“什么问题？”

“如果我对你撒谎，你会原谅我吗？”

“贾宝宝，你是不是真的有事瞒着我？”

“我……”

“和酒窝公主分手了吗？”白小陌看着贾少辰的脸孔，尽管如往日一样好看，可却是布满了阴云，于是，敲了下他胸脯，“哎，这事不用瞒我，失恋这事，姐姐我最有经验了，伤心几天就雨过天晴。”

“学文，开车吧。”贾少辰扯了道笑容，低声与谷学文说道。他尚未准备好承担后果，就像她尚未知晓他身份一样。

夜晚在一阵波澜后再次落了平静，他们一起经过了天幕广场，她并不知晓那里的一切都与她有关，她心里装的只是如何去帮助萧锐。躺在床上的时候，白小陌辗转难眠，脑子里满是下午在楼梯里靠在萧锐怀里时的场景。

她不禁拿出枕头下的照片，戳了戳萧锐的脸孔，低喃：色斑鸠，我怎么就暗恋上你这家伙了呢？

这时，手机跳出谷学文的短信。Sherry 家的地址？白小陌一骨碌地从床上翻了过来。果然是 Sherry 家的地址。谷学文终究还是得向她妥协。本来，萧锐也是他朋友，他不该这么见死不救。现在有了 Sherry 家的地址，那么她离真相就越来越近了。只是有一点，她到现在还没有想通，萧锐对愈传愈凶的传言为什么能一直保持沉默？就王培所说，当年的 Sherry，之前的他，都是于伟用来对付萧锐的炮灰，那么传言的事肯定与于伟也脱不了干系。这样的话，他就更该为自己做些什么，至少也得撇清传言。

原以为萧锐管的范围越来越大是件好事，看样子，这后面还是有不少的内幕。白小陌不禁长叹高层间的争斗远非自己想象得那么简单和表面。于伟在维罗朗中国一直是位让人敬畏的上司，没想到会是这样的人。她一个小喽啰管不了那么多，只有找到 Sherry，了解当年究竟发生了什么事，才能替萧锐平息传闻。

她得加快步伐了。

否则的话，传闻就像是一种病毒，会快速地感染到每个人。假如大多数人从怀疑走上确认，那么“乌合之众”的力量将足以摧毁萧锐。

第二天一早，天才蒙蒙亮，白小陌就起了个大早，在父母惊愕的眼神中匆忙啃了根油条就往外跑。

Sherry 的家离自己并不算远，需要坐七站地铁。那是一块上世纪八十年代建起的老新村，毗邻新地集团的天幕广场。白小陌从自己零星的记忆中思索，这老新村应该属于当时另一家国有企业的房子。看新村围墙上黑色的“拆”字，她想这块地终究还是要沦为新地集团的腹中之餐。

五楼，505 室。

白小陌按了门铃，很快，里面传来一个女人的声音：谁啊？

怎么这么熟悉呢？

她拿起手机再对了一遍地址，地址该是正确的。正在这时，没打了开来。

“请问Sherry在家吗？”她话声刚落，抬头去看见一个熟悉的脸孔。

那脸孔的主人似乎也很惊讶：“Melody。”

“何丽，这里……你怎么在这儿？”

何丽打量起白小陌，说：“这不是该我问你的吗？”

“我是来找人的。”白小陌低头再看了遍地址，低声道：“没错啊，应该是这儿。”

“你找谁？”

“我找——”白小陌越过何丽的箭头往后看看，里面似乎并没有什么特别，心里不由嘀咕为什么何丽会出现在房里？

“找谁？”她又问。

“我找Sherry。”

“Sherry？”何丽突然眉头一紧，脸色从面无表情瞬时落到了厌憎的模样，“你找她干吗？”

“我找她有事。”

“她不在。”

何丽从未像现在这般冷漠过，似乎说的每一个字都在下着逐客令。白小陌不知道她为什么会对自己这样，只是觉着奇怪，忍不住又问：“那我什么时候能见到她？”

“见她？”何丽皱起眉头，腾地关上了门，白小陌被何丽的突然举动吓了一跳，傻愣地站在门前，只半分钟的工夫，何丽就揣了包打开门，冷淡道：“上班了。”

“你还没回答我呢？”

白小陌追着何丽问，何丽却不理不睬，不想白小陌去拉她，她手里的包一滑，包嘭的一声落在了地上。

两张照片从包里落了出来。照片上竟是昨天她依偎在萧锐怀里及萧锐为她拭泪的照片。白小陌惊得朝何丽看，何丽慌张地把照片塞了进去。

“你偷拍照片？”

“和你没有关系。”白小陌想要抢回照片，不想何丽却用力一推，直接朝楼下跑去。

“何丽！”白小陌猝不及防地被她推到墙上，手肘疼得厉害，嘴里仍喊着她的名字，却没有喊住她。

她为什么要偷拍自己和萧锐的照片？而这里明明是 Sherry 的住处为什么会成了何丽的住处？何丽与 Sherry 是什么关系？她和 Sherry 的关系，萧锐难道一早就知道吗？

白小陌疑窦重重，她想何丽应该是去上班了，现在她只有也去上班，再寻机会问她缘由。可令她万万没有想到的是，何丽竟然没有去上班，她请了假，一天都没有出现在公司。

萧锐很忙，忙得好像忘记何丽没有上班，中间一度出来找过何丽，后来才恍然记起何丽不在。临下班的时候，简希突然打了电话给她，说是让她看看国内某著名论坛里某板块的八卦帖子。白小陌正等着下班再去 Sherry 家的住处，自然没工夫与她闲扯，可简希不罢休，激动地说是“关于男神的”。

简希嘴里的男神在目前为止有且只有萧锐一个。她听到是关于萧锐的事，便就问简希究竟是什么八卦。简希卖了会儿关子后发了链接给她。白小陌点开链接，眼睛瞬时瞪得圆圆的。

洲际酒店，萧锐与她的背影。

Ginkgo 咖啡吧外，他们的照片。

虽然帖子的楼主只发了背影，但拍摄的角度却是十分映衬标题：

某世界五百强企业男高管潜规则女下属。

该死的照片。

她刚骂完，突然想起早晨在Sherry住处碰落的照片。其中一张照片的角度与这些照片如初一辙。照片是何丽放上去的吗？

“喂，我说小陌，那照片是你和男神高管吧？瞧瞧，上次还不承认，你们就是去过酒店，还亲密地在一起。”

“少胡说。”

“我咋胡说了，Ginkgo咖啡吧就在我们公司附近，还有，那天我看见你进了两个帅哥的车子，男神被你甩了后，很生气地骂人呢。”简希摆出事实和她争论。

白小陌没好气地说了句简希，甩下电话，拽着自己的包就往外跑。她好像听到了萧锐喊自己的声音，只是没有止步，直接奔着自己的目的地而去。

她一定要找到何丽问个清楚明白。只是到了Sherry住处后的白小陌却被她拒之门外。她听到里头有声音，可何丽就是不开门。

看样子，论坛的事与她脱不了干系。白小陌使劲敲门，直到隔壁的老阿姨实在听不过去，开门与她说：“小姑娘，你有啥事吗？门都要被你敲坏了。”

“不好意思，我是她同事。我有重要的事找她。”

“哦。”

老阿姨并不关门，只是在旁注视她，被她这么看着，白小陌反而有些不好意思，忽而，她想起Sherry的事，于是问道：“阿姨，您一直住这儿的吧。”

“是啊，一直住这儿，不过啊，快要搬了……”阿姨长长地叹息了声，“这儿要拆了。说是新地集团和区里面谈了投资，把这儿的房子拆成绿化广场。听上去是蛮好的，我觉得就是给那个天幕广场做背景的。知道吧？这附近一直在造的天幕广场，听说不知道多少个亿的投资呢。”

“恩，我知道。”白小陌不想在这个天幕广场的话题上多停留，立刻转回到话题上，“以前这儿是不是住着别人啊？”

“是啊，以前这儿也住着一个女孩子，年纪和你差不多吧，作孽啊。”老阿姨说道一边，好似突然谈到了一件伤心的事，止住了滔滔不绝的话语，接连说了几句“作孽”。这时，白小陌身旁的门突然打开了。

“你进来。”何丽冷冷道。

“哦。”白小陌立刻与老阿姨说了再见，就进了门。

“白小陌，你到底想怎么样？”何丽劈头盖脸地质问道。白小陌只觉得好笑，现在分明是贼喊捉贼，不是她想怎么样，而是她何丽想怎么样？

“这话该是我问你。Sherry 在哪儿？”

正在白小陌准备反问何丽的时候，她突然看到不远处的书桌上，竖放着一张黑白挽联照片。照片上的女人美丽而纯净，就如她第一次在萧锐办公室看到的那张一样。

“你不是想见我姐吗？”

“你姐？”

白小陌盯着照片上的女人，目光慢慢地移向何丽，错愕地扫过她的脸孔，复而又看向照片。

Sherry 是何丽的姐姐？

“她就是我姐。”何丽径直走向照片，嗤笑地朝着白小陌，“怎么？很惊奇吗？”

“Sherry 她……”

何丽唇角沾着凄冷的笑容，白小陌意识到照片中的女人已不在人世。她还这么年轻如花，却已凋零落地。这是白小陌第一次经历与自己年龄相仿的人离世，在她的思维里，死亡离自己是件遥远的事。她总想着长命百岁不是梦想，而此刻Sherry冰冷的照片与凝固在相框中的笑容却让她浑身冷颤。她不能道出其中这般难以诠释的感觉，只是心沉沉的，仿佛被什么压住似的。

“我知道你想帮萧锐。”何丽端起照片，低头看着镜框中的女人，一番痛化成哽咽的话语，“我的确很恨他。”

为什么？

白小陌想问，这三字却始终没有出口。何丽已抬起头，继续说：“没有他，我姐就不会死。”

“你是说你姐姐的死和萧锐有关？”白小陌皱眉，她不会相信萧锐会害死Sherry，他既然可以为了那段爱背井离乡，他又怎么会害死Sherry。这事情的背后究竟是什么？

“我们家条件并不好，可是我们两人的成绩都很好，姐先上了大学，本可以再读研究生，但因为考虑到给我赚些学费读大学，大学毕业后就进了社会。因为当时她的男朋友萧锐在维罗朗工作了三年，很得老板欢心，便很容易拿到了面试机会。很快，他们成了同事，当然限于维罗朗内部不能谈婚论嫁的规定，就没有公开恋情。”

这样的故事并不特别，至少在白小陌眼里，这已经算得上是大学情侣毕业后的完美结局。

“我是我姐的拖油瓶，当时拿着我姐工资进了这座城市二流的大学，那时我感觉什么都很新鲜，自己就像一个土得掉渣的乡下妹。父母一直交待我姐要照顾好我，所以，一到这座城市，我姐一直很照顾我。为了不被人嘲笑，我开始向她要钱，别人有的衣服，别人有的包，甚至是别人的化妆品，她从来没有犹豫过，样样都买给我。我只知道伸手，根本不会去管她是否能赚那么多。我交了个校外的男朋友，虚荣心作祟，我告诉他我是大城市的，家里条件好，他也说自己条件好，毕业前那一年，他骗我说他家里想让我们在上海安家，他要买房，因为钱套在基金上，问我借十万。我那时候脑子被爱情搅得糊涂，根本不会觉得他在骗我。我姐借了我十万，说是年终奖。呵呵，维罗朗怎么可能会发善心给一个刚进公司的人那么多钱呢？”

“是于伟给她钱，让她出卖萧锐。我说得对吗？”白小陌追问，何丽没有想到她会这么快猜到，愣怔了小会儿后点头道：“于伟是销售总监，可萧锐的锋芒盖过了他。自然，威胁了于伟拿到总裁位置。”

“于伟利用了 Sherry，陷害萧锐，让大家都认为萧锐潜规则 Sherry。实际上，他们是情侣关系。何丽，这件事明明是你们姐妹之间的事，为什么要说是萧锐的错？萧锐爱 Sherry 那么深，最后只能选择不公开 Sherry 的恋情而选择离开。整件事，萧锐从头到尾都没错。”

“不！是他的错！”

何丽眼眸布满了血丝，声音歇斯底里地响在房间内，白小陌紧缩眉头，看着面前的女人。她的泪从眼角缓缓流淌，话语在唇间吐露：“倘若萧锐当时不是工作狂，多关心下我姐，于伟根本就不会有机会利用到我姐。”

“何丽，如果我是你，我只会怪自己拖累了姐姐，而不是怪到他身上。”

“呵呵，你知道吗？萧锐从来没有问过我姐家人的事，他的字典里只有他的事业，他根本不懂得疼惜我姐。每次和我姐约好的事都要迟到。非但如此，他在上海这么多年，连我这个女朋友的妹妹都不认识。可笑吗？这难道不是件可笑的事吗？”何丽又是一阵苦笑，泪在下巴累成大水滴落到了镜框上，她抽过一张纸小心翼翼地擦了起来。

萧锐不知道何丽是 Sherry 的妹妹或许是真的，白小陌不知该如何反驳，也许每个女人要的爱是不同的。像 Sherry，她或许要的是一个男人一直黏在自己身旁，呵护她，疼她。

“那你姐姐为什么会……”

“我姐爱萧锐，爱到了骨髓，你知道吗？一直被掏空的心是什么感觉。她帮了于伟，不仅仅是为了我的十万，也是想让萧锐能够不要执着于上位。她不想萧锐那么忙，不想他总是忽略她。她要一个平凡普通的生活。”

“萧锐这么拼命难道仅仅是为了他自己吗？”白小陌打断了何丽的话，“你姐姐帮助了于伟逼走萧锐，恰恰粉碎了你姐姐想要的生活。”

“他不懂我姐的心。他提出分手离开上海，自认为做出了最大牺牲，可我姐却因为这件事而一直内疚，自责，痛苦，最后，得了抑郁症。后来……”

何丽未再说下去，只是用纸巾擦拭着脸上的泪水，看着Sherry的照片。

白小陌终于知道了故事的全部。萧锐和Sherry到底谁错了？他们究竟是谁欠了谁的情？谁也无法为他们解释。爱情，是人处在世界最难解释的一种情感。彼此没有血缘关系的两人，因为爱，而走在一起。

白小陌想如果她是故事的女主角，她不会因为萧锐的忙碌而责怪他，反而会站在他的身后支持他。只是，女主角不是她，她也成不了女主角。

她想，Sherry留予萧锐的记忆与曾经的爱定是刻骨铭心的，兴许这辈子都没有人能越过她的位置。

她白小陌不过是一个在角落里暗自错乱了神经爱上完美男神的女人，仅此而已。

“所以你拍了我们的照片来报复他！”

“你爱萧锐？这么在意他吗？”何丽像是在回答白小陌的问题，

只是话语更像是掀开了白小陌内心的秘密，她不禁有些惶措，不知该如何安放自己的目光，“这和爱不爱没什么关系，你这么做完完全全没有考虑到别人，也没有考虑到后果。”

“后果？白小陌，你知道我姐走了，我父母有多伤心吗？白发人送黑发人，你知道整个家因此而垮塌的时候，是什么感觉吗？你站在我的面前，这么轻巧地指责我的行为，是显示自己的高尚，还是在帮萧锐？呵，你不过是个外人而已。”

“你把我牵涉了进来，我就不再是局外人！”何丽的话虽然让白小陌同情，可她绝不容许何丽用那样卑劣的手法来陷害萧锐。她和萧锐是清白的，为什么要沦为别人报复的工具？

“你高估自己了。”何丽嗤笑。

“何丽，请你立刻删了帖子。”

“呵呵呵。”何丽大笑起来，“我告诉你，不是我做的，你信吗？”

“我亲眼看到你拿着我和他的照片。”

“你信也好，不信也好，这件事，你从头到尾不过就是个局外人。现在，请你离开我的家。”

何丽突然敛了脸庞上所有的表情，下逐客令让她立刻离开。白小陌又怎么能轻言放弃，执拗地要让她放弃报复的念头。何丽却失了耐心，她根本不想与白小陌有更多纠缠，借自己个高儿，推着白小陌就往外送。

“删了照片！你应该删了照片，就算你今晚把我赶走，我明天还是会找你，只要你一天不删，我就一天不会罢休。”

“走！你给我走！”

何丽从门旁抽出一把扫帚去赶白小陌，白小陌被突然横自己面前的杆子一挡，顾着退让，整个人被推出了门，眼睁睁地看着何丽把门“砰”地关上。

“何丽！”

白小陌几步上去再敲门，那门再一次锁上，与斑驳的墙壁连成了一体。

“开门！”

她从来不是这么轻易放弃的人，她不想萧锐背负不该背负的罪责，更不想因为她的缘故而让事态发展得不可收拾。萧锐是维罗朗璀璨的星辰，如果何丽害了他，中了于伟的下怀，那么他如何还能在维罗朗继续自己的事业？

“何丽！你不该这么自私！你开门！”

她在何丽的门外站了一个小时，辘辘饥肠折磨着她，她不想离开，怕自己离开，就会让第二天的情况变得更糟。

她坐在台阶上，经过的人投来怪异的目光，她并不在意，她只希望何丽能够听她的劝告。哪怕只是那么一丝希望，她都要说服何丽。

“你在这儿干吗？”

白小陌双手抱着手肘，突然眼前有黑影遮住了橙色的光线，她眼神错愕地瞧着来人。

“那你呢？”

这个时候，他竟然出现在了这儿。

“我说过，这件事交给我处理。”

白小陌缓缓起身，盯着他看自己的眼眸，他为什么会来这儿？何丽说他不知道自己的身份，难道说他现在已经知道何丽就是Sherry妹妹的事了吗？那他来是劝说何丽的吗？

“是她发的照片，我早上清清楚楚地看到她的包里有我和你的照片。就是昨天，我们在楼道里的照片，我……”

“你走吧。”

她尚未说完话，萧锐竟然让她走。她茫然，明明是在帮他，为什么萧锐突然要让自己走？

“何丽不删了照片的话，那么那些传言就会真的影响到你。萧锐，我知道，我不过是一个小喽啰帮不了什么。但是，我不想因为我，而影响到你。”

“你根本影响不了我。”萧锐抢先在她说话前，打断了她唇间没有出口的话语。

就像北方冬季里的寒风一样，刀割擦过她的心头。她根本影响不了他吗？她是这么没有用处的人，原来，她认为那些足以影响他的东西在他眼里都是无足轻重的吗？她做的这些事是为了他，可他却把她当作了一个渺小无用的旁物。

她不重要。

是，她真的不重要。在他的心里，Sherry 才是刻骨铭心的，她走了，记忆就像烙铁一样落下了永不磨灭的痕印。而她，只是一个自认为重要的傻瓜。

“我只是想帮你。”

“这里不需要你，你可以走了。”

眼前的男人与昨日那个将自己揽入怀中的男人判若两人，他眉眼间的冰冷让她感觉不到半分的谢意，反而，一种厌恶的波光流转在他深邃的眸瞳中，让她浑身生了冷意。

“还愣着干什么？”

她杵在那儿，就像一个被丢弃的娃娃不知如何放置自己的脚，直到他又一次下了逐客令。

其实，是自己自作多情。他根本不会领情她这样一个小喽啰的情，甚至还厌恶她。

“好心没好报！”她逞强地冲他吼了一句，带着泪花拔腿往楼下跑去，鞋子踢踏的声音回响在楼道中，就似她碎落的心激打出他内心的波澜。

“你的戏演得真好。”

这时，505室的门打了开来，何丽展着笑容说道。

“东西给我。”

萧锐伸手，何丽则大敞着门，自顾自回了客厅。萧锐进了房间，目光扫过桌上，她的照片。她是那么美，即便在黑白色的方寸相框，仍然耀着属于她的光芒。

“你不想听听，我刚才对白小陌说了什么吗？”

“这并不重要，我们的目的是相同的。”

“呵呵，萧锐，爱情的海誓山盟真是不堪一击。当年，你那么爱我姐。可惜，我姐更喜欢钱和权，对她而言，这两样意味着一切。”

何丽瞥了眼Sherry的照片，看着萧锐说道。

“她的选择，我从未恨过。”

“我和白小陌说，我姐为了给我钱，所以受了于伟唆使陷害你。”

“你说什么，她一定会信。”

“我说你是个工作狂，是你对我姐的忽略冷淡，才让我姐生了不满，最后才引发了悲剧。”

“东西可以交给我了。”

萧锐似乎对她的话并不感兴趣，伸手继续向她讨要那件重要的东西。何丽冷冷一笑，“你很在意她。”

“小陌是无辜的。”

“你爱她？”

“这和你没有关系。”

“是啊，不过，人总是好奇的。当年，你那么爱我姐，虽然早知道她爱物质胜过爱你，你却不停给她机会。可以说，我姐的离开和你有断不了的关系。当然，我很清楚，谁才是害死她的人。”

何丽走到餐柜旁带锁的柜子，萧锐再望了眼照片中的人。何丽是Sherry的妹妹，Sherry从未提及过。当年，他在学校挺扎眼，打得了篮球，装得了电脑，胜得了辩论。Sherry小自己三届，总是循着他的踪迹与他产生交集。很自然的，他爱上了那个漂亮的女孩儿。他们在一起，最初是美丽的，直到她开始慢慢地提条件，他渐渐意识到，一开始，她就是怀有目的地接近自己。

她喜欢上海，不想再回那个让自己穷怕的地方，呼吸乡土的气息。萧锐有上海户籍，有殷实的家庭背景，毕业后还有顶级企业销售的好工作。这一切，可以满足她所有的欲望。她可以穿上时尚的衣服，挎着让人妒忌的名牌包，涂抹几千块的化妆品，甚至，为自己读中专的妹妹花大价钱买了大学学历。他宠她，溺她，给她钱，却也惯坏了她。

当她进入维罗朗后，一直排挤萧锐的于伟注意到 Sherry 是他的女朋友，于是设下圈套，让自己的客户与她接洽，诱惑她拿佣金回扣。Sherry 贪财，很快便有把柄落在了于伟手上，于伟逼她自导自演了被萧锐潜规则的照片，对话录音。萧锐被迫让出竞争总裁位置的机会，背井离乡离开中国。Sherry 没有拿到于伟说好的回报，于伟更没有让她继续留在维罗朗，为了不让 Sherry 抖出当年的事，他甚至向同行透露 Sherry 违反职业操守的信息，导致 Sherry 一直无法找到工作。与萧锐分手后的 Sherry 意识到自己其实早就离不开萧锐，他走了，她便一无所有。内心的矛盾就像宿留的垃圾，一层层地堆填在她心头，最后得了抑郁症，选择了自杀。

何丽递过一只黑色 U 盘：“我不是帮你，而是只有你，才能斗过于伟。”

萧锐收入掌心：“我不希望任何一个无辜的人卷入我和于伟的过节，也包括你。”

何丽一怔，盯着萧锐，他面无表情，只是在叙述一段话，一段提醒，这段平凡的提醒再一次唤起自己内心压抑的恨意。先前与白小陌说的自然是谎言，真正的自己与姐姐是何其相像。她要的是物质，可姐姐给她买的文凭在偌大的上海却难以觅到好的工作，姐姐不想让她接触到萧锐抖出买假文凭的事。后来，何丽搭上了维罗朗客户的线，有了机会进入维罗朗中国，只是因为没有什么专业技能，就做了人事部的助理。就在她刚进入维罗朗，她亲眼看到姐姐被赶出维罗朗，萧锐去了德国。几年来，她一直见风使舵，攀附上层，终于，在萧锐回国的时候，得到了于伟信任，安排到了萧锐身边。

王培则是另一枚棋子。

可惜，王培失败了，所以，于伟又安排潜规则这出戏，让萧锐分身乏术，失去总部的信任。

他的棋下得很好，只是他不知道她何丽是谁。

“我以为，你不会再爱上别人。”何丽说道，

萧锐脸上闪过一丝不自然，的确，他从未想过会爱上别人，只是爱，终究不由他控制。

“浦东那套房子和这套房子都已经转到你的名下。”

“这算是答谢我，还是觉得亏欠我姐，舍给我的？”

“于伟不傻，他很快会发现你背叛了他，他不会放过你。这两套房子，你会有需要的时候。”

何丽冷冷地笑过。她是最大的赢家，既报复了萧锐，又报复了于伟，而自己又拿了两套房子。她极满意眼下的所得，终于，她不再有寄人篱下的感觉。这两处被姐姐气息盈满的地方终于换作了她的。

她喜不自禁，姐妹的情分可以是深的，也可以浅的，只是再深，她姐已经离开了，那她就收获属于自己的东西。

萧锐转过身，手里捏着U盘，朝门外走去。黑白相框里的女人，就像过去一首魂牵梦绕的曲子，曲终了，只剩下回音，他已经生活在回音中几年了，今天，他决定与那段记忆说再见。

上海，黑色的穹顶与璀璨的星光在繁华喧嚣中变得黯淡。人与车穿梭在宽阔与狭小交织的马路与小巷中，噪音还是音曲只在乎听

者的心思。

“小陌。”

豪华的车辆经过别人的眼中是道勾人的风景，而她的身影却是勾住他眼眸的唯一画面。

她的背影像是在哭泣。

“停车。”他命令道，车缓了下来。

“总裁，这次的会议很重要。”

“我让你停车。”

“还有半小时就是晚宴了。”

“我不想再重复。”他的话终是起了作用。在超过白小陌两百多米的地方，车停了下来。他离开车子，交待道，“通知他们，我身体不适，不参加晚宴。”

“总裁。”

他不会丢弃一个失魂落魄的她在马路上难过，至于晚宴，可有可无。只不过是增加他的社会地位，他不必急于一时。他果断地下了车，朝着她的方向走去。

她真的是在落泪。

究竟是什么事会让她这么伤心？

“小陌。”

白小陌很难过，她不知道自己为了萧锐做了那么多事，他却这么冷冰冰的，甚至还把她赶了出来。昨天，他还安慰自己，今天，他却让自己更伤心。

她没有在意有人喊她，直到抬头的时候，整个情绪才倏然崩溃。她扑向他的怀里，像个孩子一样放肆哭泣。她不会知道抱着她的男人放弃了一个重要的晚宴，更不会知道她的泪水滴上了件数万订制的西装。贾少辰并不在意这一切，他只想这么抱着她，任她宣泄。

世间所有让你不快乐的事就让它们随着泪水流走，在我失去记忆前，我都会在你的身边，哪怕只作你擦眼泪抹鼻涕的手帕。白小陌哭了会儿，似乎突然想到了什么，从他怀里直了起来，睁着迷离的眼睛，“你怎么会在这儿？”

“我？”

贾少辰见两缕发丝贴她脸颊上，小心翼翼地替她拿走，“我们以前不是常来这儿吗？”

白小陌忘了这附近就是新地集团的天幕广场，工地的灯火与嘈杂的翻土机声提醒着她。那天晚上，贾少辰带自己来过，而很多年前，他们就是在这里认识。

“那也不会这么巧，像跟踪我一样。”

“傻瓜。”贾少辰敲了下她脑袋，白小陌摸摸头，瞪他一眼，“喂喂，以下犯上。”

“对，以下犯上，我的女王陛下。”

贾少辰做出一副滑稽的道歉样，却在与白小陌开玩笑的时候，见到了那个男人的身影。

Chapter Thirteen

冷战

冷战的时候，彼此都会想着理由如何开口。

“我的要求很简单：澄清。”

维罗朗中国总裁的办公室，萧锐双手撑在于伟办公桌上，凌厉的眼神盯着于伟，就似两道利剑刺入对方颤抖的心。

于伟面沉如冰的脸随即化作笑容：“没有的事，当然需要澄清。维罗朗中国怎么能容许诋毁副总裁的消息传出去呀。”

“我希望总裁以维罗朗中国发展为目标，任何偏离轨道的事，都不该发生。还有，总部会在年底的时候来中国区进行审计。”

“那是一定的，好好做新项目，好让总部看看，我们，尽管远离欧洲，心，还是向着欧洲的。”

于伟伸手指了指萧锐的心口，又指了指自己。

萧锐冷冷一笑，撤回撑在桌上的手臂，转身离开于伟的办公室。于伟握起拳头，狠狠砸向桌上的U盘。他再一次败了棋局，第一次，王培的一举一动都被萧锐看得清楚明白，甚至还用了一招暗渡陈仓，第二次，何丽居然站到了萧锐那面，甚至将他反将一军。

“立刻让他们删除帖子，发表申明替萧锐澄清。”

“总裁，这是……”“照我说的做！”

他咬牙切齿地命道，电话那头的女人不敢再追问，只能听了于伟的话去执行。

萧锐没有把于伟的事告到总部，因为总部要的不是这种“无聊”的过程，他们要的只是一个结果。从传闻到现在，萧锐很清楚，实际上总部对这里的一举一动了如指掌，只是故作旁观而已。

他低头疾步走回自己办公室，却不想在办公室门口见到白小陌。她只瞧了一眼萧锐就往里走，他想拉住白小陌道歉，可她却加快脚步，躲避自己。

看样子，昨天的事，她是放在了心上，不然，她也不会扑向贾少辰的怀里哭那么伤心。可倘若自己不这么做的话，她刨根问底的倔强性格会破坏了自己从何丽手里拿回 U 盘的计划。

他回了办公室，白小陌则在自己座位上听着他关门的声音，撇嘴愤恨地嘀咕了两声。手机却在这时响了起来，白小陌瞟了一眼，电话是萧锐打来的。

既然说自己多管闲事，还打什么电话？瞧他那副样子，就是白瞎了自己的好心。因为他，和那些害死人的照片，她上班的时候被无数双眼睛上下扫描。他不救自己，自己却因他而倒霉。想到这儿，白小陌关了手机声，简希却打来电话，告诉她先前的帖子已经删得精光。白小陌吃惊地去点网页，果然是没有任何信息，反而在板块置顶的地方出现了对造谣贴的处置信息。

非但如此，公司上下都收到一份邮件，以官方的形式通知了所有人关于副总裁萧锐的传言都是不实谣言。

简希一个劲儿地问：“快说说，你男神是用了什么本事把外头这些网站搞定的，我听说删个帖子要很多钱的，而且不是给钱都能搞定的。”

“别胡说了，公司都说了这是谣言，我先前就这么和你讲了，你不信我。”

白小陌微微起身探头看了眼萧锐办公室，办公室的门关得严实。电话中的简希还在她耳边絮絮叨叨，手机跳出条短信：对不起。

“小陌，你看，快看网上头条。那个男人，好像上次我看到的那个，你上次钻进的车子后面那排那个。”

就在白小陌盯着短信忍不住要笑的时候，简希好似发现了一个惊天秘闻，尖叫着让白小陌去看。

新地集团少帅缺席十大优秀雇主晚宴，或因家庭遗传病发。

一张照片，简希有必要这么激动吗？看样子是她的花痴症发作，因为但凡是有美男帅哥的地方，必然有她的尖叫。不过，看看维罗朗大客户新地集团少帅的照片也挺好，毕竟，新地集团是维罗朗中国的大客户。

白小陌刚点了链接正准备看内容，就听徐风在和人说：“哦，那和何丽是校友，都是浙大的，浙大都是出人才的。”

何丽是浙大的？

可她明明说自己是上海读的大学，怎么会是浙大的呢？白小陌注意力迅速转向了何丽。见徐风与人寒暄了两句后挂了电话，她马上挂了简希的电话，放在鼠标上的手不小心一碰，刚开启的网页关了。她走到徐风跟前，问：“何丽是浙大的吗？”

“对啊，浙大行政的。你不记得了？大家来这部门的时候，都做过自我简介的。”

白小陌想不起来当初的事，可能那个时候就只顾琢磨心里的小九九，根本没有细听。

她为什么要骗自己呢？

在上海读大学和在浙江读大学有什么区别？她究竟为什么要对自己撒谎？难道说她讲的故事不是真的？如果不是真的，那么

Sherry 和萧锐之间的故事是不是真的？

“哦，对了，我本来约了江浙沪地区的银都推广公司 CEO 彭涛。可我老婆要生了，只能向萧总请假，他说会和你一起去。”

“恭喜啊，你老婆要生啦。”

“谢谢。最近我们部门人手短缺，何丽休假，王培辞职，萧总也忙，我都不好意思请假。”

“呵呵。”白小陌附和着笑笑。

“对了，我正要给萧总介绍下银都推广公司的事，你也一起吧，这样，也省些时间。”

白小陌就这样被徐风拉进了萧锐的办公室。萧锐看她的目光很自然，反倒是她觉得浑身不自在，谈事的时候分了两次神。要不是徐风提醒，她还没有回神。徐风猜想或许是公司里的一些传闻让他们有些尴尬，因而也只作不知情。

谈话结束后，白小陌与徐风正要离开，萧锐喊住两人：“如果公司再有人非议我的事，你们都可以告诉我。”

“这些谣传，萧总不必介意的。我想，大家也都不会信的。”徐风故意朝白小陌瞧了一眼。

“是啊。”白小陌敷衍了一句，低头离开办公室。

下班的时候，白小陌发现大家虽然还在用扫描仪一样的眼神看着自己，可已经少了很多多余的猜测。也许，他们认为凭她的姿色，那传闻说是谣言更贴切。

比起 Sherry 来，自己当然要逊色得多。

“要搭顺风车吗？”

走在路上，萧锐开着车子缓慢地跟在她身旁，白小陌一听是他的声音赶紧加快了脚步往前走。

“我有事要和你说。”

白小陌不停住脚步，往 Ginkgo 咖啡吧小跑过去，萧锐自然龟速地跟了上去。后面的汽车按了几次喇叭没有效果后，纷纷超过了萧锐的车，拉开窗咒骂两句后离开。

“小陌。”

白色小电驴停在了 Ginkgo 门外，萧锐看到贾少辰朝白小陌打招呼，当然，他很清楚贾少辰也看到了自己。

“贾宝宝，今个儿怎么早下班啊？”

“说好了一起吃饭，怎么能晚呢？”

为了她，缺席了十大最佳雇主的晚宴。缺席这么重要的社交活动，对正在夺回新地集团控制权的贾少辰而言损失极大。

“白小陌。”

萧锐熄火，把车子停在了路边喊白小陌。贾少辰揽过白小陌的肩头，低声道：“我们进去。”

“小陌。”

“我要吃海鲜菠萝饭，你亲手做的。”白小陌故意在贾少辰面前撒娇，不去理会萧锐。当她是多余的，那也让她把那男人视作空气吧。萧锐轻叹了声，明明知道这是她故意演给自己看的，自己却拿她无能为力。

他正要进入 Ginkgo 咖啡吧，却被霏霏挡住：“萧锐，今天，我这儿不对你营业。”

“我有事要和她解释。”

“萧锐，我哥才是最适合她的，请你不要打扰他们。”

“OK，我在外面等她。”

萧锐并没有理会霏霏，他在霏霏冰冷的逐客令中退回车旁，倚在车门上看落地玻璃那头故作不理自己状的白小陌。

“讨厌。”

隔着玻璃的白小陌一边与贾少辰说话，一边偷看在车门上耍酷的男人，嘴里哼哼。贾少辰见她心不在焉，拿出手机按了三个数字

拨通后交给白小陌 :“报警了。”

“啊！”白小陌咋呼一叫，电话里的应答声已经响了起来。白小陌赶紧应声 :“哦，你好。我，我要……”

贾少辰居然打了 110，这下怎么办呀？她总不能和警察说自己是打着玩儿，贾少辰若无其事地抽过一旁的菜单与霏霏说话。

既然报了警，那就好好地惩罚他。白小陌突然想出个极妙的点子 :“我是 Ginkgo 咖啡吧的，我们店门前乱停了一辆车，顾客都没法进出，车主蛮横不讲道理，非要堵着，麻烦能不能让拖车拖走啊。”

这口气出得实在是爽到了家，白小陌越讲越激动，110 警务中心的女警连连说立刻出警。一口气说完后，贾少辰已递上了杯柠檬水，白小陌二话不说喝了大半 :“你怎么能想到这么馊的主意，哈哈，贾宝宝，我真是低估了你。”

“我只是拨了个电话，其他的可都不是我说的。”

“嗯，嗯，现在你可是会抬杠了。不过，看你满血复活，我就知道你肯定走出失恋的阴霾，而我，在你的帮助下，也报仇雪恨！”白小陌做了鬼脸，举着杯子，“干杯！”

“干杯！”

萧锐像男模一般站在车旁，路人总在 Ginkgo 咖啡吧与他之间选择落眼点，他们或多或少在揣度男人与咖啡吧之间的关系。直到一辆呼啸的警车停在了 Ginkgo 咖啡吧前，这道风景线才被生生扯断。

“你说他和警察说那么久干吗？”白小陌心不在焉地吃了几口，贾少辰摆正她的脸，说道，“狡辩吧。”

“他会反咬我们一口吗？”

“会。”

“你怎么知道？”

“手机响了。”

贾少辰接到的电话是警务中心打来的，就如贾少辰预料的那样，萧锐反咬了他们一口。拖车的确是来了，可惜最后拖走的不是萧锐的车，而是贾少辰的小电驴。

白小陌气得直跺脚，朝着警察就质问：“为什么要拖走我们的车啊？我们停在自家门口，碍着谁了。对面那辆车乱停乱放都不拖走，非要拖我们的车。”

“我们已经对那位先生进行过批评教育，他临时停靠的行为没达到拖车的处罚标准。现在专项整治无牌照电动车，这车子无牌照，你们又无法提供证件，所以只能暂时拖走，等你们把证件和购车发票拿来后再取车。”

“区别对待啊。”

白小陌哼哼，面前这台电动车明明是有牌照的，怎么现在成了无牌照？不过，贾少辰好像换过车。

就在她看贾少辰的时候，某个装酷的男人耸耸肩，摊开双手朝她诡秘坏笑。

这算是哪一出？

偷鸡不成蚀把米吗？白小陌见他挑衅，不服气地走到跟前，不想被他一把抓住后塞入了副驾驶。

“喂，你干吗？当着警察面强抢民女啊！”

奔驰的隔音性能很好，好到警察根本没有半丝机会听到白小陌的声音。只有被拦住的贾少辰皱着眉头，想要摆脱警察的纠缠，但被警察围在了原地。萧锐自顾自地开车，白小陌愤愤地嚷嚷，却不想被萧锐手里的一块巧克力塞了嘴，只能“唔唔”地发声。

“昨天的事，我知道和你解释是徒劳的，现在事情解决了，那就在这件事上画上句号。还有，我昨天说话的语气过了。”萧锐斜睨了眼白小陌，“对不起。”

“你说什么？没听见。”

“我说对不起。”

“还是没听见。”白小陌塞住的心情顿时一开，一手拉长了自己耳朵，说道，“没听见，没听见。”

“有完没完！”萧锐不知哪儿变出另一块巧克力一下又塞到了白小陌嘴里，白小陌再次哑然。

“现在和我一起去逛街。”

“逛，逛街？”

白小陌瞪大了眼睛，用力咽了下口水，把嘴里的巧克力整块吞进了肚子里，“你把我从贾宝宝面前拉走就是为了让我陪你逛街？我是你下属，又不是三陪。”

说到三陪的时候，白小陌与萧锐不禁对视了半秒，白小陌咽咽口水道：“我和他约好吃饭的。”

萧锐的注意力并不在白小陌身上，而是在后视镜上。他本以为后面出现的车子会是贾少辰的，没想到却是于伟的。他不知于伟为什么要跟着自己，于是猛地在路口打了右转方向，没想到于伟的目标并不是他。

“嗷！”

尚未系好安全的白小陌先撞向了右边，接着，又弹回了左边，刚巧撞上萧锐的手臂。

“你怎么开车的嘛！”

白小陌捂着额头埋怨道。

“没碰伤吧？”

“碰伤了能算工伤吗？”

“这么能说，也就是没事了。”

萧锐见她别过脸不理自己，想要缓解下气氛，白小陌却是执拗地不理他。就她这性子，自己和何丽交易的事是一定不能让她知道的。否则与自己杠起来的后果，会比现在难堪得多。

两人很快到新地百货投资的 New Centry Mall，因为停车位紧张，萧锐开到了一旁的办公楼停车区，不想在那儿看到了于伟的车。

他为什么会在这儿？

萧锐暗自生疑，白小陌则没有什么心思想这些，她只觉得肚子有些饿，随后担忧贾少辰，打了两通电话，电话总是关机。她想或许贾少辰有些不高兴，于是发了条消息告诉他改天再约。

New Centry Mall 是除了天幕广场外，新地百货投资最大的 Shopping Mall，几乎所有知名品牌都入驻了 New Centry Mall，像维罗朗这样的品牌，在 New Centry Mall A 区已设有三个专柜，分别是香水、化妆品、护肤品专柜。萧锐与白小陌说他们计划进驻的就是这家 New Centry Mall 一个月后开的 B 区。

“B 区主要会放母婴的顶级品牌，我们专柜放在那儿会有更好的推广效果。”萧锐带白小陌到了 New Centry Mall 的三楼，往下指着正在规划中的 B 区。白小陌远眺了那块仍用木板隔挡的 B 区，眼角处看到一块巨型屏幕，里面清楚地放着对话。

“我相信 New Centry Mall 和未来的天幕广场会成为媲美迪拜购物中心的中国式现代百货商场。”

贾少辰？

怎么会是贾少辰？

白小陌站在三楼，眼睛紧紧地盯着巨型屏幕，手死死地握住冰冷的扶栏。屏幕上，很快放起了天幕广场的虚拟广告：一片星空苍穹，黄色银杏叶纷纷扬扬，如同仙雨飘零在天幕中。

“怎么可能？”

“小陌！”萧锐只顾着看 B 区，侧脸正要与白小陌谈专柜的事，见她朝着扶梯跑，赶紧追了上去。

“怎么可能会是他？不可能。”白小陌认识的贾少辰一直都是个工薪族，他绝不会出现在这般奢华场所的大屏幕上。他是如自己一样的普通人，开着小电驴，吃着麻辣烫，偶尔去趟自己妹妹开的咖啡吧装作这繁华城市中的小资一员。白小陌内心反复地否定自己看到听到的一切：贾少辰不是新地集团的总裁，他不会骗自己，绝对不可能骗自己。屏幕里的人是长得像贾少辰而已，一定和简希说的一样，那个新地集团的总裁和贾少辰的面容相似。

世上长得像的人很多，他们一定是长得像，像得就和一个人似的。

她站在扶梯口，黑色的扶梯滚动在眼帘中，层层迭起，又层层落下。贾少辰的模样反复在脑中掠过，不停叮咛自己不该去怀疑贾少辰，哪怕是如指甲大小的怀疑。黑色的扶梯好似蓦然滚动的轮轴，她眼前一眩，被簇拥下楼的人无意撞了下，身子踉跄着往前冲了过去，眼见着就要滚下扶梯，手臂被萧锐一把拉了回来。

“小心！”

白小陌木讷地被拉到安全地带，恍惚的神情迷住了眼眸，萧锐见她魂不附体的样子，紧张地拉她到不远处的歇脚凳上坐下：“知不知道刚才多危险，发生什么事了？”

他的语气满是斥责，那么不注意安全，她有没有考虑过自己这么丢魂的状态让他多么操心。

许久，她才徐徐地吐字：“我，我没事。”

她究竟看到了什么？萧锐迅速打量周围，除了一块巨大的屏幕再无其他可以夺人眼球的东西，而巨屏上放着的是新地集团的天幕广场效果图。

他依稀记起刚才看B区的时候，好似听到了贾少辰的声音，难道说她看到了巨屏上的贾少辰？贾少辰的秘密是贾少辰与她之间的事，哪怕他们之间因为这个女人而对立，但也绝不意味着他会利用这个已知的秘密去伤害白小陌。

“瞧你这样子是不是饿晕了？”他分明知晓她惶惶然的模样是为什么，只是换个话题想要引她不再去想这件事。他想，她内心里怀疑与否定就像矛与盾一样互相攻击着对方。

白小陌的手机响了，她拿起电话的时候，眼睛睁得很大。是贾少辰的电话，她第一次用了这么长的时间去接他的电话，仿佛，她有事要躲着他。

“你在哪儿？”

“我在 New Centry Mall。”

“他把你带到新地集团干吗！”贾少辰的声音一下提了八度。

“贾宝宝，你知道吗？我看到了天幕广场上的效果图，很多银杏叶，很美丽，很美丽。”她只是重复着银杏叶的美，贾少辰一时语塞，只听她继续，“就像你那晚说的那么美。”

“原来被你知道了，我也是在 New Centry Mall 看到的效果图。”他竭力将先前的嗓音恢复如前，“还想装作是一早知晓，等到天幕广场开业的时候带你去看呢。”

“是吗？”

白小陌的声音很低，嘴唇的词没有传到贾少辰耳朵里。她等了会儿贾少辰，他并没有提出到 New Centry Mall 与她会合，只是说很不满意萧锐横插一杠破坏了饭局，稍后便挂了电话。

他好像挺自然的，自然得就如平时里的贾少辰。

白小陌又一次暗示自己，萧锐并没有听他们的电话，只是走远了几步，遥遥地关注她，直到挂了电话后方才拉上她吃饭。先前说好的逛街活动也因为白小陌情绪的蓦然低落从萧锐的计划中逐条删除。在他眼里，她的喜怒哀乐已不知不觉地占据了他的思维。

她忧伤，他便不会快乐。

New Centry Mall 写字楼的顶层是新地集团高管楼层，除了几间办公室外，还有高管的私房菜雅苑。雅苑设计得很隐秘，大部分人都不知这间雅苑的存在。

今夜，雅苑里备了一桌酒菜，菜量虽少，却是道道精品。即使未尝半口，见其色香，便能增得几层食欲。

风尘仆仆赶来的男人面色凝重，踏入雅苑的时候，脸上的笑容则瞬时展开："建国啊。"

坐在桌旁的明式沙发上，叼着一只雪茄凝神想事的洪建国听人一喊，立刻站了起来，迎接来人道："哟，总算把你等来了，瞧瞧，我这雪茄都抽完了呀。"

"怎么？改抽大卫多夫的了。"

"呵呵，改改口味，配合你嘛。"洪建国笑盈盈地闲扯了句雪茄的事，关照服务生过一刻钟上菜。接着，从沙发的扶手上拿起雪茄盒递给于伟，"来一根。"

"我倒是很久没抽了呢。女儿不让我抽，怕我身体不好。"

"她最近不错，也有自己的事做。"

"算是吧。"于伟附和道，很快，转了话锋，"年轻人都有年轻人的自由，哪像我这样的老头，总怕什么时候没得做了。我们这种集团，看着像个土皇帝，实际是傀儡。"

"你是指那萧锐吧？上次，我没想到贾少辰那乳臭未干的小子竟然和他一起谋算好了。"

洪建国自觉有些低估了贾少辰，他也从来没有想过自己在面对贾少辰这样的敌手时，自己的老战友于伟也陷入了与年轻人争夺的泥潭。

"他们俩之间可不简单呀。"

"哦？怎么不简单？"

洪建国结束了手头的雪茄，而于伟显然更急于说话，直接撂下了手头的雪茄盒子，慢慢道来："萧锐，贾少辰，和一个女的关系不简单。"

“哈哈哈，老于，你开始管上这些年轻人的八卦事来了。”

“建国，你怎么就没听出个意思呀。我说，萧锐，贾少辰，一个女的，关系不简单。”于伟在每说一个人的时候就敲敲扶手，洪建国这才意识了他的意思：“你是说，他们中间有人牵了头，所以，那臭小子才要把项目让给你们维罗朗做？”

“瞧这照片。”于伟从手机中找出两张照片，分别是贾少辰与一个女的，萧锐与一个女的，而两人中的女人虽然衣着不同，但确定是同一个人。于伟指了指那女人，说道：“这女人是维罗朗的职员。”

“我看这女人也没什么特别的。那小子会演得很，经常进出会所见些明星模特，我以为是那圈子里的女人，原来是你们维罗朗的员工，怪不得我总摸不到他的痛脚。”洪建国边说边招呼于伟吃菜，于伟尝了几口菜后连连称赞雅苑的菜是越来越上档次，而特意准备的波尔多红酒也是芬芳浓郁。

两口下去后，于伟继续道：“我们总部要落实一个孕妇有机化妆品的项目。这项目也是我们维罗朗中国这两年最大的项目了，若是做成了，那他可是平步青云，往我这儿逼，不过，要是做砸了……”

于伟比划了两下处境，话语戛然而止，洪建国当然领悟了个中的意思，萧锐若是当了维罗朗的一把手，那么他与于伟之间就没有了交易，没有了交易还有什么利益可言。他当然不会愿意这样的事发生，更况，现在萧锐和贾少辰还扯上了关系。如果这么大一个项目让他们两个人站在一条线上的话，也就意味着贾少辰也能从中得益。如今的贾少辰正是急于创造业绩博取董事会信任的时候，先前盛欣的奢宠项目虽然小，但着实引发了一阵大轰动，也让贾少辰在各位叔伯面前露了些山水。因而，他也不希望贾少辰在这项目上捞得半点的好处。

想到这儿，洪建国干咳了一声：“看样子，咱们有必要好好聊聊。”

Chapter Fourteen

危急一刻

爱没有说出口，是因为它还欠个时机。

与银都推广公司CEO彭涛约好的时间如期而至，这是萧锐第二次同白小陌一起来到苏州，而地点与第一次的一模一样：洲际酒店。

白小陌的精神好了不少，周末的时候，贾少辰从王家沙买了点心开着刚领回来的小电驴给她送去。她再次确信世界上有两个长得很像的人：新地集团的总裁和自己的超级男闺蜜。

“徐风说你和彭涛很熟。”

“半个同学吧。”

“半个同学？”

“去德国之前读的中欧管理MBA，后来因为出国，我就辍学了。”

白小陌听到辍学两字噗嗤一笑，萧锐许久没有看到她的笑容，见她嘴角堆笑，心情不禁跟着舒畅了不少。

“不过，也好几年没见彭涛了。”

几年没有见过的彭涛终于在一个多小时后出现在了白小陌的面前，她以为身为银都推广公司 CEO 一职的彭涛该是与萧锐一样有副高富帅的皮囊，可事实证明，彭涛是位大腹便便的粗犷男人。白小陌之所以把他形容成粗狂型男，是因为觉着他的长相和电视剧里那些粗狂型土匪模样相仿：宽脸，粗眉，阔嘴唇。

“Wilson！”

白小陌已经不止一次看到有男人像飞蛾扑火一样扑向萧锐的怀抱，这种情景总是怪异，尤其像彭涛这样肚子大得先撞到萧锐的，她总有些忍不住想笑。

“Paul，很久不见。”

“徐风和我讲他那啥副总裁替他来，一看行内的信息才知道是你回来了。怎么？去德国练好酒量和我干一场？”

“我开车来的。”

萧锐朝白小陌看了一眼，彭涛这才与她这个小透明打了个招呼，不过这招呼是蜻蜓点水，彭涛是半眼都没有多瞧，又和萧锐扯起酒来：“喝高了就住这儿。这儿好水，好景，好酒店，你还怕自己丢了不成。”

“看样子，你都准备好了。”

“那是，晚上要啥节目有啥节目。我让人送她回上海，咱们可以痛痛快快的。”

彭涛本想揽萧锐肩头说话，无奈身高差了些，只能保持距离提高嗓音。白小陌听得清楚，嘀咕这肥胖大肚腩的家伙还真是能“安排”，语调诡秘得让人浮想联翩。说什么送自己回家，他们痛痛快快的，痛快什么呢？

“新地百货已经完成了客户群分类晋级发展，销售额越做越大。各大品牌进驻过后，就不会有撤柜的念头。你们维罗朗已经在大部分的新地百货有两到三个品牌的专柜，想要在每个新地百货公司人驻新柜台，除非认识高层，否则的话，万分之一的可能都没有。”

“银都推广近年势如破竹，与新地集团的关系比起我们只深不浅，我们与新地集团在上海不过二三十个专柜的事，而委托你们进驻新地百货的公司又怎是用两只手数得清的？”

“哈哈哈，Wilson，和你这上海人打算盘，真是算不过。”彭涛领萧锐与白小陌进了宴会厅，这里的一切已被打造成了银装素裹的浪漫场景，三块大型屏幕放置在最显眼的位置，追光灯在反复调试中。

“这场面不小。”萧锐迅速扫了下周围的布置，彭涛自是十分得意，“你也知道金氏和新地集团现在关系好，趁着现在韩国游火热，顺带推广金氏百货集团。”

“这顺带可顺带的大了。”

萧锐和彭涛聊谈了会儿金氏与新地集团之间的事，白小陌倒是被这推广会勾走了眼球，正定眼看着调试人员反复在操作台上播放的微电影，听见一声酥软的“Wilson”。

Wilson。

白小陌皱眉，循声望去，心想这世界怎么就这么小，来苏州两趟，都在洲际酒店不说，还都能遇上这位千娇百媚的“白模特”。

“白小姐。”

萧锐礼貌应答，彭涛则咧嘴笑了起来：“你认识的美女可真多呀。”

“彭总是夸我呢，还是在赞 Wilson 呀？”女人穿了件黑色羊绒薄裙，凹凸有致的胸口挂了只玫瑰金吊坠。白小陌站得有些远，但却认出这吊坠与霏霏的很像。

“我听说 Wilson 先前有些小小的麻烦。现在都没事了吧？”

“没事了。”

“那些好事之徒是眼红 Wilson 你年轻有为吧，没事给人瞎编题材。”

“人怕出名猪怕壮嘛。”萧锐自嘲道。彭涛与那女人不禁笑出了声，白小陌却不觉得好笑，只是觉着这模特关心萧锐关心得有些反常。

“来，我们去那儿看看。”

彭涛拉着萧锐去宴会厅后端，“白模特”一双高跟鞋像钉子般扎在了自己跟前几十厘米的地方，回头丢了个嫌厌的目光，就紧随了上去。

白小陌哼了声，腹诽：贴吧，贴吧，你有本事就用你的大胸贴上某人。

“白模特”的背影抓人眼球，过往的工作人员总会在忙中抽空看她一眼，而白小陌就没有这么闪耀夺目，很容易便被人丢在了身后忘却她的存在。

至少萧锐已经沉浸在话题中，根本不会多长只眼睛看她。因此，她也正好去看微电影。

“小孙，这微电影做得有水平吧？”

“是啊，听说新地百货在上海那个天幕广场上也会放微电影。一个拍摄组做的。”

“天幕广场上放微电影？银杏叶雨的设计已经够可以的了，真没想过还有微电影一说。”

“那是耗资百亿的项目，噱头多着呢。”

不知为什么，当听到两人谈论到天幕广场的时候，白小陌心里泛出一丝莫名的难受，或许在那儿有她和贾少辰的记忆，也或许是人提到那儿的时候，她便会不自觉地去怀疑贾少辰的身份。

白小陌撑着头，眼睛里是萧锐与彭涛对话的背影，而那姣好妩媚的影子则跟在萧锐的身后，俨然与他分外熟稔。

还真是难以自拔了嘛。

“小心！小心！”

白小陌刚听到有人尖叫，头顶上的绸带垂帘就像突然崩塌的天穹一样砸落下来。黑压压的，待不及她从台阶上逃离，就吞噬了她整个身体，呼叫声亦跟着吞没在了轰隆的声响中。

“救人呀！”

“快来帮忙！”

萧锐本在与彭涛谈事，听到身后传来巨响，回头一看，只见刚才还亮堂浪漫的地方已混乱不堪。银白色的布帘耷拉了一半，幸而没有砸到液晶屏，但灯光长臂却插在了里面。

白小陌呢?

他第一个想到的人就是她。

没再多想半秒，人已经冲向了事发地，喊着她的名字：“小陌！”

“小陌。”

“小陌。”

他不清楚自己究竟喊了几遍她的名字，只是在掀开银白布帘发现她时，一下子就把她抱进了怀里，仿佛这一刻，她就要在自己面前消失一样。他还没有告诉她，她已经在不知不觉中摄走了他的心魂，她不能有事，绝对不能有事。他失控地喊着她的名字，直到怀中发出低低的声响“闷死了”，这才惶惶然地松了手，摆正她的身子，反复打量：“有伤到吗？伤到哪儿了？”

“抱伤了。”

白小陌依稀记得脑袋上好像被什么东西砸了一下，当时很疼，被萧锐抱了会儿后反而忘记了疼在哪儿。白小陌揉了下进了些灰尘的眼睛，见萧锐紧张自己，嘴上虽说他大惊小怪，心里却是特别美。她喜欢看他的眉头为自己而皱起的样子，比他任何时候都有魅力。她觉得，让他紧张是一件很幸福的事。至少，她很重要，不是吗?

他好像喊了自己五声，六声，又好像更多。

“到底有没有伤到？不行，我带你去医院好好检查下。”

“这算工伤吗？嘿嘿。”

白小陌摇摇头，半眯起双眼盯着他脸上的表情，他紧张得有些失了方寸，直到彭涛在旁“轻咳”了一声，他才敛了惊惶的神色，问道：“Paul，给我一间房，我带她上去休息。”

彭涛让人去前台取了张房卡，萧锐二话没说收了房卡后，打横抱起白小陌，就径直走向电梯。白小陌欢喜得很，离开宴会厅的时候不忘朝着满脸不自然的同姓“白模特”丢了个得意的笑容，白模特气得瞪红了眼，却又不能发泄出来，只是咬着红唇生闷气。

“真的没事？”

“如果工伤有钱拿或是有假不用上班的话，那就有事。”白小陌在萧锐的怀里，手勾着萧锐脖子，窃喜自己居然能让他这么担忧。

“这时候了，还开什么玩笑。多大的人了，东西塌下来也不知道躲躲。”

“萧总，要不你演示下怎么躲？”

白小陌说的时候觉得后脑隐约有些疼痛，便不再与萧锐调侃，任他抱着自己到了房间里。

“这酒店真好，无敌湖景房，不知道能不能看到摩天轮？”萧锐把白小陌放到了床上，听她一路说话还有劲，也就放心不少。刚才那场景，他本不该那么莽撞地在众目睽睽之下表现得如此紧张，可他的本能早就超越了意识，根本无法做到三思而后行。哪怕明眼人都看得出自己喜欢白小陌，他也只能任大家生出这样的念头。

“你先休息，我下楼找彭涛。”萧锐刚说完，白小陌“嘶嘶”地吸了两口气，摸摸后脑。萧锐发现她的手肘擦破了些皮，目光瞬时就凝在伤口上，人又从走廊回到床畔，“还是先处理伤口。”

客房服务在接到他电话后送来了创可贴，萧锐替白小陌处理完伤口后，小心翼翼地为她贴上创可贴。白小陌不喊疼，也不作声，只是痴傻地看着他的模样。

他的掌心与指腹贴在自己的手臂上，就似周身浸没在温泉一般温暖。还记得初次在飞机上，她被他电脑擦伤时，他俩还进行了一番唇枪舌战。

“干吗傻笑？”

“我突然想起那次在飞机上，你那么凶，真是一副欠扁的样子。我当时啊，也是这块地方受伤。你啊，非但不同情，反而还觉得我是在装。”

他贴完创可贴抬眼望她，眸瞳中的波光与她清澈的目色不期相碰，仿佛那次初遇时的场景再次出现在他们彼此的双眼中，她刚丢失了爱情，他则诀别了曾经的爱人。命运让他们相遇，虽晚了多年，却并未迟到。

她恋上他，自她第一次把他们照片藏在枕下开始。而他，从上了她小九九整自己的瘾后就再也没有找到过解药。她就像一只萤火虫，在漫长漆黑的夜中，再一次给了他爱情的感觉。

他低眉看她，目光从双眼移向那弯没少和自己拌嘴的唇，慢慢贴近。

“这，这，算是，潜，潜规，则吗？”

“你说呢？”

这一次，他抢了先，封住了她开口的权利，只是感觉她微颤，他便托住她的背脊深吻下去。

突然，萧锐的手机响了起来。电话是贾少辰打来的，萧锐犹豫了一小会儿后接起电话。

“是我。”

声音是贾少辰的。在这个时候，他打电话给自己。萧锐看了眼白小陌，白小陌刚睁开眼，眯成一条缝，瞪着他这个因为接电话而停止温存的男人。

“银都推广是洪建国的人。你真的要放弃和我合作吗？”

“你知道我合作的底线是什么？”

“洪建国和于伟上周见了面。你比我该更清楚，他们之间会谈些什么。”

“他们决定了什么，对我都不重要，在维罗朗，结果胜过任何过程。”

“敌人的敌人即便不是朋友，也可以是同盟。”

“倘若你坚持自己的条件，即便是敌人的敌人，也不会成为同盟。”

“萧锐。”良久，贾少辰才缓缓道，“我看过先前小陌做的奢宠策划书。”

“结论？”

“奢宠策划书的确是花了心思的。”贾少辰说的时候，萧锐站在房间走廊里看着朝自己做鬼脸的白小陌，压低声，“回上海，我们再谈。”

“明天下午两点，Ginkgo 咖啡吧。”

“我会准时到。”

萧锐挂了电话后沉吟了片刻，白小陌下巴搁在弓起的膝盖上瞧着窗外。白云寥落的天空飞过几只鸟，粼粼波光的湖水虽称不上泱漭，却是独具风韵，伸出的一方土地，摩天轮与过山车互相辉映。她醉在景中，窗外斜入的阳光勾出一轮侧影，这一刻，她样子狼狈，不过很美。

“没事了？”

彭涛发了条短信，萧锐瞥了眼，回到床畔问她，她恍然地从景色中回过神：“工伤，有事着呢。”

还在同自己抬杠，不过，能抬杠至少证明刚才的事故是虚惊一场。

“我去和彭涛谈事的话，你一个人行吗？”

“你确定是去谈事吗？彭涛不是说，你们有节目嘛？”白小陌摸着刚刚落下他印记的唇，眨着眼睛揶揄起萧锐。萧锐不傻，他知道白小陌厌恶那位同姓模特，她越厌恶，也就说明她越在意自己。简单解释，就是吃醋。

他低身，唇角勾起道邪魅的弧度：“对，有节目，而且，丰富多彩。”

“嗤，丰富多彩。”

白小陌哼哧了声，从一旁拉过枕头抱入怀里，别过头不去理他。才占了自己便宜，就要卖起乖来，她当然不能给他好脸色看。尽管如此，心里却是喜滋滋的，不管怎么说，她不是暗恋，单恋，而是被人恋了。尤其，还是被她喜欢的人恋了。

“趁现在还光鲜的时候，丰富多彩下，改明儿餐风露宿，喝西北风，就没机会体验了。”

“是吗？”白小陌心想，萧锐是打算与大腹便便的彭涛、妖艳美丽的模特鬼混，她才不傻，怎么会给那女人机会，立刻昂起脖子道：“那我也去。”

“你去干什么？”

“那你带我来这儿干什么？”

白小陌一副在理的样子，萧锐反倒吃鳖得没话驳斥，坐她身旁轻抚肩头，“彭涛说这次的推广很重要，现场一片残局，他也得指挥修复。约了晚上一起吃饭。”

“算我一份。”白小陌凑了上去。

“我觉得自己前途一片黑暗。”

萧锐戏谑地笑笑，却不想白小陌已凑到了耳根旁，“我怎么觉着是光明了呢。说，你是什么时候对我有想法？”

“什么想法？”他微侧脸，佯作一脸茫然。

“当然是非分之想！”

白小陌可不答应，想要来个严刑拷打，头却突然晕颤，抬起的手才到一半就落了下去。说不出哪儿疼，只是隐隐觉得有些不舒服。

萧锐并没有发现她的异样，转过头看她的时候，她已佯作无事地靠在枕头上，扮作地主婆的模样："你发誓，我所见到的，感觉到的，都是真的。"

"发誓。"萧锐忍俊不禁，只是笑到一半便被白小陌定定的眼神给杀灭。

"怎么？占了便宜就不承认了。"

"便宜？我占什么便宜了。"

"你再装蒜。"

萧锐尝过白小陌的强词夺理，却没有见识过白小陌的"真功夫"。只一眨眼，她就连人带抱枕地把自己压了下去。他也跟着疯，本是宁谧的房间只听两人乱作一团的嬉笑声。明明是过了青葱恋爱的年龄，却比校园情侣还要疯言疯行，不一会儿的工夫，四只枕头飞到了地上，抱枕、被子凌乱地散乱在大床上。

最终，败下阵来的白小陌与得胜的萧锐仰面并排倒在床上，放肆地笑了好一会儿，侧过脸向中间，彼此看了一眼，几乎是在同一秒钟，笑靥绽放。

"我问你，当初机票的事，你有没有记过仇？"

"没有。"

"真的？"

"真的。"

"萧锐，你就诓我吧。"

"真的，没记仇。"

"我问你，你当初为什么还我五千块价？"

"卡里没钱。"

"没钱？又诓我。说吧，你一个月的薪水是多少，坦白从宽，抗拒从严。”

“根据维罗朗的规定，薪资福利是保密的。”

“这不公平，凭什么你知道我的，我不知道你的。”

“地位决定信息量。”

“是吗？”

白小陌眯眼皱鼻，对萧锐又是一轮“拳脚相加”。萧锐从未有过如此的爱情，轻松，愉悦，毫无负担，工作多年堆积的沉闷与重担仿佛在这一刻骤然消失得无影无踪。被她敲诈，被她取闹，被她虐待就像上了瘾，没有半丝疼痛的感觉，反而让他怀疑自己是否得了受虐症，竟然能被她磨得只剩了笑靥与欢乐。

而她，亦从未想过，看似冰冷不近人情的色斑鸠竟然会如自己一样爱上对方，更不会想到他也会像个大男孩一样同自己疯。

原来，爱情如此美妙，即便迟来许久，亦不会因此而迟暮。

傍晚时分，萧锐与白小陌一同赴约，彭涛显然已经处理完毕先前的事，找了银都推广的另一位合伙人共进晚餐，当然，性感美丽的白模特也列席晚宴。彭涛暗晓了两人的关系，但并不说破，只是关切地问白小陌是否有事，萧锐替她作了答。彭涛借了这个机会先挑起酒来，说是要与白小陌喝酒赔罪，白小陌有些难堪，而替她喝酒的事就全落在了萧锐的身上。

“深水炸弹怎么样？”

“你这是不给我活路呀。”

“别谦虚，酒桌上谦虚不是美德。”彭涛朝白模特使了眼色，她站起身，婀娜地走向餐边柜，打开两瓶冰啤酒，倒入大壶中，接着，手法娴熟地将桌上的白酒倒入小玻璃杯里，只是一甩手的工夫，那被盛了白酒的小杯就扔入了啤酒壶中，瞬时，小杯就如海底深水炸弹一样猛烈地冒气，酒味随即涌腾在空气中。

白小陌第一次开了眼界，竟然还有这种喝酒的方法，白酒加上啤酒，俨然一大壶浓烈的混酒。白小陌记得，自己的父亲年轻时就爱喝酒，那时还醉过几次，为此母亲还生了父亲的气，总埋怨说喝酒不能喝混酒。

啤酒加上白酒，那不就是最能催人深醉的混酒吗？

她极怀疑萧锐的能耐，虽然看上去身材高挺，可酒量往往是与身材不相符合。也不知，他是几口的量，还是几两的量？彭涛在餐桌上，显然已和自己人达成了默契，自己先自干了一杯后，就开始目挑大家起哄。萧锐也不含糊，自嘲了一番后喝了一杯。

彭涛见状，加紧劝酒。白模特也来了劲，主动提出要和萧锐喝，萧锐并不推辞，连着应付几人。

深水炸弹像混了重磅炸弹的酒精慢慢灼热起萧锐的脸孔，只是一会儿的工夫，他已是醉了大半。白小陌使劲朝他使眼色，他却不加理睬，只顾着与彭涛等人干来干去。

“Paul，你在维罗朗的大熟人，是，是洪建国吧？”萧锐拉起彭涛的手，眼睛盯盯地看着他，彭涛黑红的脸上有些不自然，嘴里则反驳：“Wilson，你喝多了。”

“怎么，怎么会？”

“瞧你，喝了不少了。”彭涛指指餐边柜上的空瓶，好似一下转变了先前的想法，非但不再劝说萧锐，反而，让他不要再喝。萧锐抚额，盯着彭涛看了几眼，指指大壶，笑道：“这啤酒麦芽不错，很好，那白酒也够醇香。我，我再做一瓶。”

萧锐说完后刚起身，人往前一冲，要不是彭涛一把拉出，怕是撞到了餐边柜上。

“Wilson，我送你回去。”白模特主动上来扶住萧锐手臂，语意温柔娇媚，萧锐也没说上“好”或是“不好”，白小陌就已经插足到了他们面前，一把推开白模特，朝她说道：“送回去的事就不劳烦你了，我上司当然是由我负责送回酒店。你穿了那么高的鞋子，别一脚踩进了阴沟拔不出来，把我上司给一并摔了。”

“你！”白模特一昂头，尖尖的下巴像枚鱼雷似的要发向白小陌，白小陌可不恋战，直接丢下晚宴的人，拉着萧锐就往外走。

“力气挺大的。”

白小陌只顾着远离战场，根本没有感觉到手里拉着的人这么紧随自己并非真的因为手里的力道。见他边笑边与自己说话，她倒是立刻像医师一样教育起来：“酒量不好，就不要喝那么多酒。还深水炸弹，白酒和啤酒混酒喝，瞧瞧你，晃晃悠悠的，一百好几十斤的肉，还要我来拉你回酒店，真是让人担忧的家伙。你……”

她还在滔滔不绝地给萧锐上课，却不料面前的男人一改先前跟跟跄跄的模样，反手拉住了她朝酒店反方向走。

“你，你干吗？发酒疯了？拽着我去哪儿？酒店在反面呢。”

萧锐并不理睬她的絮絮叨叨，拉着她一起往小径走去，落叶铺满了石子路，两旁的植物遮掩了尽头，挂在枝头的明月依稀透出皎洁的光晕，她不敢多看，只是小心地紧跟着萧锐一起往前走。

“摩天轮公园？”

湖边，这一片的景原是摩天轮公园旁的丛林，待到她见到尽头的时候才发现，他带自己来的地方竟然是：摩天轮公园。

她惊愕地回头，他却已经买了票，拿着票在她眼前晃了下：“走了。”

“你醉了，还是我醉了？”

白小陌像只呆呆的小木鸡，被他拉进了缓缓转动的摩天轮后，才开口问他。明明是连路都站不稳了，怎么还能拉着自己跑到摩天轮公园坐摩天轮的？

是他在演戏，还是自己在做梦？

“你觉得我只有那些酒量吗？”

他松开手，将她揽进自己怀里低眉浅笑着看她，她似乎还没有分清在现实还是在梦境中，嘴里喃喃道："可你刚才明明连路都走不稳了。怎么会没有醉呢？"

"不这样的话，我有什么理由带你来这儿？公园晚上关门早，如果错过了，会有遗憾。"

虽然晚了很久才相遇，可并不妨碍他们彼此相爱，只要没错过，就不会有遗憾。

"我们升高了。那条小路，是我们刚才走过的路。"

摩天轮缓缓上升，她指着那片藏着蜿蜒小路的丛林，指着他向自己表达情感的酒店，手臂突然被萧锐端在一个角度。

"那是你的房间。"

"你怎么知道？"

她仍在问问题，他的唇却离她只剩半寸，她紧张地呢喃："又搞偷袭，这么差的吻技。"

"是吗？"萧锐指指头顶，白小陌顺着他的手瞧瞧上头，听他咫尺的话语："到那儿好吗？"

"什……"

她的话吞没在他的吻中，瞪大的眼眸慢慢闭上，星空晴兮下的摩天轮，吻住心爱的人到最高的地方，那么他们的爱就会天长地久。

摩天轮朝着最高的地方缓缓上升，而他的吻亦愈加浓烈，直到到达顶端的时候，他才松开放在她后脑的手，她闭着双眼倒入怀中。

"小陌。"

月夜中苏城园区就如璀璨彩石装点的绸带铺在摩天轮下，他握住她的手，又喊了声："小陌。"

她仍没有应声。

"小陌！"

怀中的人额上沁着汗，唇角保持着勾起的浅笑，只是淡红色变作了惨白。

她昏了过去。

来不及细想，他立刻卷起衣袖，护在她身侧用心肺复苏唤醒她，可她却依旧沉沉地睡着，根本听不到他的声音，无论他如何焦急，如何揪心，她的睫羽依旧如扇地遮蔽着她清灵的双眸，无法体尝他此刻的心痛。摩天轮仍在动，他拨打120，声音从未有过的颤抖与无助，手机在他紧握她手的时刻翻落在地，他抱着她，自责与痛意就像两把利刃剜过他的心房，任血恣意地滴下。

“小陌，你不能有事。”

“小陌，快醒来，快醒来！”

他本该撕心裂肺的声变作嘶哑的祈求，浑身所有的冷静在这一刻崩塌在寂冷的空气中，他怕他们才开始的爱情会如昙花谢落，他还有很多事没做，很多话没说。

不可以，她绝不可以有事。

Chapter Fifteen

爱没有先来后到

也许他是晚来了，可他却没有迟到。

“萧锐！”

急诊抢救室外，忘却了自己是如何抱着白小陌上120后到医院的男人低着头，双手交叉，焦急地等待结果。他腾不出力气抬眼去看疾步而来的人，只是脸上被一拳头砸中，本能抬头的时候，发现是贾少辰。

这突如其来的一拳后，周围其他病人的家属知趣地离开是非地，贾少辰一个箭步上去，抓住萧锐衣领又是一拳抡了过去，萧锐没有站稳，被拳砸到颧骨，摔在座椅后滚到地上。

“贾少辰，你疯了！”贾少辰还要继续，腰被谷学文紧紧地勒住，“冷静点！”

“放开我！”

贾少辰使劲摆脱谷学文，谷学文虽瘦，但手里的力道却不小，边拦住贾少辰，边催萧锐：“你快起来！”

“学文，你放开我！”愤怒的火焰灼烧着贾少辰的眼眸，发红的拳头拽得青筋爆出。

“事情还没搞清楚，你打他干什么！”

“小陌是跟着他来这儿的！”

谷学文本在 Gingko 咖啡吧与贾少辰、霏霏吃饭，接到了萧锐求助的电话，谷学文还来不及掩饰，就被贾少辰听到。当时的贾少辰就像疯了一样，莫不是谷学文与他说，如果他连自己性命安危都不顾，路上出事的话，谁来照顾白小陌？贾少辰一定不会由谷学文开车送他来。

“少辰！你冷静些，行不行啊？你自己也是学医的，怎么连这点冷静都没有？”

“这里面躺的是小陌，不是别人，是小陌，是小陌。”

贾少辰的话并着眼角的泪水滑落哽咽在喉中，他可以冷静面对陌生人的生离死别，可这急救室里躺着的是他的小陌，爱了这么多年的女人。他疼她，宠她，绝不容许任何人伤她半点，可现在，她在里面，他在外面，什么也做不了，连握着她的手，告诉她“小陌，有我在，别怕”都做不到。他还能冷静吗？

“我问你，小陌为什么会进里面？”

“是我的错。”

“萧锐！”

贾少辰猛地一振，刚摆脱谷学文，谷学文立刻扑了上去又抓了住：“你们疯了，一个乱认错，一个乱打人！这是医院，不要打扰医生和其他病人！要打，你们两个都给我出去打！”

谷学文侧过身，厉声训道。这时，急救室的医生走了出来，问询病人家属。谷学文碰巧认得那医生，松开贾少辰立刻问道：“梁医生，我朋友怎么样了？”

“暂时没什么大碍。”

“什么叫暂时！”贾少辰冲了上去，萧锐从地上艰难地站了起来。

谷学文瞪了眼贾少辰，示意梁医生继续说下去。

“脑震荡并发的颅内血肿。我们看过，血肿肿块不大，压了少部分视神经，保守疗法，淤血散了后会好的。”

“医生，你确定没事吗？”萧锐问道。

“这个不能确定，但也不排除在治疗过程中，病人会有其他问题。不过，病人什么时候醒来，就得看具体情况了。”

梁医生刚说完，贾少辰已拨了电话给自己的导师——海外知名脑科专家 Jason 博士。

“你打电话给 Jason 博士干吗？”

“我要小陌百分百没问题。”贾少辰一字一句道。

梁医生愣了愣，谷学文使了个眼色予梁医生：“梁医生，现在医院有床位吗？我们办住院手续。”

“你也知道的，现在医院床位很紧张，不过，特需那儿还有一个床位，只是费用高些。”

“不管多高，都麻烦你安排，费用我会承担。”萧锐在旁说道。

“我看你们最好还是和病人家属联系。”梁医生提醒道。谷学文抢过贾少辰的手机向 Jason 博士道歉，贾少辰转过身，狠狠地用拳头砸在墙壁，人倚靠在上面。

白色的格栅灯照在眼中，痛意在眼波中流转，他明明知道自己不该如此，可却是控制不住，他只是想在自己记得她的时候，能够时时刻刻地保护好她。今天，他却做不到。

急诊救护室外，迭起的风波慢慢地恢复平静，萧锐极尽努力地克制自己的情绪。或许是贾少辰打了他，他反而更清醒自己该做什么。自责没有能及早送她来医院是徒劳的，现在，她需要的是接受治疗，而不是被突生的变故击垮。

萧锐为她办好了入院手续，并找人去接白小陌的父母来苏州。待到他进病房的时候，贾少辰已经守在了白小陌的身旁，捧着她的手在自己掌心里："傻丫头，疼吗？"

萧锐想一把夺过白小陌的手，可脚步却止在了离病床不远的地方，谷学文拉了萧锐到病房外。

"知道我为什么会让你不要招惹小陌了。里面的男人已经喜欢她很多年了，如果不是因为惧怕家族遗传病，他早就向小陌表白了。"

"你是说传闻是真的？"关于新地集团贾氏患有家族遗传病的事早前就有传言。

"是，他之所以学医，就是为了家人，没想到，他的父亲与哥哥，还是难逃劫数。他怕自己也像父兄一样，所以一直以来都只是保护小陌，不敢说出口，他怕自己忘记她，留她一辈子难过。可你的出现，让他感觉到了威胁。你、我都不是他，无法体尝这种近在咫尺却不能告诉对方的痛苦。天幕广场整个计划都是为小陌建的，他想用一个宏大的建筑，存封他们在一起的记忆。你们都是我的兄弟，我话说到这儿，我想你该明白。"

"感情没有先来后到。"

"你——"

谷学文拉住正要进去的萧锐，眸子里瞬满是不满，明明已经说得很清楚，萧锐却还非一头要扎进去。

"她爱的人是我。"萧锐往病房里看了眼回过脸，"我不会退让。"

尽管他知道自己说出这话是残忍的，但他并不会因为自己的残忍而退出。因为别人深刻的爱而放弃她，那便说不上是爱。他爱她，尽管时间远不及贾少辰，可这不代表他该因为晚到而放弃。他看得出她的眼眸尽是与自己相仿的情感，也因如此，他必须坚持对她不放弃的执着。

"说了明天去吃凯司令的栗子蛋糕，现在却赖床不理我。"贾少辰握住她的手贴放自己脸颊旁，晶莹的水滴再次润湿了眼角旁的痕迹。

“我还在琢磨怎么躲避你的蛋糕子弹，现在……傻丫头，你痛吗？”

贾少辰站起身替她擦了额上的虚汗，她却无法感知他的温柔，只是继续地睡着。他凑近她的脸孔，心疼地端倪她脸庞每一处已熟悉万分的肌肤，他有多少次想要吻她的额，告诉她：我爱你。可每次都生生地将这三个字吞进喉咙，如鲠一样刺痛。

“对不起，她是我女朋友。”

什么？

他微颤着唇，侧过脸去看萧锐，虽然颧骨青肿发紫，却掩不住萧锐英俊的脸孔。

“你说什么？”

“我是她男朋友，所以，请你把她交还给我。”

“你害她成这样的，你还敢说是她男朋友！”这是在对他贾少辰的挑衅吗？

“是我没有及时送她来医院。所有的罪责都在我，所以，该由我来扛起这份责任。”

贾少辰刚要发话，白小陌却突然呢喃了声，纸色的唇微微翕动了两下，萧锐与贾少辰不约而同靠近她的身旁，喊她“小陌”。

她只是皱了皱眉头，继续自己的梦。梦中的人，会是他们中的谁？他们互相看了眼，谁都不愿先离开她的床沿。

“我去买些生活必需品。”谷学文插话，见两人聚在白小陌床前端，忍不住提道：“她插了输氧管，一旁的监测仪还在工作，你们都凑在前面，很容易影响到她。”

两人这才各自往后退了几步，萧锐到了另一边床沿，盯着滴管里的液体进入她的静脉，他知道自己与她之间的时间远远少于贾少辰，可未来，他要抓住每一天与她在一起。

时间，予欢愉的事，总是一闪而过，而予痛苦的事，却是煎熬难过。

谷学文买了脸盆、毛巾之类的生活必需品，萧锐与贾少辰再次争着要为白小陌擦拭脸颊，谷学文正没辙的时候，只听病房传来中年妇女的声音："小陌，你老爸和我来了。"

"伯父，伯母。"

三人向白小陌的父母打了招呼，白母眼眶微红，顾不上与他们回应，走到自己女儿身旁又说了句："真是作孽了，伤成这样。"

"伯父伯母，对不起，这次的事都是我的疏忽。她被东西砸了后，我没有坚持带她来医院检查，因此耽误了病情。"

"医生说什么？"白父瘦长身材，脸上架着副老花镜，显得颇是严肃。

萧锐没有想到自己第一次见她父母，竟是在这样的情况下，只是为了她，即便是再差的印象，他都得担着："医生说现在没什么危险，只是什么时候醒还不确定。醒来后，一段时间内对视力可能有影响。学文是这方面的专家，与这家医院的医生也比较熟悉，已经约了这家医院的专家明早再做一次会诊。"

"伯父、伯母。"谷学文在萧锐说完后，又上前与白父解释了几句关于白小陌病情的事。

就在白父白母了解了病情后，白母突然看了眼贾少辰，说道："你在这儿做什么？我们小陌不需要你照顾。"

"伯母，我不能离开这儿。"

"你不能离开？那新地集团就能离开你了！"白母出人意料地说出了贾少辰的身份。病房中的气氛骤然变得冰冷，就连谷学文都不曾想到贾少辰身份的秘密竟然早就被白母所知。

"伯母，我知道你不喜欢我在小陌身边，但她现在昏迷不醒，我不能离开她。"

"小陌有她男朋友就够了。"白母目指了萧锐，萧锐愕然地看着面前突生的情况。他原以为白母最不待见的该是自己，可没有想到她却是这么厌恶贾少辰。

“伯母。”

“我们是普通人家，攀不起你这样的豪门。”

“伯母，我知道你不喜欢我的身份，这些年，我只求在小陌身边，把她当作最重要的人。”

“最重要的人？你一次次破坏她的爱情，让她伤心，就是对她好了？”

“事情不是伯母您想的那样。”

白母还要继续，白父拉住了她：“好了，这儿是病房，别说了。现在照顾小陌要紧。”

“贾少辰，我请你立刻离开！”

“我不会走。”

“伯母，贾少辰一定和您有什么误会，就让他留这儿吧。至少，等小陌醒了再说。况且，多些熟悉的人和小陌说说话，也利于她恢复。”

“有这么多熟悉的人，他留着只会惹麻烦。”

白母态度执着，贾少辰竟突然跪在了她的面前，乞求她舍予自己留下的机会：“伯母，求您让我陪在小陌身边。”

男儿膝下有黄金，萧锐没有想到贾少辰会跪在白母面前，白父在旁去拉贾少辰：“跪下来做什么？起来。”

“伯母。”

“你听好，小陌醒来后，你就离开这儿。”

“谢谢。”

贾少辰这才站了起来。萧锐正要起身，不想白母说道：“你是小陌男朋友，小陌还需要你照顾。”

萧锐以白小陌的男朋友这个身份留在了病房里，可他更觉得白母只是为了赶走贾少辰而舍予了他这个身份。他爱白小陌，但爱绝不是任何人舍予的。

虽然他无法做出任何惊动天人的事来证明自己爱她，但他会守住这份平淡，在她身旁照顾她，哪怕只是替她揉揉挂了针的手，用热毛巾擦她的脸颊与手臂。她就像孩子，生了病乖乖地睡在床上。寂静的深夜，他让谷学文安排白小陌疲累的父母去酒店，自己留在病房照顾白小陌。

病房内，又只剩了他们三人。

没有一言，亦没有一语。

消毒水的味道弥漫在病房里，独属于医院的亘冷气息凉透了陪伴病患的人们。凌晨三点，隔壁的病房突然发出了急救，紧接着，急促的脚步声与呼叫声在走廊里传荡起来，不多久，凄惨的哭声就传入了耳中。

生与死，像桥的两端，到了彼岸就再也看不到这端牵肠挂肚的亲人痛苦绝望的脸孔与撕心裂肺的呼唤。贾少辰在父兄相继离开后，极少来医院，因为他不想再唤起深藏心里的疼痛。此刻，隔壁病房传来的哭喊再一次揪住了他的心。生离死别，他抑制不住内心掀起的惶恐与不安，冲进卫生间拼命地用冷水泼脸，试图忘记哥哥与父亲的离开。他要忘记那些记忆，割却生命不能承受之痛，渴望战胜命运的心被现实慢慢地吞噬，他预测不到自己的未来，惶恐命运的脚步不期而至。不，他不能忘记，不能忘记关于她的事。为什么他们家要有这样的病？为什么他不能正大光明地告诉病床上的女人，他爱她胜过自己的生命？

他只是不想她受伤痛苦一辈子，难道这也错了吗？

兴许他真的错了。她母亲责难的声音反复响在耳边。

他并非要故意隐瞒事实。他不知道如何去解释，只是惧怕谎言被揭穿之后，她袖手而去的悲凉。可终究，不管他是否坦言自己的身份，她已经爱上了别的男人。他是她最好的朋友，定义只是到此停止。他不想做这个角色，可他不得不屈从命运。

刀，锋利地割过心。

他回到白小陌跟前，湿漉的发丝贴在额上，眉眼间的目光紧紧地盯着仪器上的数字，嗓音低沉道：“你会好好待她吗？”

“会。”萧锐简短地答他。

“不要让她再受到任何伤害。”

“不会。”

“萧锐，你知道我最厌恶你哪儿？”

贾少辰半眯起眼眸，萧锐淡淡一笑，“你最厌恶的，是我的自信。”

“你是很好的对手，但你记住，我不和你争，并不是因为你的自信。”

“我知道你的原因。”萧锐打断了贾少辰的话，贾少辰脸孔瞬上了愕然之色，稍是迟疑，他明白到萧锐并没有撒谎。

“如果我是你，我兴许也会这么做，但我不是你，我不能选择放弃她而成全你。因为那么做，你也无法开口对她说爱，所以，注定只会伤害她。”

“过去的事，是我的过失。”

“如果我没有猜错，那些事是你妹妹霏霏做的。”

“和霏霏无关。”

“她第一次拿文件和我做交换，我就知道是她了。你护着她，她也关心你这个哥哥，所以，小陌先前的男友都会因为霏霏开出的诱人条件一个个离开她。”

“这都是因我而起。”

“虽然霏霏的方法伤害了小陌，但那些人的确没有资格和小陌在一起。我说过，小陌不是用来交换的条件。如果我要合作，我一定是用实力来合作，而不是用小陌做交易。所以，霏霏也好，你也好，都无法用任何利益的事来诱惑或威胁我离开小陌。”

“呵呵。”贾少辰无奈地沉笑，“如果没有她，我们或许会成为朋友。”

萧锐淡然一笑。即使再宽容，一个男人都很难接受与他的情敌称兄道弟，这不是自私而是人的本性。

“喝水，唔，喝水。”

“小陌。”

就在这时，白小陌突然喃喃起来，两人不约而同地箭步上前喊她名字。

“水。”

两人同时伸手去按铃，萧锐先触响了铃，朝贾少辰点头：“我出去喊值班医生，你看着她。”

因先前隔壁有人过世的缘故，医生与护士来得稍慢了些。萧锐并不等待，直接去喊医生来看白小陌，同时给谷学文去了电话。待到他与医生回病房的时候，贾少辰怀里靠着双眼惺忪的白小陌：“傻瓜，怎么会瞎呢？如果瞎了，把我的眼睛给你，你就会好了。你不是一直说，我的眼睛比你的好看吗？换给你，好不好？”

“你才傻瓜。”

萧锐微落了眼睑，一旁的医生上前替白小陌检查，贾少辰忘了先前的约定，站在一旁等待医生检查的结果。

“医生，她怎么样了？”

医生用电筒测着白小陌的瞳孔，白小陌听到萧锐的声音，顾不及得自己的情况，喊着要萧锐陪自己。萧锐坐她身旁，刚搭上她手，就被紧紧地抓住，好似一旦错过，就无法再抓住他一样。虽然她黑亮的眸瞳看不到他的模样，但他知道自己对她的重要。分分秒秒，她都缺不了他。

“病人现在体征都正常，视神经被颅内血肿压迫，等血肿消了就能看到。”

值班医生说完后又交待护士重新开些药剂，病房里，很快又剩了三人。只是，这一次，白小陌醒了。

贾少辰站在一旁，五分钟前，他还抱着白小陌，而五分钟后，她已不再因为换眼睛的安慰而动容，她并非无情的草木，只是因为萧锐已成了她唯一的港湾。

“你去喊医生了吗？丢我一个人在这儿，看也看不见，以为一辈子都瞎了，随后，你就人间蒸发了，不要我了。”白小陌嗔怪道。

“这几分钟的工夫就人间蒸发，你以为我是外星人？”

“那万一我以后看不见了，你会不要我吗？”

“最后一个问题，好不好？”

“不好。”

白小陌努起嘴，刚在贾少辰的怀里的泪水不过是在意萧锐，她怕这段才刚刚开始的爱情会如烟花一样逝去。毕竟，她已经经历了三次无情散去的爱情。

“如果你真的看不见了，那就太好了。”

“怎么这样！”

“怎么不是这样？如果你真的看不见了，那我就可以省下积蓄，买颗世界上最小最小的钻石戒指戴你手上。”

白小陌一听萧锐是在玩笑，哼哼着抬手要打他，不想被输液管牵住了，幸好萧锐眼疾手快，把她的手牢牢地固定在床上，“瞧瞧，病着都让人不省心。”

“谁让你说要送我世界上最小最小的钻石戒指。”

明明知晓是他的谎言，她却非要他说那些甜得发腻的话。他偏偏不说，她便偏偏揪着他的不是，直到萧锐低声提醒：“少辰还在这儿呢。”

她“嘿嘿”笑了两声，说道：“贾宝宝才不会在意呢。我告诉你，你要是敢送我世界上最小最小的钻石戒指，贾宝宝一定第一个替我揍你。”

萧锐侧脸朝贾少辰看去，贾少辰涩涩一笑：“放心，我不会让一个只给你小钻石戒指的男人娶你。”

“看看，贾宝宝多仗义。嗯，他刚还说，要把他的眼睛换给我呢。哪像你……”白小陌尚未完全恢复，说了太多的话，人开始有些不适，萧锐立赶紧让她闭嘴，又从旁边倒些水给她润喉咙。

脚步声朝房外走去。

“还有谁在房间吗？怎么有人出去了？”

除了贾少辰外，又怎会有第二个人在他们亲昵的时候离开这处让自己无法再待一刻的地方呢？

“是少辰，他都听不下去你的话了。好好歇着，再啰唆，今年的年终奖都取消。”

“你趁火打劫呢，又摆领导的臭架子，滥用职务之便。”

白小陌喃喃了句，毕竟是身子虚弱，萧锐喂了几口水后，靠在枕头上继续睡了起来。这一次，萧锐少了许多担忧。待到替白小陌盖好被子，谷学文刚巧进来，他便招呼谷学文看着白小陌，自己则到了病房外。

病房外的走廊幽长，贾少辰站在走廊中，看着隔壁离世病患的家属边哭边清理病患的遗物。他站着，孤零零的背影透出悒郁。

萧锐犹豫了下，伸手拍了拍男人的肩膀。

“你是以胜利者的姿态来向我炫耀吗？”他背对着萧锐。

“没有这个必要。”

“你要是待她不好，我绝不会放过你。”

他留在那儿，不过是她口中随意闲扯时的话题。她傻傻地以为自己不会在意她与别的男人之间的温存，其实，他没有这么大方。趁着她还无法看到自己痛苦难堪的模样前，他要逃离这间令他窒息的病房。

“合作的事，我稍后找你，你留这儿，照顾好小陌。如果她问起我，就说我……”贾少辰突然涩笑了声。她会想起自己吗？不，她不会。他不再说下去，免得徒增了无趣。

萧锐不再试图留住他。与其说，他兑现了与白母的承诺，不如说，他没有更好的选择。他站在那儿，看着背影消失在转口，长廊再一次恢复了宁静，只有廊尽头的窗户透出淡薄的晨暮。

萧锐刚回病房，那个先前已经躺着休息的女孩儿便急着问：“贾宝宝去哪儿了”。萧锐说：“贾少辰太累，要去酒店休息会儿准备回上海上班。”白小陌苍白的脸垮塌了小半，嘟囔着：“这小子，越来越不把我当回事了。刚还说把自己漂亮的眼睛给我，现在拍拍屁股就走了呢。哼，趁着我看不见的时候跑了。”

“你少生气，病人最忌讳生气。”谷学文瞟了眼萧锐，悠悠地说起话，萧锐从门外进来的时候，他就知道贾少辰已经离开这儿。贾少辰的爱是隐忍而深刻的，他离开不是因为不爱，而是因为太爱，爱到不能自已。

“能不生气吗？”白小陌又嘀咕了句，萧锐替她重新盖好被子，“不是让你睡会儿吗？话真多。”

“谷医生都没说我。”

“你俩这算是违反政策吗？”在白小陌的爱情上，谷学文始终坚持认为她属于贾少辰，即便萧锐是他好友，他也不看好这段恋情。

“什么政策？”

“不是说，外企不让同事间谈恋爱吗？他还是你上司。”

“哦，有啊，上有政策下有政策。”白小陌看不到谷学文是在朝谁说，只是自顾自地回答他的话。显然，萧锐尚未想好怎么应付这件事。一来，维罗朗的确有这样的规定，二来，他才刚刚澄清过自己的事。倘若在这个时候恋爱，反倒让人抓住了把柄。现在，萧锐正在事业的艰难期，于伟无时无刻不在挑着刺。他们的恋情曝露在银都推广的人面前，必然会被他知道。

他要抢先一步，事后再替白小陌寻个工作离开维罗朗。当然，现在他还没有安排好这些事，因而，在这话题上默不作声。这让白小陌有些小忧虑，她不喜欢萧锐把事闷在心里，但又觉着在他们关系刚确定，要学会迁就，何况，她现在什么都看不见，焦虑的事都在视觉恢复上，其他的，也只能往后去。

白小陌的父母放心不下她，刚到五点的时候，便到了医院，这时的白小陌又沉沉地睡着了。听萧锐向他们叙述了情况后，白母这才松了口气："你也累了吧。去酒店休息吧，这儿有我和她爸爸在就好了。"

"我不累。早上专家会来会诊，我也能多听听医生的意见。这事，都怪我没照顾好小陌。"

"好了，小陌这孩子就这样，没轻没重的。"白母往病房方向又看了看，低声问："那人走了？"

"小陌醒后，他就走了。"

白母长叹了一声，欲言又止，看看白父说："你们几个男人去吃些早饭，我正好替小陌擦身。"

"伯母，我不饿，在外面等您好了后再进去。学文对这周围熟悉，带伯父去吃早饭，再带些回来给您就好。"

"不吃饭怎么行呢？昨天你还劝我们说自己得把身体养好了，才能不让小陌担心。你看看你，颧骨上都肿了一块，还说自己不饿，我看是一宿没睡。听伯母的话，一起去吃些早饭。"

"真不吃了，等着就好。"

"我看，我和学文去外面吃，带些回来给你们俩吧。"白父说道。

萧锐与白母点头。谷学文陪白父出去吃饭，萧锐在病房外等白母喊他。

白小陌睡得很沉，白母坐在她的床沿，看着女儿的脸颊，总觉得又瘦了小圈，心中生疼："你个小丫头，真是让人忧心。"

不仅是照顾自己让人忧心，这感情的事亦是如此。

"不要怪妈。妈知道贾少辰很爱你，心疼你，但妈不想你往后可怜。女人这辈子最重要的就是找个能依靠的男人结婚生子。妈就你一个女儿，只希望你幸福，为了你幸福，也必须得做次坏人。现在，那个萧锐挺好，对你也不错，做事也有担当。妈看人很准，你也确实中意人家，这算是老天赐的好姻缘。"

白母轻声说着话，她严苛地对待贾少辰并非真的因为贾少辰妹妹霏霏用手段拆散白小陌先前的爱情，也不是因为他豪门的家庭背景，而是因为她不想白小陌爱上可能患有家族遗传病的贾少辰，断送了往后的幸福。

她的担忧，一如贾少辰自己的担忧。

"妈。"

Chapter Sixteen

伪装的笑容

多一弯笑容，少一分担心。

“小陌？”白母一惊，她不知白小陌会在这个时候醒来。白小陌亦没有想过自己才睡了那么小会儿，却好似已经又过一宿。

她在做梦，梦的内容已经模糊不清，但却听到了母亲的声音，她费了好大力气，才能沉沉的意识中拔了出来。

她似乎听见了贾少辰的名字，睁眼的时候，却仍旧一片漆黑，与梦一样，摸不到任何其他发出亮光的地方。

“我什么都看不到。”

“你什么时候醒的？”白母有些紧张，甚至开始怨埋自己为什么要多嘴说那番话。白小陌摇摇头，只是说：“就刚刚醒的，听见你嘀嘀咕咕的，也不知道在说什么。”

“那就好。”

“一点儿都不好，我什么都看不到。”

“小萧说了，就是视神经受到了压迫，所以才看不到，等肿块消失就好了。”

“哈哈，小萧，这名字太有意思了。”白小陌蓦地傻笑起来，白母在旁连说“疯丫头”，她这才收敛了自己夸张的表情。

“他对你不错。”

“凑合吧。”

“你是妈生的，别整个心里一套，嘴上一套，我看是你追的人吧？”

“妈，你说话怎么不往我这儿拐儿啊？明明是我好，他看上我的呢。”

“哟，手机里，枕头下都放着人家照片，叫他看上你啊？”

“轻点儿，轻点儿，要让他听到，我往后可怎么驾驭他啊？”

“哟，还驾驭呢，你驾驭好自己就好了。”白母为白小陌简单地擦拭了出汗的地方，白小陌噘起嘴，“他条件那么好，万一没驾驭好，这脱缰了，就不知跑哪儿去了。”

“什么话到你嘴里都是理。”白母拿着脸盆去了卫生间，白小陌独自窃喜，却不想耳边是萧锐的话：“把我说得像匹野马似的。”

“啊！”白小陌惊叫了声，白母见是萧锐凑到她跟前，便退回卫生间摇摇头，继续搓洗毛巾。

“你要不要趁我看不见的时候偷听我的话啊。”

“早就和你说删了我的照片，你非要留着，现在成了证据。”

“什么证据？”白小陌努嘴。

“你暗恋我。”

“喂，你这人不要这么自大好不好，明明是你喜欢上我在先，怎么能说我暗恋你呢。哼！”

“牛哼一次，扣一次奖金。”

“喂！”

“无理一次，再扣一次。”

病房里，两人你一言我一句，俨然没有了急救时的紧张，白母亦感到欣慰，白小陌又有了爱情。只是萧锐能否抵住金钱权力的诱惑，她不得而知，能在外企做到高层的，这心思怕也不会浅。

八点的时候，专家做了会诊，白小陌的情况不错，预计过了两三天就能恢复视力。谷学文与专家关系熟络，因而会诊内容具体详细，白小陌的父母与萧锐总算是放下心来。因为白小陌度过了危险期，谷学文托付好医生后先回上海，白家父母则留在了苏州。白母考虑到萧锐的身份也催着他回上海。萧锐很执着，称自己反正带了电脑，就权当是出差了，反而是两位老人，要照顾好自己的身体，免得让这不省心的丫头担心。

白小陌可不许他这么诋毁自己，叽叽咕咕地反驳，母亲说了她两句，拉着老伴出门，留两人在病房里。她心里暗笑，说起来，这次真是伤得其所，不仅套出了他的感情，还让他在自己父母面前留个了好分数。只是眼睛看不到东西，贾少辰不打招呼就走了，有点小失落罢了。

下午，萧锐打电话给了弗兰克，主动坦白自己与下属白小陌之间的恋情。弗兰克听到这话后默然不语，萧锐自然明白弗兰克非常不满意这件事，才消除了消极影响却又添出这样的事来。

“项目的事，我会尽快给你答复。”

“Wilson，我要的不是答复，而是结果。我相信你的能力不是只告诉我一个过程和一些不好的消息。我向管理层力荐你入中国区做副总裁，是为了根除地方公司的陋习，推行总部方案。”

“我明白。”

“你不是个感情用事的人，应该还是分得清楚轻重。”

弗兰克的话不难理解，对他而言这种影响大局的个人情感完全可以抛弃，因为弗兰克自己的妻子就是董事的女儿，就如欧洲传统的家族联姻一样，稳固自己事业才是最重要的。萧锐不再多说，免得引发弗兰克更多不满。与弗兰克聊了两句，挂完电话后，不想手机上跳出了彭涛的短信：请回电，Paul。

彭涛带来的消息让萧锐有些吃惊，新地集团要增加对各大家化集团的有机产品扶植。这时候，新地集团有这样的决定俨然与维罗朗的计划不谋而合。难道是说贾少辰的缘故吗？如果是贾少辰的话，时间怎会这般仓促？

“萧，锐，大，总，裁。”白小陌等了萧锐小会儿，按捺不住，听他脚步进来的时候就忍不住“恶狠狠”地喊他。萧锐正要应上她，手机铃声又响了起来，只能再次转出房间去接电话。

“一个小时后，住院部楼下，我要看到维罗朗集团有机化妆品产品介绍，我只能给你一个小时的时间。”贾少辰突然造访，看样子与新地集团的最新决定有关。

“谁给你打电话啊？”

“公司里的人。”

“真的吗？”

“假的。”

萧锐心事重重，他并不想让白小陌担心，故意与她说笑。白小陌并不傻，她知道自己的事已经给萧锐带来了很多麻烦，虽然萧锐从不说，也不会说，但她知道于伟不会放过他。因此，她只能装着傻傻地接受萧锐的笑话，这样，好让萧锐腾出心思去做自己的事。然而，她不会想到，萧锐会在一个小时下楼见贾少辰，而自己嘴里念叨的贾少辰并没有上楼看自己。

“我相信银都推广的人已经和你说过，我们新地集团要推有机化妆品。”

“是。”

“我没时间向你解释背后的原因，但我能肯定，这是洪建国与于伟之间订好的事。”

“这目的……”萧锐沉吟，贾少辰则从风衣口袋里拿出只 U 盘，

“把产品资料都拷给我。”

萧锐正要坐下，见贾少辰顺手将一旁的凯司令蛋糕递他：“一会儿给小陌，她最喜欢吃凯司令的栗子蛋糕。不要多给，她贪嘴，吃多了不好。”

贾少辰说到一半，抬头接过萧锐手中的笔记本：“她怕胖。”

萧锐明白自己与贾少辰相比还有很多地方不了解白小陌，以至于这些说起她喜好的事，他显得有些笨拙。迟到者，总是要有些惩罚，对他而言，忍受另一个男人的这番“言传身教”就是最大的惩罚。

“开始吧。”贾少辰说道。萧锐立刻收神为贾少辰介绍起欧洲孕妇有机化妆品系列，他对整个产品系列在欧洲的卖点和现营销情况的解释得通透明了。除此之外，萧锐对中国现有孕妇有机化妆品的缺乏现状也做了分析并把对未来市场展望与全国战略部署与贾少辰做了分析。贾少辰听得很认真，他在与萧锐的这段短暂相处中，并没有带入个人感情，反而以一个客户的姿态在审视这系列产品项目。

“很好。”末了，贾少辰忍不住说道，将手里的U盘收得紧紧，“我空了后会再仔细阅读U盘里的信息。这次开放有机化妆品专柜的提案极可能是圈套，你要想退缩，就趁早。”

“我的目的是赢，不是畏惧圈套。”

萧锐的话让贾少辰一怔。的确，倘若洪建国与于伟合作，那么最想干掉的就是他们两人。没有利益的事是犯不着兜转这么大个圈子，他们之所以放开这个渠道，就是要麻痹萧锐，而麻痹萧锐之后的动作是什么，就必须得让他们意识到鱼儿上钩。

弗兰克逼自己逼得很紧，而贾少辰与洪建国之间的斗争也日趋白热化。两块战场，究竟谁做主，就得看彼此间的战线。于伟与洪建国之间的关系是紧紧相团。那么，他们萧锐与贾少辰之间，也必须站在一条线上，至少，得有一心。

“我得走了。”

“你不上去？”

“我还有事。”

贾少辰并没有上去，虽然他的眸瞳里满是不放心，但他仍旧决定离开住院楼。萧锐看了看手表，刚好一个小时，他的确算得很精准。

“萧总。”

正当萧锐提着栗子蛋糕按了电梯准备上去时，霏霏突然挤进了电梯。戴着墨镜的霏霏显得与平日里有些不同，黑青色的风衣看上去深沉了不少。

“你好。”

“这是我哥给小陌姐的吧。”

萧锐听得出，霏霏是跟踪了贾少辰来到的这里，否则的话，她又怎能这么快就说出了事实。

“是啊。你哥很了解小陌的口味。”

“我哥和小陌青梅竹马，你为什么就非要横插进来呢？”

“霏霏，我想你是弄错了。我和小陌之间没有其他人。”

“萧锐你……”

电梯停在了特需病房的楼层，萧锐大步走了出来，霏霏紧步追上：“你开个价。”

“开价？”

萧锐收了脚步，侧脸看着面前的女人，她就是一直以来破坏白小陌爱情的女人，而白小陌却把她当作闺蜜。

“这个价，连你哥都付不起，更何况你？”

冷峻的男人丢下轻蔑的眼神，霏霏强作镇定，勾唇笑道：“我给你的是糖衣，轮到我哥给你的，保不准就是一个圈套。你考虑考虑，是从我这儿得到你想得到的，还是等我哥给你个身败名裂。”

“呵呵。”萧锐冷冷一笑，霏霏第一次感觉对方的眼里竟然摸不到贪婪，目色如此清冷，冷得让她感到空无一切。霏霏心颤，脸上却仍是笑意：“没有人会拒绝。”

“那是因为你没有遇见。”萧锐顿了顿，“如果你是来看小陌的话，我替她谢谢你，如果你是来阻止我爱她的话，那到这儿就结束吧。”

“萧锐，是你不给自己机会，不是我没有给过你机会。”

霏霏扭过头，愤懑地离去。萧锐听不到她脚步声后才去了白小陌病房，病房里传来她嘻嘻哈哈的声音。

“啊，萧总，你来看 Melody 啊，还带了凯司令的蛋糕。”

萧锐没有想到简希会出现在病房里，白母的目光盯他身上，似在等待他的答案。他没有想到，自己与白小陌的关系会这么快被人撞破，而简希在工作时间出现在这儿，显然也是有备而来。

“萧总？萧总也来看我了？”白小陌坐靠在病床上突然问简希，简希在旁道：“嗨，徐风还和我说你们俩是一起来的苏州呢。那家伙，分明是在忽悠我嘛。”

徐风不是一个长舌男，萧锐心里更清楚，简希是方敏之派来特意查看两人情况的。

“昨天 Melody 受伤的时候来过。今天也是抽空来看看 Melody 的情况。”

“我想萧总也很忙，不然就不会带着笔记本了，对吧？”简希眼尖，看着萧锐腋下还夹着笔记本，萧锐也不反驳，反而笑道：“你们方总监刚给我发了邮件要增加员工，看样子，你们部门的确是很忙。”

简希心里咯噔，脸庞瞬如菜色：“是啊。”

“萧总，刚简希还问我，我们的项目怎么样了？”

“这里不适合谈工作。”萧锐搁下了手中的笔记本与蛋糕一本正经道。白小陌吐吐舌头，简希尴尬地默声。未过多久，一位胖医生巡房，简希趁了空先道别离开。萧锐试探她是否搭自己车回上海，简希怕自己多说多错，立刻婉拒。这正中萧锐与白小陌的下怀，离开之后，萧锐唇角微翘。

“不用这么得意吧？”

萧锐一愣，没想到自己脸上的表情竟被她看在了眼里。自己怎么就忽略了她已经脱开眼罩恢复了视力？萧锐按捺不住，要上前抱古灵精怪的女孩儿，却不想胖医生转身与自己啰唆起如何照顾刚刚恢复视力的白小陌。

“还是需要观察。”

“我知道了。”

“我调整下药。”

“嗯。”

“饮食上要注意。”

胖医生人高马大，把白小陌遮得严实，萧锐恨不得一把拉开他，可碍于他是医生，又是谷学文给牵的关系，只能一字一句地听下去。白小陌则探出半身，吐舌头做鬼脸引诱他，萧锐直到听了三分钟的叮咛后，才有了机会冲到白小陌跟前把她紧紧地拥在怀里。在这一刻，他只觉得自己似乎在慕尼黑酒店就已经喜欢上了她。

莫不然，为何每次拥她在怀里的时候便会涌上初时那番怦然的感觉？

“我机灵吧。”

“对不起。”

萧锐为自己没能承认恋情自责，白小陌从他怀里跳脱出来，手指封住他的嘴唇：“简希是方敏之喊来探口风的，当然不能让那个老嬷嬷占便宜。所以，不用和我说对不起。倒是你得给我解释下你脸上怎么会伤了？是谁干的好事？”

白小陌按在他嘴唇的手移到了颧骨的伤口旁，目光中满是心疼，仿佛一秒也不舍离开。只是一天而已，他就是她的了，她得好好地看着他。

他的掌心覆在她的手背上，也许幸福就是这么简单，未经商量，便会为对方考虑。

“吃蛋糕。”

“你喂我。”

两人的浓情暖意化解了白母起初的不满意，在白母看来，向同事公布他们的感情是对女儿的负责，而看到女儿为他撒谎起，她便觉得女儿的选择自由她的道理。他们是真心相爱的。

住院部外的停车场，贾少辰站在一辆红色法拉利跑车旁，周遭经过的人无不羡艳地看着俊美的男人与奢华的跑车。他们在猜度这辆车的主人，直到青黑风衣的女人出现在男人面前，方才唏嘘不已地离开。

“你为什么会在这儿？”

“哥。”

霏霏慌措一怔，未曾想贾少辰会知道她在医院，她自怨法拉利车的夺目耀眼，才惹了哥哥的注意。只是贾少辰却说道：“我和萧锐之间的事，你不要插手。”

“哥，你明明那么爱小陌姐，为什么一而再再而三地要忍让其他男人和她在一起？”

“这是我的事。”

“哥，难道你就这么惧怕那个也许根本不会在你身上出现的病吗？在我心里，你是我一直崇拜的偶像。当年你爸爸和大哥都反对你去国外学医，断了你的经济来源，你就靠一双手打工赚钱学习拿奖学金，说不回来就不回来。虽然我们相处的年份并不长，可我真的以你为骄傲。”

“知道什么时候放手比抓住不放更难。霏霏，不要再做那些事了。”

“在洪伯伯面前，你都那么坚持自我，为什么在萧锐面前，你就做不到呢？你怕将来生病忘记小陌姐，可你认为一个会被我爸打压得身败名裂的男人就能照顾好小陌姐了吗？”

“霏霏，你究竟知道什么？洪建国突然拿出有利于维罗朗的提案，是不是你爸已经和他达成了某种协议？”贾少辰抓住霏霏的双臂激动地问道，霏霏凝视着紧张的哥哥，难道一个情敌的声誉会有这么重要吗？

于伟是她的生父，尽管父母离婚，她跟着母亲进入了贾家，但因为自己已成年，母亲就不再拦着她父亲。她也常与于伟相见，尤其是把 Ginkgo 咖啡吧开到了维罗朗中国的附近，他们之间的见面便更多了，只是碍于各方的关系与媒体，因而每次见面都是非常隐秘。

最近，父亲突然在吃饭的时候提到白小陌和萧锐两人，之后，她又无意间听到父亲与洪建国间的电话。所以，她知道父亲正在帷幄与萧锐之间的斗争。

她没有理由去帮助萧锐，见贾少辰为了萧锐而紧张，反而，又生了不满，冷冰地推开他的手：“我怎么可能知道我爸的事？”

“霏霏，你一个眼神，我都知道真假。我知道，你不想说你爸的事，以免大家都不开心。不过，倘若你爸参与洪建国做任何有损害新地集团的事，我绝对不会坐视不理。”

“咖啡吧还很忙，我要回上海。”

贾少辰没有再逼迫霏霏，因为他不想霏霏过于为难在父亲与他之间，但有一点，于伟与洪建国联手正在下一盘大棋，背脊瞬上的冷意不禁而起。

“贾总。”

风，吹过他的脸庞，法国梧桐的树飘落在他的面前，他循声望去。

她的脸有些熟悉，但大部分却是陌生。在这么一间医院，他并不想理会任何陌生人，礼貌性地回了句："对不起，你认错人了。"

"不会啊，你是我的大大大老板怎么可能认错呢？"

原是自己的员工，新地集团这么多员工，难怪自己记不清楚。可尽管如此，他仍然不想应这女人，径直地朝着医院门口走去。

女人拿起手机迅速地按了几张照片，若非刚才准备好了说辞，又如何能够确定那个与白小陌有关系的男人就是新地集团的总裁贾少辰。一个真正的高富帅竟然会与自己同事扯上关系，这似乎比上司与下属地下恋更火爆。

激动之余，一条关于贾少辰在苏州某医院出现的消息出现在了微博页面，只是半天的工夫便攀上了微博首页话题榜。

白小陌在住院部的病床上被萧锐限制了看手机的自由，但听到护士间在议论。

"新地集团总裁出现的医院就是我们这栋住院楼前啊。"

"可不是嘛，你说他来我们医院这儿是看谁啊？"

"微博上不是说了么，是他女友。"

"他女友？他女友怎么会住在我们医院啊？"

"新地集团总裁"这样的称呼再一次浮在她的耳旁，就在听护士们讲话的时候，萧锐把门关得严严实实。白小陌瞧了眼一旁垃圾桶里的凯司令蛋糕绳，心里有种难以说出的感觉。

几天后，白小陌出院。这段时间内，萧锐因为她无大碍，只是每天从上海赶到苏州看她，白天则回到上海的维罗朗中国办公室上班，为了对付成垒的工作，萧锐火速招聘到了新员工替代先前的助理何丽、王培，填平了人员缺少而造成的忙碌。待到她回到办公室的时候，整个部门已经如常运作。

白小陌发现蓝颜闺蜜贾少辰总是有些若即若离，在医院的时候都没有看过自己，而到了上海后他们间的见面机会也很少。见面的时候，他的酒窝笑容总是很牵强，好像对自己放肆的埋怨都一一承担着却不反驳。她感觉自己在接近真实的贾少辰，可这种真实却好像把他们之间的距离拉得更远。

医院里传闻的微博就像夏日突然聚集在上空的水汽，倾盆而下的时候根本阻挡不了。好奇就像一把足以勒断他们之间情感的锯刀，来回地在心口晃动，她极力地抑制着它在心里滋生，可究竟还能抑制多久，她亦不得而知。

秋季的尾声，维罗朗全进口孕妇有机化妆品的专柜就像丰收季的果实出现在了新地集团及各家外资百货公司，而紧随其后的骄人业绩掀起了岁末前迭起的销售高潮。赞誉的声音把萧锐推到了维罗朗乃至整个行业的闪耀王座上。青年才俊之类的话似乎已经无法用来形容他这颗崛起的新星。

萧锐有了更多的光环。

然而，面对着行业与总部的赞许，萧锐却没有笑容。白小陌起先以为他是故意在装，后来才发现，他眉宇间的淡痕是真的。只是每当她问：“你怎么啦？为什么卖好了，又不开心？”

他总是坏坏一笑：“装深沉而已。”

Chapter Seventeen

曾经，我们彼此互望

曾记否，我们在此彼此互望。

岁末的时候，萧锐让白小陌参加一个无关紧要的会议，会议提早结束，她意外在电梯里见到了《都市精英》的阮铭与赵沅。

“赵沅。”

“小陌。”赵沅的脸瞬间变得很差，阮铭并不知晓两人关系，以为是上次赵沅采访白小陌时认识，便说道：“白小姐，真巧啊。”

“是啊，真巧。”

巧，是命中的意思吧。

白小陌本不想去问，但心里的执念却促她：“赵先生，我有些话想和你说。”

维罗朗的电梯并不狭小，但气氛却是局促。阮铭见赵沅有些紧张，反而搡了下他，说道：“你们聊，我到车库等你。”

白小陌与赵沅两人到了一楼，赵沅抢在白小陌之前，低声道：“当初是我不好，一声不吭地走了。对不起。”

“你为什么一声不吭地走了？”

“我。”作为一个男人，赵沅看白小陌的眼神竟流出自卑的神色来，本就欠她一个答案，没想过了这么久，仍然难以启齿。

“是我不好吗？”

“不是。”赵沅打断，“和你没有关系。是我的原因，我不好。小陌，我还有事。改天，我一定会约你。”

赵沅慌乱地塞了张名片到她手里，转身去往地下车库。拿着赵沅名片的白小陌回了办公室五味杂陈。

夜晚，萧锐约了白小陌在自己家吃他亲手下厨做的煎牛排。这一次故地重游，角色已成了他的女朋友，自然少不了要巡视。她站在电脑前，记起那时候他让自己做功课时的场景，不禁扑哧一笑。而电脑旁，原本放置魔方的地方已空了出来。她的手垂放在桌上并没有太多的胜利感，只是觉得自己能够进驻他的心是种幸福，莞尔一笑后便又去看男朋友如何担当“下得厅堂的男人”？

“今天下午的会真没意思，你是不是已经预料到这么无趣，才让我去的？”白小陌倚在门框上，饶有滋味地看着萧锐。

“我当然不知道有趣无趣。年底了，公司里的会也多，你多参加下，没什么坏处。”

萧锐煎牛排的时候用的油很少，他的目光盯着牛排，并没有看白小陌。

“我还以为你有什么事不想让我知道，所以才故意打发我去参加呢。”白小陌试探道，她总在想为什么两件事会这么巧凑在一起，而萧锐明明是知道自己要找赵沅的，他为什么连提都不提？

“我有什么事可以瞒到你的？我现在才知道为什么公司不让上司和下属之间有恋情。”萧锐把淬了胡椒汁的牛盘端到桌上的时候，白小陌眼神盯着他，只听他继续：“上班一举一动被监视，批评的时候还得预测下班后会不会横遭报复。”

“喂喂，这是你心甘情愿啊！我有强迫你嘛？”白小陌举起叉子，萧锐顺着坐她身旁，“是，我情愿，情愿被你拿着刀叉架脖子。”

白小陌这才得意洋洋地偎依在他怀里，呢喃道：“说得那么不情愿。”

“我用我的牛排来表达自己的情愿。”

白小陌一皱鼻，从萧锐的怀里跳脱出来，不想徐风打来了电话：“萧总，出事了！”

他整个人瞬间直了起来。

对方终于出招了。

萧锐的脸孔只在短暂的惊愕后刷成了肃冷，白小陌问他：“什么事？”

“有人在 New Centry Mall 闹事，说我们的产品导致胎儿流产。”

“什么！”

白小陌自然知道这意味着什么，安全无副作用是孕妇有机化妆品的核心，如果出现与这主打完全背离甚至是引发人体健康问题的事，那么维罗朗中国的声誉会严重受损。

萧锐没有更多时间与白小陌解释，立刻打电话给了方敏之，要求做好媒体工作，并且时刻准备好新闻发布会，紧接着，他安排好了任务，汇报给正准备度圣诞假期的弗兰克，弗兰克骂娘的声音在手机那头响了起来。

“Shit，这是在说我们在杀人吗？在杀人吗！”

“弗兰克，不管出现任何事，我都会承担后果。”

“我们维罗朗的产品不会出现任何问题！一定是有人要讹我们，一定是！”

“弗兰克，我会立刻调查清楚，消除对维罗朗的影响！”

“快，快，我快受不了这该死的事情了。马上就是圣诞节，你让我告诉董事们，今年的圣诞礼物就是这个吗？Wilson，不管花多大的代价，我要你立刻解决！”

“我知道。”

“立刻！你明白吗！立刻！不然你和我都得滚蛋！”提议把孕妇有机产品引入中国的人是弗兰克，他是绝对不会允许这样的事出现的。

尽管萧锐是离开小陌三五米的地方打的电话，但白小陌仍然听到了弗兰克的咆哮，她方才知道总部高管原来一直都是这么逼萧锐的。

他好了，则大受表扬，他若是不好，却是被这么大声斥责。萧锐挂完电话，白小陌心疼地看他。他尴尬地冲她笑笑：“本还想看着你吃牛排的傻样子，现在看不成了。”

“你要去New Centry Mall？现在你贸然去那儿只会引来不必要的麻烦。”

“今晚学文值班不会回来，你吃完牛排后，关上门自己回家吧。”

萧锐放低身轻吻了下白小陌的额头，说了声“sorry”后离开了家。

他究竟要去哪儿？

她总觉得萧锐眉宇间隐隐透出的愁容与今天的事脱不了干系。这背后是不是有人在搞鬼，而萧锐是不是早就有所准备？尽管萧锐烧的牛排滋味很好，白小陌因只想着去New Centry Mall看看情况，吃完后就打车去了事发地点。

New Centry Mall聚集的人已渐渐散去，维罗朗中国孕妇有机化妆品柜台只剩了一个惊魂未定的导购。两位保洁员在清扫周围碎落的纸屑，看得出刚才这儿有一场不小的争执。

“请问刚才的人呢？”

导购眼神闪烁，只顾着看好自己的专柜，而与她搭班的人显然已经被喊去处理此事。

“竟然是大老板亲自出马啊。”

“是呀，他很少出现的呀。”

“可不是啊，我在这儿干了好几个月了，就只能在这大屏幕上看看。真人长得可真是帅，一点儿都不像这么大个集团的老板，倒像是个大明星。”

白小陌抬头望向不远处巨幅屏幕，回想那时那刻在上面出现的那个男人。轮廓，眉眼，话语，每一处地方都与贾少辰如出一辙。而他的名字，其实，亦是一模一样。

她只是拒绝承认。

“这位小姐，不好意思，麻烦挪一下脚。”一位保洁员提醒白小陌，白小陌挪脚的时候没有站稳，往一旁摔了过去，幸好被人扶住：“小陌。”

“赵沅？”没想到下午才遇到的赵沅居然出现在了新地集团，而他显然是为了扶住自己才勉强认她的。

“你是为了我们公司的事来的吗？”她问道。

“嗯。”赵沅应道，“你也是？”

“我刚来，这儿已经结束了，不知道严不严重。”

“事态挺严重的，可能要闹上法庭。那名妇女提供了医疗鉴定中说你们公司产品虽然标榜了全天然进口有机，但里面却检出了易引发流产的羊毛脂且羊毛脂比例高于国标五倍。”

“不可能啊？我们的配方中根本没有羊毛脂。这系列产品在欧洲一直卖得都很好，而且都有欧盟与美国的专业鉴定证书啊。”

“这我就不得而知了。我看明天开始，你们的这个专柜就要被新地集团停了。唉，这项目还是你上司萧锐一手策划的，没想到下午的时候，我们还在谈发展，现在就得把下午的稿子撤了。”

除了赵沅之外，白小陌没有更好的渠道打探这件事，于是趁着这机会问他：“我们能到安静的地方聊聊吗？”

“也好。今天这么巧遇到你两次，冥冥中注定我要给你一个答案。”

New Centry Mall的咖啡店不少，白小陌与赵沅进了二期的Costa Coffee。

“其实那时候，我真的是一时贪念。”白小陌本想问孕妇使用维罗朗产品流产的事，却不想赵沅沉在过去的事中，慢慢地向她诉说不辞而别的故事。

“贪念？”听到他的话，她一愣。

“有人给了我一大笔钱和上海户口，让我离开你。我爸妈培养我到上海来上大学，就是想我留在这儿。你也知道我当时的情况，虽然努力做事，但却一直看不到机会，那笔钱和户口都是我最想要的。我知道，我错了，真的很对不起。”

“谁？是谁给了你钱，要你离开我？”白小陌抖颤地问道，那把锯刀又开始割起了心，痛意阵阵袭来。

“虽然自始至终，都不是他本人与我提此事，但我知道他是真的爱你。想着你们会在我们分手后有结果，没想到，你们没有在一起，你还和一个同你上司名字很相似的男人谈了恋爱。不过，现在该也分手了吧？不知是不是我心态不好，自己贪念重，也觉得别人贪念重。毕竟，他是新地集团的总裁，花钱或是用其他手段让男人离开你，还是轻而易举的。”赵沅的每一句话虽然都没有提到那个男人的名字，可却一层层剥去了他伪装的外衣。

真相，终于暴露出来。

她好想按住自己的耳朵去拒绝这些话语，可连抬手的力气都使不上，泪珠坠在抖颤的手背上，锯刀舔舐着心口的血。他们不是最好最好的朋友吗？为什么他要拆散自己的爱情？为什么他要欺骗自己，伤害自己？

“小陌。”

赵沅从未见过白小陌这样的脸孔，仿佛整个人失了魂魄只剩下一副躯壳，呆滞地起身，拖着迟重的步子，险得撞上一位端着咖啡的客人，那人絮絮叨叨地指责她："走路怎么不长眼睛？"

是啊，她是不长眼睛。她为什么没有长好一双眼睛，让他骗了自己二十多年？自己真傻，真的好傻，好傻。

她碎念着赵沅听不懂的话，朝着 Costa Coffee 门口走去。这一刻。贾少辰刚巧坐了观光电梯从高管层下来，眼里是与赵沅在一起的白小陌。

赵沅？她的第二任男朋友。他们怎么会在哪儿？贾少辰一下握住了身前的扶手，因为力道大的缘故，手背突现了青筋。

"小陌。"

她怎么了？为何是那般憔悴无神的模样？是赵沅告诉了她真相吗？他撒了这么多年的谎言被戳穿了吗？他莫名地惶恐，心底暗涌如涛。他要解释，立刻解释，他反复地按动数字"1"试图加速电梯，只是突然手又悬在上头。

他要解释什么？在事实的面前，他所有的话语不过是最苍白的表述，现在，连一个字都是奢侈的。

"总裁。"

电梯开了门，他反而不想出去，玻璃的电梯间就像一堵屏蔽的墙，他没有颜面去见白小陌，直到被身旁亲信提醒。

"小陌。"

贾少辰忽而转过身朝亲信说："跟着小陌。"

"那总裁您……"

"我，我没事。出去，出去跟着小陌。"他没有勇气去见她，在这一刻，他甚至不敢踏出一步。他关上门，用密码卡锁定电梯，按了最上头的数字。

顶层通达天台的阶梯响过一串脚步声，他奔向了天台，巨幅 LED 广告灯抢夺了苍穹上星辰的璀璨，恣意地绽放着耀眼的光芒。

"小陌。"他站在上头，脸孔朝着喧嚣的外界，杂乱的鸣笛声刺耳地荡在城市的上空，他遏制不了迭起的痛意，短短的“对不起”，哽在了喉咙里，出不了半点音节。

手机铃声不停作响，他知道打电话的人应是萧锐。维罗朗中国专柜的事事发突然，萧锐在第一时间就到了 New Centry Mall，但为了避免场面失控，并没有作为专柜制造商出现。此刻，该是他约萧锐相商的时间，只是他却躲藏在这块无人的地方，任天穹与星辰嘲笑他的怯弱。

战争开始了。

他只想着那个他深爱的女人。突然，一丝邪念划过脑海，倘若自己不帮萧锐，那么萧锐便会身败名裂。如果萧锐身败名裂，他不就能够乘虚而入利诱他离开白小陌了？

她已经渐渐地从自己的世界走远，他不能容许她走得更远，他要重新她回到自己身边，偎依在自己怀里，随意地摆弄着他的脸庞，扯出些笑容博她一乐。若能如此，他愿意做一个连自己都看不起的男人。

另一端，萧锐在两次电话未通后，不再寄望于贾少辰。他想，自己既然选择了这一步，哪怕是失去了贾少辰这位盟友，也必然要逆转此事。

维罗朗中国的管理人员悉数到了管理层会议室，而于伟则因在广州出差缺席了会议。萧锐自然知道他为什么要去广州，因为这么一来，他就成了一个毫无干系的局外人。

“萧总，林屋百货要求我们专柜停止销售。”

“萧总，汤姆在线下架了我们所有孕妇有机化妆品。”

“萧总，万紫千红百货要求我们专柜停止销售。”

“萧总……”

萧锐能听到的所有信息尽是负面的，而他也明白在未来相当长的一段时间内，他会备受压力，而此刻的情形不过是刚刚开了个头。

“我需要拿到所有批次号为JHD02871A的唇膏流向资料，另外，林朝华，你和检测机构关系好，不管用什么方法，立刻拿到检测机构所有数据，最好能有样本，或者是实验照片。”

“萧总，你看，我们是不是找受害人谈谈？”方敏之突然插话。

萧锐提醒道：“她只是当事人，在事情查明之前，我们自己不能轻易下定论。还有，没有我的指示，任何人不得接触当事人。Charles，你与国外法务部沟通下，看看如何用最稳妥的方式来处理这件事。”

Charles是法务部律师，平日里主要审理合同之类的事宜，虽然也参与打假投诉，但遇上今天这样的事还是头一遭，脸上的表情也不如以往那么淡定。

“方敏之，媒体那儿现在是什么情况？”

“现在媒体不可能没有动作，你要删了，反而会引起各种揣测。”

“你说得没错，现在光是微博，就已经过了十万条，不用等到明天，就能刷成热点。现在，但凡出点问题，很容易吸引公众视线，尤其是负面消息，如果我们拼传统媒体，更会减分。在事实调查清楚之前，要求咨询公司给我们立刻出好媒体方案。我不希望出现更糟的事。”

“那萧总，事情是发生在新地集团，新地集团那边是什么说法？”

萧锐没有得到贾少辰的回馈，脸上微有些难堪，徐风在旁应声：“新地集团总裁已经出面暂时平缓，至于进一步措施，怕是明天一早会有动作吧。”

事情来得很突然，维罗朗的会一直持续到了晚上十二点多，大部分人因是临时被喊来，到了夜深的时候，已经累得睁不开眼。萧锐让大家先回去，第二天一早再应对这次事件，自己则以第一速度去查看先前让德国传来的实验室信息。

累的时候，他看了看手机上他们一起的照片，记得出院那天，她非要拉上自己再去坐摩天轮。白小陌自是没有阴影的，反倒是他，坐在里面就害怕她又昏了过去。没想她还指指自己的嘴唇，执意拿上他的手机要在自己吻她的时候照张照片。

她这会儿该是打上呼噜了吧。

萧锐为了避免开车回家折腾，就在公司附近找了个酒店小睡了两个小时，他知道这场仗不会短，而于伟将如何走这盘棋还不得而知。方敏之是于伟的人，她会怎么替于伟走下一步棋呢?

次日一早，当萧锐准备回维罗朗的时候，白母突然打来了电话："小萧，我是小陌的妈妈。"

"伯母。"

萧锐本以为是白小陌的电话，正开着免提打领带，一听是白母，立刻拿起电话称呼。

"小陌昨晚发高烧，四点多来挂水到现在才好，我替她请个假。"

"小陌病了？"萧锐一阵紧张。自从经历了上次的事情后，他对她的身体格外呵护，莫不是出了昨晚的事，他也不会丢她在家里独自吃牛排，这一次又全是自己的责任。

"这孩子大概元气没恢复好，昨晚回来的时候恍恍惚惚的，我一摸她额头就知道不好，吃了退烧药也不好。"白母正说着，就听白小陌在旁埋怨母亲多嘴。萧锐不禁心疼，更多的是自责没有照顾好她。

"我不多说了，那孩子嫌我啰唆，你忙吧。"

"我一有空就去看她。"

萧锐挂电话后总觉得自己身为一个男朋友还远远没有够格，连短信都没发成就被徐风的电话打断："萧总，听说新地集团有计划召开高层管理会议，关于停止我们维罗朗所有专柜销售的。"

"所有专柜销售？"

狐狸露出了尾巴，可他却还没有找出个源头，俊眉紧拧起来：

“我们还得从当事人的信息着手。那个批号的唇膏，我已经从欧洲调了资料过来，在欧洲同批次唇膏的库存量并不多，实验结果都很正常，已销售的也未出现过任何状况。今天九点前，我们必须拿到该批次产品流向报表。”

“我们要与新地沟通吗？”

“我会处理。”

萧锐并不知道此刻的贾少辰并没有在赶往新地集团的路上。

他正看着白小陌挂完水。他是令她生病的元凶，他不敢靠近她，看到她虚弱的样子，想要上前扶住她在怀里，却半步都不敢迈出去。没想她坐上车后，竟然给他打了电话。

贾少辰站在原地，看着车子里她的背影，听筒里是他最熟悉的声音：“少辰。”

“小陌。”

他眼看载着她的车渐行渐远。

“我想见你。”

“见我！”他的声调突然有些扭曲，但很快恢复了平静，“我，我这两天有些忙。”

“哦。”白小陌淡淡地叹了声。

贾少辰匆匆地挂了电话，其实，他想说更多话，只是不知道怎么说，刚说的这些好似已经掏空了自己。

下午，洪建国让苏秘书送来文件，让贾少辰在管层理决定停止与维罗朗中国所有合作的文件上签字。贾少辰想这就是洪建国与于伟之间谋算好的事吧。一个出差在外，一个则趁自己不在的时候召开会议否决当初倡议双方全方位合作的事宜。听上去还有些大义灭亲的滋味，实际上是于伟借刀杀人计中的刀。

当事人虽然造成了非常消极的影响，但却丝毫没有对百货公司提出索赔，反而十分熟悉该产品是维罗朗公司的进口产品。其实大多数消费者对品牌的认知远远大于对制造商的认知。因而，贾少辰认定这当事人是“成心而来”。

萧锐败，也许是大多数人的期望吧。

同样，也是他的期望。

贾少辰很快提笔，笔尖在空白的地方落下黑色的痕迹。然而，在书写名字的时候，他突然止住手腕里的动作合上文件，一勾唇：“尚未查清这件事，就要与维罗朗这样的世界五白强企业断绝关系，不像是洪董事的作风。”

“总裁。”

“洪董事又和你说，不签的话，你就会丢工作？”贾少辰抬眼，苏秘书不敢吱声。

只听洪建国的声音响在门口：“总裁这是又与我们有不同意见了吗？”

见洪建国出来，贾少辰挥手让苏秘书出去，洪建国兀自寻了凳子坐下，一副叔伯教训子侄的模样：“少辰，你是非得让大家觉着咱们的关系到悬崖口了吗？”

“洪伯父，把污水泼自己家里，不是摆着和主人把事闹僵吗？”

洪建国脸色一沉，说道：“少辰，这话说难听了。要是旁人听见了，得挑刺。”

“挑就挑吧。维罗朗是我们新地集团长期合作伙伴。在事情没有调查清楚之前，我们不能终止和维罗朗的合作。即便是他们有问题，我也会给他们机会整改。这不是卖洪伯父和于总裁一个面子嘛？”

“面子这事是放不上台面的。维罗朗这次可是牵涉了孕妇，他说自己是百分百安全的，现在不安全了，那不是砸自己招牌的事吗？我们怎么说也是国内数一数二的百货公司，要是纵容商家的话，不是揽了监管不利的罪吗？”

“我怎么看着媒体报道里，没我们新地什么事呀？”

贾少辰一瞟眼，故意拖长了调子，洪建国冷冷道："看样子，你是不签了。"

"是。"

洪建国没想到贾少辰竟然拒绝得这么干脆，倏地站了起来，额上青筋暴跳出来："我们很快会开第二次紧急会，总裁要是有什么意见，请准时参加紧急会议。否则，根据公司规定，我有权代理总裁执行公司最高决定。"

"你……"贾少辰一皱眉，但很快掩了自己的愠怒，站起身，说道："我做小辈的，怎么会一直劳烦洪伯父，更何况，那天我也在场，事情也算是清楚。"

洪建国阴冷一笑。

维罗朗进口有机化妆品致使孕妇流产的事在各种媒体上越闹越凶。尤其是第二天的微博上出现了当事人，当事人放出一堆疑似维罗朗中国与其私下和解消除舆论的文件照片。一时间，维罗朗中国大楼外与停车场多了不少记者，纷纷伺机能采访到萧锐，就连阮铭也试图联系萧锐的新秘书。

然而，相对狂风作作的局势，萧锐却是十分淡定，出了维罗朗大楼在记者的蜂拥追问下打车离开公司。司机没见过这样的情景，开了一段后才缓过神问萧锐目的地。

萧锐说了他与白小陌家相隔的那间超市，随后自己步行去往白小陌家。白小陌正在午休，萧锐不让白母喊醒睡梦中的白小陌。

"脸色还是那么差。"

"也不知怎么回事。那天回来精神恍惚得很，我以为你们吵架了。"白母给萧锐倒水，萧锐立刻起身谢她，白小陌刚好醒了，见萧锐在自己身旁说道："唔，你怎么来了？下班了吗？"

"把你吵醒了。"

"昨天我睡着了没见到你，今天醒得真及时。"

“两天的工夫，就瘦得这么厉害，都皮包骨头了。”

“骨感美。”

“傻瓜。”

见萧锐与白小陌打情骂俏，白母自觉退出房间。萧锐正抚她的脸庞想问她怎么会生病，白小陌却抢先说道：“事情是不是特别糟？”

“我有那么差吗？”

“你别骗我了。你以为我病得看不了电视刷不了微博吗？到处都是维罗朗的新闻。”

他的眼睛分明藏着不愿让旁人知晓的压力，只是他仍旧装着笑靥：“于公，你是质疑你上司的能力，于私，你对你男朋友太没有信心。”

“萧锐，不管这件事的结局是什么，你都是我最最最厉害的男朋友。”

“究竟怎么病的？”

“你家空调开得太高了，我回家的时候冻到了。”

她并不希望萧锐知道她是因为贾少辰生的病，因为这是她与贾少辰之间的事。只是这个随意扯的理由倒让萧锐生了自责：“要是我把你送回来吃牛排，你就不会生病了。”

白小陌傻笑。

她几天没有笑了，她想现在她的笑是多么牵强与苍白。两人相处的时间并不长，一会儿温存过后，白小陌就催萧锐走。尽管病中的她是多么贪恋他的怀抱，可她还有更重要的事要做。

只有一个人能够帮他。

她记得以前生病的时候，他会无时无刻地在她身旁，做她最温暖的靠椅。谎言，让过去成了云烟。在医院挂水的时候，她已看到角落后隐藏的身影，这么多年，她熟悉他的身影。他没有出来见自己，她想，他该是知道自己已明白一切，像他这样的豪门总裁，任何信息都逃不过他的眼。

坐在车上，她清楚看到反光镜中的他接起了电话，明明站在自己身后，却称自己在忙碌。这样苍白的谎言，他究竟还要说多久才认为该到终结？

“一个小时后，在我家楼下等我。如果你不出现，我绝不会离开。”

白小陌是倔强的。

这样的倔强是贾少辰了解的。

他没有让她等久，很快出现了她的楼下，只是身旁没有白色小电驴，这是他第一次开着自己的车出来。

她并没有如小区周围的人那么傻眼。

宾利。

他本就属于宾利那样的生活圈。不用说宾利，机场应该还停着他的飞机，某几个著名的海滩湖滨或许还有他的游艇。

他为她开门。

这是她第一次不需要坐他小电驴的车子，车里的空调打得很温暖，可她的心却是冰凉。她宁愿坐在他的小电驴后被冷风吹得披头散发。

“饿吗？吃些泡泡小馄饨，多添点胃口。”

以前，他也会给自己带泡泡小馄饨，只是，那时候，他会把焖烧罐放在小电驴的位置上，坐在路沿上，看她狼吞虎咽地吃泡泡小馄饨。

她抬眼看着他的脸庞，眨了几下眼睛，热热的水滴从眼角顺落下来，滴在了泡泡混沌里，溅起小小的波浪。

“吃饭的时候，要好好地吃。”

他抽出张纸，轻轻擦却她的脸庞，把她手里的焖烧罐拿回自己身前，盛了一只送她的唇边：“多大了，还要喂。”

泪，噙在唇尖。

“既然不饿，我们先兜兜风。”

他自言自语，收起焖烧罐，开车去往他们二十多年前相遇的地方。曾经，是他们诞生友情的地方，如今，或成为他们埋葬友情的地方。缘起缘灭，不该如此吗？

可他能做到吗？

天幕广场已在做幕墙施工，他将车停在了路旁，夕阳落下，橙黄色的光芒笼住了庞大的建筑，已经建出的那道天幕就似一座现代的桥梁横跨高楼。

“以后不用再等到秋天，这里的天幕便会飘零最美的银杏叶雨。”

“你已经和我说过了。”他的目光盯着天幕，他知道自己无力挽回。白小陌盯着他，话声如刺。

“是啊，最近记性不好。”

“你没有话要和我说吗？”

她的目光并未离开过自己，他分明感觉到冰冷。他侧过脸，迎上她被泪迷住的双眸。原以为只有别的男人会伤害她，没想到伤她最重的是自己。

二十二年，他埋下的苦种，终是要有偿还。

可是，他错了吗？他没有错，他只是爱她而已。

贾少辰突然紧紧抓住她的胳膊，低身去吻她，她惊慌地往后退，他却箍得更紧。他无法用言语解释，他能做的就是最简单粗暴的方式。

手里的力气撕扯着他心里最后的勇气，她狠狠地推了他一把，从他怀里挣脱出去：“你疯了！”

“是，我疯了，这世界最疯的人！”

“你骗我，骗了我这么多年。”

“是。我是新地集团的总裁，董事长，拥有这里的一切，钱，对我来说，就像地上的尘土，数也数不清。是，是我花钱让所有的男人离开你，因为我无法看着别人和你在一起。”

“呵，你承认了。”白小陌涩然一笑，从他口里说出的话比从赵沅那儿听到的更残忍，因为它是真实的，戳破了她心里最后一个幻想的泡沫。

她转过身，决绝地离开，那些属于他们回忆的地方，已如同岁月飘零在逝去的分秒中。

贾少辰垂下眼睫，他很想抓住她，最后却虚张下手，握起了拳头。他没有勇气，刚才那般冲动已经耗尽了自己残存的期望。

她离自己远去。

突然，她停住了脚步，回过身，就似的平线的中间突然亮起了一点光，他黯淡下的目色忽而又点了灯似的闪着亮光。她原谅自己了吗？二十二年的友情不会这么快就消失殆尽的，对吗？一定是，一定是如此。他的脸上不禁自喜。

“你能帮萧锐吗？”

萧锐？她说的是那个男人。不，为什么要在这个时候提到萧锐？难道让他孤独还不够惩罚吗？

“如果，我帮他，你会原谅我吗？”

她不会知道，此时此刻，洪建国正在召开第二次紧急会议，而他再度缺席。这样的境况，他会被动地失去自己在公司的地位。比起萧锐而言，他的结局又能好多少呢？他失去的，也许只是一份工作，而她却能陪在他的身旁。可自己呢，失去的是集团的管理权，而承受这一切的，却只有自己一个人。

他是因她而来，而她最终见他的缘故却是为了萧锐。

她没有回答，只是点了点头，泪湿了的发丝贴着泪水。

贾少辰笑了，摇头道："我不会帮他。"

“谢谢。”

他什么也没有做，就如她再也没有看他一眼，决绝地转身离开。他红了的眼眶才落下泪：小陌，没有人能让你不快乐，包括我自己。

他立刻回到了车里，突然，霏霏从电线杆旁站到了车前，拦住了车头："哥。"

"霏霏。"

"你爱小陌姐，就不要帮萧锐！只要萧锐一倒，我会让他走投无路，到时候我会让他离开小陌姐。小陌姐一定会回到你的身边。"

"让开。"他沉声道。

"哥，小陌姐会知道谁才是真正爱她的人。"

"让开。"

"哥。"

贾少辰直接往后倒车，迅速拨了方向朝着另一头飞驰而去。霏霏在汽车轰鸣声后愤愤地喊着他的名字，车子却早已消失地无影无踪。霏霏狠狠地跺了下脚，拿起手机拨了萧锐的电话："是我，霏霏。"

"有什么事吗？"

"请你不要利用小陌姐来逼我哥。"

"逼你哥？"

"你做过，为什么就不敢承认呢？小陌姐知道我哥的身份约了我哥见面，她让我哥帮你渡过危机。"

"小陌找了贾少辰？"

"你别装得什么都不知道。一个公司的副总裁，连危机公关都做不好，还要女人帮你，真是可笑至极。"

"霏霏，我不管你对我有多少成见。我没有让小陌去找过贾少辰，无论发生任何事，我都不会让我的女人替我出面。"

霏霏冷淡的声音仍在耳边萦绕，萧锐皱起眉头，他没有想过白小陌会用这样的方式去求贾少辰。单纯如她一样的人，能在这个时候向贾少辰提出这样的要求，她究竟用了多大的勇气。

“萧总。”徐风突然敲门进了里头，直接汇报起突发情况：“我们在新地集团的专柜有假货。”

“假货？”

“我去专柜查翻库存的时候，看到有假货，而且不止几支。后来我又去了另几家专柜，也发现了相同的问题。”

“这就是为什么当事人检测报告会有那么大的差异。如果没有猜错的话，当事人手里的就是假货。”

“当事人拿的的确是假货，不过，我发现了件更重要的事。”徐风压低声说道，“我去当事人治疗流产的医院。当事人流产前就曾去过该医院要求人工流产，后来因为当天血压不正常被拒绝。”

徐风的话很明了，唇膏是假，而当事人是于伟安排的苦肉计也确信无疑。只是唇膏怎么会有假货呢?

“你有查过别的百货公司吗？”

“有，但都没有问题。”

“就是说，这圈套是等着我们来跳的。”

“所以，我们该正式向新地集团提出索赔，并要求调探头录像究竟是谁在搞鬼。”

徐风感觉自己就要从这阴霾中走出，语速不禁加快。萧锐抬手阻止道：“这件事暂时不要和公司任何人说。”

“为什么？新地集团正想着办法把所有专柜都停了，我们这个时候不向他们反诉，难道等着他们把我们当作替罪羊，影响整个维罗朗吗？”

徐风有些激动，萧锐眼神灼灼：“这件事，我会处理。”

“萧总。”

“我先出去会儿。”

Chapter Eighteen

反去

谁也不能让她不快乐，包括她自己。

新地集团高管会议室，当洪建国正要做出决定的时候，贾少辰突然闯入会议室，列席会议的人倏忽地将目光投向这位风度卓然的董事长兼总裁。

“我反对终止与维罗朗之间的合作。”

“反对？”洪建国冷冷一笑，扬出手中一打文件，“这份文件是维罗朗孕妇流产事件发生到现在，对我们新地集团各个公司造成的损失报表。”

“我知道。”贾少辰镇定淡然，走到洪建国身前，说道：“我更知道，维罗朗出问题的产品只有在我们新地集团出现。”

洪建国微微眯眼，贾少辰则咄咄道：“为什么只在我们新地集团出现这样的事，难道洪董事丝毫都不奇怪吗？”

“这是维罗朗的问题。”

“我奇怪的是为什么只有我们新地集团有维罗朗的问题产品。”

洪建国瞥眼冷道：“这些事，我们不得而知。”

“不得而知，是不想去查，还是洪董事你觉得没有必要去查！”

“总裁！”

两人就像两块粗糙的火石激烈地碰撞在一起溅出了星子。在座的高管们无人敢劝，只是尴尬地处在会议室中，不发一言，生怕站错了队伍，说错了话影响自己一辈子。

“在事情没有水落石出前，我们新地集团不会做出任何决定。关于维罗朗的事，没有我在，任何人都不能以这议题开会，更不能做任何决定。”

贾少辰说完后，用力推开会议室大门朝外走去，身后传来闷闷的声响。会议室内，众人不敢离开，直到丢失颜面的洪建国强装出无所谓的姿态宣布会议结束，大家方才赶紧撤出尴尬的席位。

独自留在会议室的洪建国一甩手，掀起桌上的文件，白色的纸纷扬在会议室，他额角暴突的青筋证明着内心对贾少辰在自己面前放肆无度的震怒。良久，他握起手机拨通了熟悉的电话。

与此同时，萧锐回到了维罗朗中国，迎面而来的是方敏之与徐风。方敏之抢先汇报道：“萧总是去处理新地集团的事了吧？刚才新地集团的人向媒体发了声明，称会与我们维罗朗一起调查原因，给予公众解释。萧总，我们该怎么做？”

他的心终于松了下来，只是在面对于伟的耳目方敏之，他并没有表现出自己的释然，反而关照两人做好媒体的工作，他会根据新地集团提出的建议，一同出席澄清会。

“笃笃。”这时，办公室传来敲门声，萧锐往左侧了下身，发现竟是白小陌，于是关照两人先离开一会儿，好让白小陌进办公室。

“你怎么来了？”

“过来看看有没有可以帮忙的地方。”

“傻瓜，我说过能处理。”

“我们在新地集团有假货？”

“你怎么知道？”

“无意间听到方敏之和徐风在说。”她真的不想萧锐失去已经得到的一切，更不希望他被总部的人无礼指责，她曾傻傻地认为贾少辰会答应她的条件，但他拒绝了。在他拒绝后，她彻底地意识自己用这么一段将逝的友情去赌对方的怜悯是多么愚蠢。

“小陌，先前的奢宠系列口碑不错，你与盛欣沟通下看看对方有什么更好的营销方案。”

“我想帮你。”

“你去那儿不就是帮我吗？”

“新地集团有维罗朗的假货，我想和你一起查清楚。”

“我们维罗朗的业务并不只有那一块，奢宠系列是你和我一起做的项目，你不想让它更好吗？”

“你不用故意支开我。其实，你也是少辰的帮凶，不是吗？你明知他的身份，却不告诉我。”

“你……”萧锐接到霏霏电话的时候已得知白小陌已知晓了贾少辰的真实身份，恍然间，他明白白小陌这几日的病就是因为贾少辰而生的。因为白母说当天白小陌回家的时候已经十点，自己家离她家那么近，很显然她是去了别的地方，或许是那晚担忧自己去了New Centry Mall撞见了贾少辰。适才密见贾少辰的时候，他虽然没有提及，但把信息串起来，所有的事就合乎逻辑了。

“这笔账，我会和你算清楚的。”白小陌白了眼萧锐。

“什么这笔账，那笔账的。他有苦衷，才会骗你。你找他好好谈谈。”

“他有什么苦衷要骗我二十二年？你还是我男朋友吗？站哪边呢？”

作为她的男朋友，萧锐自然不愿意她与相识二十多年的男人这么亲近。然而，他明白白小陌虽然嘴上说贾少辰是骗子，可心里却是割舍不了这份友情，因为它在不知不觉中已如树根一样扎在她心里。失去它，她会为此伤心很长的日子，而这很长的日期或许是永远。

作为情感上的胜利者，他自信自己的感情不会因为这样的退让而淡却："关心朋友和是不是你男朋友是两回事。"

"你今天怎么怪怪的？"白小陌撇唇，紧紧盯住萧锐，试图挖他真实的想法，却不想他已准备好似的递上文件夹："好了，乖乖去做奢宠的事吧。"

白小陌离开办公室的时候分明看到他眉眼间莫可名状的神色，好似有些隐隐的郁色，更多的则是轻松。正在猜测他是否真的寻到了解决的办法，霏霏给自己发来了短信，约她在 Ginkgo 咖啡吧见面。白小陌并不想见霏霏，她的短信多半是给自己哥哥当说客，只是拒绝她，又觉得影响了她们之间的关系。

毕竟，这些年，她与贾少辰之间的友情牵扯到很多人，很多事。正当白小陌犹豫的时候，霏霏待不及她回复又追了通电话："小陌姐，我很重要的事要和你说。"

"如果是来当你哥的说客，我想我们暂时还不见面的好。"

"小陌姐，我当然不是来做说客的，只是有些事，我必须得告诉你，否则的话，我心里不安。"

"好吧。"白小陌挂完电话，刚要出去，徐风擦过身旁，低声接电话："你是说我们的物流曾经看到新地集团临潮货舱有……"

白小陌尚未听完徐风的话，徐风便进了萧锐办公室，先前的方敏之已经不在办公室中。她若有所思地停了停脚步，放置好文件便就去了 Ginkgo 咖啡吧。

咖啡吧的灯开得很亮，门口却挂着停止营业的牌子，白小陌推开门的时候，里面空荡荡的，只有淡淡浮在空气中的肉桂香。白小陌环顾四周，只是听到"乒乓"的脆响，朝那头看的时候，才发现霏霏正皱着眉头吃痛地咬着手指。

“怎么了？划破手了？”

白小陌赶紧冲了上去，只见血从霏霏握住的指缝中直往外冒，白小陌也等不及她从惊惶中镇定，翻了一旁的医药箱替她处理伤口。

“小陌姐。”霏霏的声音很低，好像一块积石压住了喉咙。白小陌盯着她的脸孔，美丽的眼睛蓄满了泪水，在她的印象中，霏霏是第一次落泪。

“什么事啊？你刚才找我的时候还好好的，为什么突然就哭了呢？”

“你不要离开我哥好不好，他，他会很惨的，你不要离开他，好吗？”

原来她的泪水还是为了她的哥哥。

白小陌避过她的目光：“我说了，别当他的说客。”

“我哥他不是故意要骗你的，他是爱你，他比任何人都爱你，你别离开他好不好，他没有你，就会真的一无所有。”

“什么一无所有？他想有什么就有什么。”

他有那么多的钱，那么多的时间和谎言来骗自己？他又怎么会一无所有呢？

“不是这样的。我哥很爱你，他只是生怕自己会和他的爸爸、哥哥一样得了遗传病忘记你，这才掩饰自己的身份和情感。你相信我，我哥不是玩弄感情的人，他爱你，胜过他的生命。”

“你哥是我的好朋友，最好的朋友，我们之间只是纯粹的感情。”

“小陌姐。为什么你会这么傻？你认为我哥这么多年来的掩饰只是他一个人的错吗？他知道你喜欢平淡的生活，才给你平淡的生活。他关照司机停你家附近，自己开着小电驴来接你下班。他穿着数万的衣服，却愿意给你当作擦嘴布。他平日里工作到半夜三更，只是为了下班的时候能和你凑上时间。他陪你购物，陪你发泄，陪你伤心，他的世界里只有你。只要你说，你想吃王家沙的包子，凯司令的蛋糕，他都会立刻去给你买。是习惯了平淡生活的你，让他不得不适应这样的生活。”

“他断送了我每一次爱情，还让我傻傻地认为自己是被诅咒了的。”

“不，这些事都是我做的，和我哥没有任何关系。是我，是我拆散了你的爱情。哥哥知道他没法挽回你，所以才把这些事都承担了下来。都是我做的，是我用钱买通他们离开。”

白小陌怔怔地看着霏霏，她已经执念地认为是贾少辰毁了她的爱情，而此刻霏霏说出的真相让她蓦然意识自己竟错怪了贾少辰。他不过是隐瞒了自己的身份，剩余的那些事，他是故意揽下来的。他不对自己说，应该是觉得自己已经没有可能原谅他了。

“小陌姐，为了你，哥哥他甘愿被萧锐利用。”

“霏霏，你在，你在胡说什么呢？”白小陌一愣，霏霏抽回自己受伤的手指，从一旁的包里掏出一只录音笔，说道：“这是我偷录的对话。”

“什么对话？”

白小陌犹疑着不去接，眸光却是紧紧锁住了录音笔，霏霏伸手将录音笔塞入她手里：“难道你不想知道为什么我哥会帮萧锐吗？”

“他帮了萧锐？”

“难道你不知道吗？哥哥帮了萧锐。你知道吗？是萧锐利用你，做了交换。”

“利用我？”

白小陌讶然。萧锐眉间的释然，贾少辰眸潭中碎开的涟漪交替地出现在她的脑海里。

她喃喃道：“萧锐不会利用我的。”

她的指头放在播放按钮上。她不该怀疑萧锐的，萧锐爱她，他绝不会用她做交换，绝不会的。

“你听，你听呀！”

霏霏歇斯底里地哭泣，抓住她的指头按下了录音。

贾少辰说：“谢谢你把她给我。”

萧锐说：“把她让给你也是理所当然。你需要她，而她对我而言，可有可无。”

贾少辰说：“有了她，我心里就有底了。”

萧锐说：“你就把她当作我们的交易。”

不可能，这不可能是他们之间的对话，白小陌颤抖地握住录音笔，那些字句如锥一样敲入自己的心。萧锐不会把她当作交换条件，一定不会的，他不会这样做的。

可是，那些话，是他的声音，自信如他，果断如他，她的脑海再次浮现办公室里他关照自己去关心贾少辰，那就是对话中，他对贾少辰的允诺吗？自己就是他们的交易？

“她对我而言，可有可无”，爱情，在利益之前，是这么苍白无力。他是多么现实的人，为了保住他的位置，牺牲了自己，甚至还佯作无事一样，欺骗她，让她去做别的事。

“萧锐和那些男人一样，他们都不会像我哥这样爱你，一辈子都在为你考虑。小陌姐，难道你到现在还分不清究竟谁才爱你至深，而你，难道真的就不爱我哥吗？你和他一起的时候，所有的笑容与欢乐难道就不是爱情吗？”

爱情。

什么才是爱情？

是与他，一段机场相遇开篇的故事？

还是与他，一个二十多年前就开始的习惯？

“萧锐不会这么做，他不会这么做！”

白小陌蓦地站了起来，抽空了思想似的朝着 Ginkgo 咖啡吧外飞跑，咖啡吧门“轰轰”两声后合了起来。

霏霏擦拭了眼眶中的泪水，望了眼门外扶着路灯哭泣的抖颤背影，低喃道：对不起，小陌姐，我哥真的很需要你。

接着，她拿起了电话：“洪伯父，我爸让我签的股权转让文件，我已经签好了。”

“很好，其实，洪伯父也不想走这一步。可你也知道新地集团是你继父一手创起的集团，不能让少辰这么由着性子来。我答应过你，拿走他的管理权后，仍旧会让他挂个闲职的。”

“洪伯父，我是帮我爸。”

“于伟有你这么个女儿真是修来的福气。”

“你找人来拿文件吧。”

电话结束后，霏霏再也站不住，跪在了地上。父亲于伟用死相逼，说自己若是除不了萧锐，就会丢了这份工作，再也无法翻身。他说自己一辈子都在维罗朗上了，他不想变得一无所有。虽然她一直都跟着自己的母亲与继父长大，可她无法割舍自己对父亲的亲情，明明知道父亲对权力像中了毒瘾，也只能帮着他一同犯罪。把自己手里的新地集团股份出让给洪建国，这就意味着，洪建国可以联合集团其他长辈股份罢免哥哥贾少辰的总裁职位与董事长身份。

她对不起一直照顾自己，把自己当作亲妹妹的哥哥。她记得自己初入贾家的时候，满是惊恐与无措，是贾少辰以哥哥的身份保护她。他就是亲哥哥，容她在自己的羽翼与宠溺中成长。

她不希望他失去一切后，还没有人相陪。她想做些补偿，可她知道，她欠他的，怕是一辈子都难以偿还。

上海的冬季很冷，这种冷是植入骨髓的湿冷，一旦进入身体，就很难轻易祛除。白小陌的心就像被这股湿漉的冰冷侵袭，她试图用双臂温暖自己，可终究是被难以名状的冷给冻得发僵。

她要的爱情是普通平凡的，可就是这么一个平凡的要求都无法实现。她抱着双臂倚靠在冰冷的灯杆上，慢慢地瘫滑下来。眼前，闪过她与贾少辰曾有的欢乐，他醉人的笑靥，他无处不在的目光，还有，那辆白色的小电驴。

霏霏问，难道她真的从来没有爱过贾少辰吗？

有过吗？

有过小鹿撞怀？有过羞涩脸红？有过刻意打扮？她记不起来了，贾少辰在她的记忆中就像生命的一部分，熟悉到成了习惯。

萧锐是一名擅闯者，他闯入了她的世界，她爱他，或许是烂俗地被他外貌与狡黠吸引，或许是他们间不断而起的摩擦，不管是什么，她都能百分百地确定，她对萧锐的爱情是真实存在的。她记得摩天轮上，他们的吻象征地久天长，她还记得自己睡在他怀里时会像初生的婴儿拼命吮吸他的味道，不想脱离独属于他的那份温暖。

然而，他最终还是选择牺牲自己，就同那些贪图金钱的男人一样将自己拱手让给别人。她不是一件物品，被他这么随意丢弃。可有可无，难道她在他心里就是这样的分量吗？

可有可无。

她颓丧地松下环抱膝盖的手臂，毛糙的砖石擦伤了手背，可她却毫不在意，丝毫感觉不到疼痛攀上心头。她无力地仰望天空，泪水就似清雨，滚落在颊旁。

自己怎么就成了这么脆弱的女人呢？凋零了银杏叶的树木摇曳着枝条，任着寒风用力地拉扯。白小陌蓦地抹了把眼泪直起身："该死的男人，一个个都这么不象话！"

她握起手机，正准备给两个男人发短信，约他们当面说清楚。忽而，面前闪过辆黑色汽车，轮胎卷起尘土的味道，呛得她接连咳嗽了两声。只见汽车停在 Ginkgo 咖啡吧前，下来两个人匆匆进了里头后又回到了车上，其中高个儿男人手里还拿着文件。

"今天的事可真多，送临潮货舱的货不知道做什么样了？"

"谁知道呀。反正上头说了五点钟送过去。"

临潮货舱？难道是新地集团的临潮货舱？那两个人带走的文件是什么？白小陌想起先前徐风打电话的时候提到过新地集团的临潮货舱，自然联系起了其中的关联。

她想去问霏霏，可眼见霏霏出了 Ginkgo 咖啡吧打车离开。

“霏霏。”

白小陌冲了出去，手臂却被一把拉了回来，一辆小电驴飞一般从自己面前驰过。

“你要不要命了？”

声音是萧锐的，他抓着自己手臂的力道也是十分熟悉，不重，也不轻，刚刚拉住她，却没抓疼她。

“不要命了。”

都把自己当作可有可无的人了，还在这儿做什么好人，关心她做什么，戏都演完了，他可以拿着盒饭走人了。

“怎么哭了？”

“没有的事。”

“生我的气？”萧锐低眉去看她表情，冷不丁地被她狠狠推了一把，“你是萧总，谁敢生你的气。”

“还在为去做奢宠项目的事不高兴吗？”

“我问你，什么时候和我说分手？”

“分手？”

白小陌提了嗓子，周围的路人不禁看向萧锐，让他落得有些尴尬，他压低声问道：“怎么回事？”

“新地集团的麻烦事不是解决了吗？你马上又是总部的红人了。我的利用价值结束了，可以滚蛋了，你，你还装得，装得这么情意绵绵干什么？”

“你说什么呢？什么你的利用价值？你……”萧锐说到一半，余光瞥见 Ginkgo 咖啡吧，若有所思，莫非是霏霏与她说了让她误会自己的话，本急于争辩，但他不得不控制了心绪，温和地说道：“傻丫头，是不是我最近太忙或是没有能把事情的详细进程告诉你，这才让你不开心了。瞧瞧，鼻子红得和萝卜一样，先回办公室暖暖身子，怎么手背也起皮了？真是让人省不了心，第一次见你啊，就是这样子，眼睛和兔子一样，这里伤，那里伤的。”

“别装了。”

她再也不要在这飘着幸福爱情泡沫的假象中过日子，录音笔里，他明明就是说了自己是可有可无的，现在还这么假惺惺地关心她。

“不要发脾气了。”

“那我走。”白小陌刚转身，却被萧锐一把拉住：“去哪儿？”

“你不是和少辰说，把我让给他是理所当然，我对你是可有可无吗？那我现在就去少辰，和他讲，我不生他气了，同他和好了，还要做他女朋友……”

白小陌的话没有说完，所有的埋怨都被他的吻紧紧封在无声中，她挣扎着推了他，一双手都被牢牢地箍在了身后。她瞪着他，慢慢地，眼睛成了一道弯弯的缝。

没有什么能比她这么放肆到说要到另一个男人怀里更让他难以忍受的，他不想再和她兜圈子，简单，粗暴，也最有效的一招都使上了。直到她不再挣扎，慢慢地松懈了刚才的反抗。

“讨厌。”一句反话卡在喉咙里。

“我不知道你为什么会知道我和贾少辰之间的对话，但我们说的，不是你，是证据，一是我们专柜的货在新地集团仓库遭人偷换的文件，二是当事人先前前往医院准备流产的病历记录。”

他想这一切是霏霏安排的吧，她那么在意自己哥哥，之前为了贾少辰使尽了手段，现在是有意用这样的事情来让白小陌厌恶自己。

“真的？”

“怎么？我刚才表现的还不够真吗？”

白小陌垂下眼帘，伸手摸了下带着他温度的唇瓣，呢喃道："不是。"

如果是真的，那霏霏为什么要这么做呢？是为她哥哥吗？

"Jane。"

正当白小陌沉思的时候，萧锐突然喊了简希的名字，简希惊愕地看着他们，半张着嘴，好像要打个地洞钻进去的模样："萧，萧总。"

"小陌是我的女朋友。"

萧锐伸手拉住她，她不有些惊讶，没有想到，他居然会在简希的面前公开他们之间的关系。

"哦，哦。"简希不知该如何放置自己的目光，更管不住自己的嘴。

"你怎么来这儿了？"萧锐问道。

"我？我。"简希重复道。

"喝咖啡吗？"

"不不，不是。"她应该是在跟踪萧锐被发现的，白小陌已经听出萧锐问她的目的，那么她肯定也是看到他们刚才的一幕了。白小陌突然有些不好意思，动了动在萧锐掌心里的手，不想他却握得更紧，生怕她跑了似的。

"哦，对了，方总监刚才说找不到您的呢。"

"我一会儿就回办公室。"

简希尴尬地笑笑，然后赶紧拔腿朝维罗朗大楼跑去。白小陌晃了晃手，朝萧锐说道："我是不是要打辞职信了？"

"我还真舍不得。"

"那打还是不打？"

"我会给你一个答案，但不是现在。不过，你得答应我，别成天胡思乱想。还有，关心朋友可以，但其他的事，比如做别人女朋友这样的念头，动也别想动。"

“你吃醋？”

“是。”

“真直接。”白小陌耸耸肩，脸上还挂着泪滴，“不过，我喜欢。”

“好了，这儿冷得厉害，回公司处理下手背上的伤。我还有些事要处理。”

两人回了维罗朗大厦，就在刚进门的时候，萧锐接了弗兰克的电话，而白小陌刚巧遇到徐风，开口问道：“新地集团的仓库是在临潮吧？”

“他们有好几个仓库，临潮主要是针对洋山港进来的进口货物。比如我们的进口化妆品就会进入他们这个临潮仓库，由他们统一管理后发到各个专柜。”徐风应道。

果然是临潮仓库。白小陌没有多想，立刻拔腿下楼打车前往临潮仓库。临潮距离上海市内有一段路，司机自顾自打开了广播，播了几首歌后，交通广播传来一则新闻。

“简讯：百货巨头新地集团今日发生管理层地震，有消息称该集团第二大股东洪建国或在今日联合公司其他股东召开董事会，罢免董事长贾少辰总裁职务并改选董事长。而另有消息称，新地集团董事长兼总裁将在今日七点在浦东香格里拉召开新闻发布会，宣布重要事宜。”

少辰？

怎么会这样？

白小陌心一抽，没想到他正处危险的中央，他一个人能应付吗？他周围有人帮他吗？

司机扯着嗓子问：“小姐，你是维罗朗的还是新地集团的？”

“怎么了？”

“你听听新闻呢。听说这个富二代就是因为你们维罗朗公司前几天那个孕妇流产的事搞成这样的啦。不晓得他和你们公司是什么关系？和那个股东关系搞那么差，听起来像港剧的嘛，跌宕起伏啊。”

白小陌没有心思去附和司机，心里五味杂陈。贾少辰身处这样的境况是她不曾知晓的，也许他是骗了自己，可这样的欺骗究竟有多少罪呢？闺蜜是一场难守的情感，他不过是跨过了界限，仅此而已。

“那辆车。”

白小陌的出租车正朝着临潮仓库而去，突然一辆黑色汽车超过出租车朝左打了方向，司机瞬间怒火中烧了爆了句粗口。白小陌一眼认出车就是停在 Ginkgo 咖啡吧前的那辆，立刻与那司机说 :“快，快跟着那辆车。”

“小姐。你不是要去临潮仓库嘛？”

“跟着刚才那辆车。”

“小姐，你当速度与激情啊，它拐弯了，我们要到前面才能调头。”

“师傅，帮我赶上那辆车，拜托了。”

司机极不情愿，嘴里嘀咕了几句调头朝着黑色汽车开过的方向驶去。只是那辆黑色汽车早已消失得无影无踪。司机嘴不饶人，不耐烦地嚷嚷 :“小姐，前面要没有路了，还开不开了？一会儿回去麻烦的，要不你就在这儿下车吧？”

“这儿就这一条路，你就往前开嘛。”

“这路这么差，伤车子啊。”

“人家的车都开进来了，你怎么就有问题呢？”白小陌着急去找那辆黑车，司机可没那耐心，听她口气不好，哼唧一声立刻把车速降到了龟爬。白小陌皱皱眉头，朝司机挥挥手 :“好了好了，停这儿吧。慢吞吞的。”

“你这生意，我是真做不起。”

司机拿了钱后立刻提速打了回票，白小陌跺脚暗骂。这时，萧锐打来了电话："你在哪儿？我怎么回办公室就看不到你了？"

"我在新地集团临潮仓库附近，先前在 Ginkgo 咖啡吧前，有两个……"

"什么？你那儿信号不好，我听不清楚。小陌，你在公司附近吗？还是在哪儿？"

"我在新地集团的临潮仓库。"

"哪儿？小陌，你能换个地方吗？信号不太好。"

手机的信号总是在关键的时候卡壳，白小陌朝北走了几步，隐约看到那辆黑色汽车的车尾，立刻压低声道："我还有事，挂了。"

小路延伸的地方是一片废弃开垦的田，黑色汽车停在一座旧厂房似的旧建筑前，本就斑驳的墙壁与锈了的蓝色顶棚因着天色的渐晚而更显得破旧不堪。

一股刺鼻的味道传了过来，白小陌赶紧捂住鼻子，身后突然传来一个男人的声音："你是谁？"

"你是谁啊？"白小陌转身的时候认出说话的男人就是拿着文件从 Ginkgo 咖啡吧的那位。他身长健硕，挡住了自己的目光，气势咄咄逼人。白小陌不觉一怔，却仍装作镇定。

"少废话，你来这儿做什么？"

高个儿男人问白小陌，曾出现在咖啡吧前的另一个矮个儿男人大步朝着这儿走来，仔仔细细地将白小陌打量了一番，立刻提起身子朝那高个儿男人说道："这女人好像是贾少辰的女人。"

只见高个儿男人使了个颜色，那矮个儿男人立刻走到白小陌跟前，一把夺过她手里的包。

"还我！大白天的，你们抢劫啊！"

白小陌上去抢，被高个儿男人一把拦住，只见矮个儿男人从包里摸出了维罗朗员工卡，朝那高个儿男人点头道："真是她！"

不待白小陌反应过来，高个儿男人用力将白小陌抓住，白小陌奋力挣扎，可那男人的力道却是极大，死死地按住她的手，只三两下就将她直接扛上了肩。

“和上头说，这女人来我们厂子了。”

“放我下来！你们是什么人！”白小陌从未见过这架势，在她想来，临潮仓库就是偏僻点儿而已，毕竟还是新地集团管辖的地方，没有想到在这临潮仓库三公里不到的地方，竟然会遭遇这样的事。她抓敲着对方，却因头倒挂着，头发凌乱地遮住了视线，血液倒流在脑部，脸憋得通红。

“上头说了，办正事要紧，先找个地方把她锁起来。”

“扔那破房间里吧。”高个儿男人径直往旧建筑里走去，一股更浓烈的化学品味道扑面而来。白小陌本就倒挂在那人肩膀上，浓烈的味道熏得更难受。散落的发丝透出白色灯光，周围似乎放了些箱子，她看得并不清楚，直到进了一间屋子，高个儿男人把她扔在了一堆软棉絮上，她才得以喘息去看那两个男人：“你们是谁！你们和霏霏什么关系？和新地集团什么关系？你们上头是谁！”

“再废话，小心老子用硫酸泼你，这儿可是什么都不缺。”矮个儿男人不耐烦地瞪眼威胁她，手指了指一旁的空地，十来只大瓶子散放在地上。

说完，见白小陌不吭声，两人甩门把锁反锁了上。

“放我出去！”

“放我出去！”

她接连喊了几遍，那两人像聋了似的，不再应她。甚至连威胁的话也懒得多说一句。

这是一间八九平方米的屋子，没有窗子，周围的一切能很容易地看清：破烂的旧棉絮，十多瓶化学试剂，脏兮兮的墙壁，绕了灰的蜘蛛网。

白小陌没有手机，想要出去，除非是利用这里的东西。只是，能一眼看尽的房间里几乎没有可以用得上手的工具。刺鼻的味道让她隐隐感觉不安，她原是想来查个究竟，现在反落得这样的境况，心里有几分懊恼。

也不知道少辰现在是怎么样了？临时董事会开了吗？记者招待会开了吗？他不会有事的，对吗？

白小陌捏着自己的手指，她习惯了他平民的身份，可这毕竟是他披上的伪衣。倘若他真的因为要帮萧锐而落得一无所有，那她一辈子都难以安心。什么怨恨，都早已在焦急中消失殆尽。

“方姐。嗯，嗯，是，是，我知道，我肯定在工商局六点去临潮仓库前把我们的货放进去。”

方姐？

把货放进临潮仓库。

关联的人和事一下串了起来。方敏之就是他们口中的方姐，她让那些人把维罗朗的假货放到新地集团仓库，随后工商局六点突击，会把新地集团查个正着。倘若新地集团仓库爆出有维罗朗的假货，那么维罗朗就会深陷夹杂假货入中国市场的困境，而一直维护与维罗朗关系的贾少辰也将引火上身，那么洪建国图谋罢免他就更理由凿凿。

白小陌终于明白。只是她不知道为什么那两个男人进了霏霏的咖啡吧。他们手里拿的究竟是什么？狭促的房间里，刺鼻的味道愈加浓重地侵入两肺，她试图捂住鼻子去避免呼吸那味道，可却无法抑制意识自己涣散的意志，昏黄的景变得慢慢扭曲。

“开门！开门，放我出去！”

她拍打门，门外却只是嘈杂的搬运声。现在是几点，他们是不是已经运走了假货？工商局的人是不是已经赶到了新地集团的仓库？

萧锐，你在哪儿？我好想好想你在我的身边，我好怕，真的好怕。你在哪儿？你能听到我的声音吗？萧锐，你在哪儿？救我，救我。

冬季的夜是一年四季中来得最早的，不到六点的时候，晚霞便已落了山。距离旧建筑约莫三公里的地方，豪华的车辆驶入了新地集团临潮仓库。

仓库负责人搓着手，紧张地迎了上来："总裁。"

贾少辰落了窗，低声道："事情怎么样了？"

"我已经将他们控制在了后面的办公室，货也在后面。"

"这是我给你的最后一次机会。"

"是，是，是。"负责人弓着腰，求饶似的念叨着话。

这是总裁给他最后一次表忠心的机会，如果他不能按照贾少辰的指示拦住那些换假货的人，那么他非但会丢到这份工作，还会被交送司法机关。此刻，他不是在选择站队，而是选择保命。比起洪建国许诺他调回新地集团总部任高职位来说，保住自己是更重要。他唯唯诺诺地跟在贾少辰身边，很快到了那间办公室，办公室桌与地上堆放了大量纸箱，打开的几箱里尽是维罗朗化妆品。

墙角，穿着黑色外套的高个儿男人坐在地上，俨然是另外几人的小头目。见到贾少辰的时候，那高个儿男人突然惊道："贾少辰！"

"很惊讶，是吗？"贾少辰走到黑色外套的高个儿男人，低眉道："你是不是觉得我该出现在董事会上等你的老板拉我下马？"

"你……"

"呵呵，想要一石二鸟。"贾少辰抬起头，转过身，目光扫过桌上凌乱放着的箱子，"那就他好好尝尝，什么叫自食其果。"

贾少辰目光凌厉一瞥，仓库负责人立刻拿起手机拨打110，自己则发了短信给萧锐：事已办妥，一会儿见。

正这一刻，那高个儿男人突然大笑起来："哈哈哈，你以为你这就算赢了？"

贾少辰并不理睬，任何耍弄花招的手段在他那儿不过是入不了眼的小伎俩，只是他没有想到自己的脚步会因为听到一句"白小陌在我们手上"停在了原地。

仓库负责人正专注地在110系统排队中，不想手机被一把夺了过去，眼睛巴巴地看着贾少辰，却见他突然回过头："你想做什么？"

"如果你敢报警，那她就等着陪葬吧。"

"你以为我会信你？"

话声刚落，霏霏突然打来电话："哥，对不起，真的对不起，我不知道，我真的不知道他们会这么做。小陌姐，被洪建国抓了，她被抓了，他们会对她做什么？哥，我好怕，对不起。"

霏霏语无伦次，泣不成声地贴着话筒叙述，贾少辰的心猛地被扎似的痛。电话那头换作了谷学文："少辰，霏霏现在情绪很激动，她不知道洪建国把小陌关哪儿了。我刚和萧锐打过电话，他说先前白小陌电话信号不好，好像说是去了你们公司的临潮仓库。"

贾少辰没有听完谷学文的话，一把走到高个儿男人面前，抓住他外套领口，大声质问："小陌在哪儿？"

那高个儿男人撇撇嘴，笑道："我没那么傻。"

话音一落，贾少辰一把抓起地上的男人往墙上猛地一撞，狠狠道："少在我面前装蒜。说，小陌在哪儿。"

那高个儿男人啐了口带血的唾沫，笑道："果然是有点用处的女人。怎么样，你给我一亿，我把她下落告诉你。"

"一亿？"

"一亿对你来说，不过是个小数目。我不是洪建国，有钱就好，不用胃口那么大。"

"你以为我想给你一亿，你就能拿到一亿？"贾少辰猛地掼出一拳，高个儿男人没站稳，再一次摔到了墙角。贾少辰拿出手机朝剩余几人说道："你们听着，谁告诉我这个女孩儿的下落，我保证他能拿到几辈子都用不完的钱。"

几人怔怔地看着他，并没有听懂他的话，那高个儿男人反而来了劲道："不用诱惑他们，他们根本不知道白小陌的下落。还是想想我的提议吧。”

比起白小陌来，钱又算什么，可高个儿男人贪婪的眼睛里满是狡黠，让他不敢轻易相信。

静落的房间再一次响起了他的手机声，打电话来的是萧锐：“小陌在你们新地集团临潮仓库附近。”

“在我附近？你是说小陌在我附近？”

“是，找人定位过她手机的位置，就在临潮仓库周围。我已经报了警。大约还有一个小时才能到你那儿。”

“不！我去找她！你立刻去会场，还有一个小时就是我们的澄清会，你决不能迟到！”

“不行，我得先去找她。”

维罗朗的一切，自己的清白又怎么敌得了白小陌的安危？萧锐未多想一秒，断然拒绝贾少辰。

“萧锐！你忘记对我的承诺了吗？我用我爸和哥哥一手创造的新地集团在赌这场不知胜负的局。你知道你这么做意味着什么吗！”

“我不会丢下小陌一个人。”

“萧锐，你听着，这次是我求你，也是我最后一次求你，你必须按时到会场。所有的努力就在这次澄清会上。我会找到小陌，保护好她，不会让她受到半点伤害。”

“少辰！”

“没有人会比我更知道如何保护她，同样，也没有人比你更有能力打赢这场仗！相信我。”

洪建国已发出了召开紧急股东会议的信息，而他与萧锐，也就是新地集团与维罗朗集团公开发布的澄清会将在浦东香格里拉召开。究竟谁能先谁一步，只在时间的争分夺秒。

他不能与萧锐并肩作战，他要救自己最爱的女人，哪怕她的心在另一个男人身上。他跑出会议室，疯了似的开车。车轮飞速地碾过柏油马路，地上的碎石咯吱地发出声响，巨大的引擎声传达着驾车人焦急似火的心情。

这并不是一个月朗星疏的夜晚，弦月很细，只能照亮方寸的地方。贾少辰绕着临潮仓库一圈圈扩大搜寻范围，直到寻见一处星月勾出的旧建筑轮廓，他立刻丢下车冲了进去。

“小陌。”

“小陌。”

他喊她的名字，一遍，又一遍，空荡破落的仓库，刺鼻的化学品味道阵阵袭来昏黄黯淡的灯光荡在半空，其中一只忽亮忽暗。

“小陌，我是少辰，你在哪儿？”

找到她，哪怕是被她再骂上千回，说自己是个骗子，他都愿意。可是，她却没有应声。刺激的化学品气味侵入他的喉咙，他喊“小陌”的声音变得愈加沙哑。

只是，他明知是伤，却仍在继续喊她。每一分，每一秒，他的心思都只在她的身上。

不久，他找到一处隐藏了两道门的房间，他有种感觉，白小陌一定在里面。

“小陌。”

他想也没想，捡起外面的一根铁棍撬开了门锁，门开的瞬间，他的眼中出现了她的身影。

二十多年的熟悉，尽在这一刻化作了所有的疼惜。

“小陌！”

“轰——”

一声巨响，火光瞬间染红了临潮仓库顶上的天穹，就似浦东香格里拉外的烟火夺走了银月与星辰的光芒。

凄凄，冷如寒冬。

Chapter Nineteen

尾声

爱情，不需时间这把游标卡尺。

三个月后，浦东机场。

“萧锐，这次去德国、奥地利、瑞士、法国、意大利玩，下次去西班牙、葡萄牙、希腊、埃及，再下次去……嗯，肯尼亚、南非，嗯，还有南美……我要用光你所有的钱，以解我心头之恨。”

汉莎的办票柜台前依旧是那位曾经拒绝过自己的小姐，而他身后的男人也仍是那位看似严肃的经理。白小陌坐在行李车堆砌的箱子上，指着萧锐说道。

“白小姐，自从办了招行的自动转账之后，我每个月的工资就只剩一千。”

“喂，你那是大罪。你知道吗？我差点就挂那儿了，你在哪儿？你在香格里拉被采访观摩做麻豆。万人迷麻豆，我告诉你了，这账，你是欠我一辈子，不，连同下辈子也欠了。”

白小陌指着萧锐说完后，朝着站在自己身旁的男人说道：“还有你，你忘记谁不好，就是忘记我了。”

“她以前也这么凶吗？”穿着紫色开衫的男人侧脸看看萧锐，俊朗的面容显得有些无辜。

萧锐耸耸肩，应声道：“也这样。”

“哦，那要感谢老天让我忘记了她。”

“贾宝宝。”

白小陌从旅行箱上坐了起来，走到贾少辰身旁，仔仔细细地打量他的脸庞。

她记得三个月前，破落的工厂突然燃烧，他不顾一切地将她抱出火场，话声嘶哑地问自己：“原谅我，好吗？”

她颤抖地摸着他强扯的酒窝笑靥，泪如雨下：“嗯。”

火光漫天飞舞，她的眼里模糊地映着他的脸孔，二十多年，习惯了在一起的感觉仿佛瞬间消失，他闭上眼睛的时候，她绝望的哭声撕心裂肺地被吞没在了红色的夜幕中。

那一刻，她宁愿他没有救自己。

幸而，他活了下来。谷学文说，因为脑部受到震荡又缺氧，所以缺失了一部分记忆。

那一部分记忆，只是对她的记忆。

她问谷学文为什么会这样，谷学文说这是医学上的难题，他没有办法解释。

他是真的忘记了吗？忘记了自己？

白小陌捶了下贾少辰的胸口，紧锁着眼眶里的泪滴，说道：“你这个死没良心的。干吗要忘记姐姐我啊，小时候，我救了你，你以为你再救我一次就扯平了。你别忘了，你骗我的事，我还没有和你算账呢。”

“萧锐，你女朋友竟然打你老板。”贾少辰忿忿道，自那场澄清会后的第三个月萧锐正式加盟了新地集团，以执行总裁的身份成为了新地集团的高管。

“小陌，你看谁来送机了？”

谷学文与霏霏两人走了过来，白小陌盯着他们牵在一起的手，暂时忘却了刚才的失落，指着谷学文说道：“谷大医生，你把我的美人抱走啦。”

霏霏抿唇道：“对不起，都是因为我，才把事情搞这么糟。”

谷学文心疼地抚抚她的肩膀：“小陌不会生气的。”

“就是，你都说过很多次对不起了。再说了，于伟是你老爸，你不可能不帮他啊，而且，要不是你通知了你哥，他也不会来救我。”

那天，霏霏签了股权转让的协议后，心里惴惴不安，于是就去了父亲于伟那儿想要探些消息。

她无意间听到于伟与方敏之、洪建国的电话，脑子里顿时一片空白，第一个想到的是谷学文。莫不是他，她所有的情绪怕会在那一线突然崩断。

事后，霏霏沉浸在了自责中，她认为所有的事都是她一个人的错，如果不是她帮助自己的父亲，贾少辰不会在医院昏迷不醒，白小陌亦不会受伤，而自己的父亲更不会在犯罪的道路上越走越远。

她恨自己，埋怨自己，是谷学文陪在她的身边。与以往默默相陪不同，这一次，他告诉她，他会用自己一辈子去陪她。

霏霏渐渐地从阴霾走出，虽然白小陌仍然看不到她如以往一般的笑容，但她相信谷学文是上天赐予霏霏最好的礼物，他会小心翼翼地呵护这位公主一样的女人。

“我哥呢？”

“对啊，你哥呢？那个要人命的贾宝宝。咦，萧锐人跑哪儿去了？”

离三人约莫十多米的栏杆旁，萧锐与贾少辰继续着对话。

“你觉得你能骗得了她吗？”

"别忘了，我骗过她二十二年，再骗她二十多年，应该不是难事。"

或许，之后的更多年，他真的会忘记她，可现在看来，被她牢牢地记住，又何尝不是一种带着苦涩的幸福?

"每回和你说话，你都带上个二十年。"

"呵，如果生命是分母，与她认识的年份是分子，那么，我在她生命中的百分比永远都会高过你。"

贾少辰转过身，手肘搁在栏杆上，望着远处与谷学文、霏霏说话的女孩儿，怎么能轻易地从自己的记忆中抹掉她?

"不过，我还是要谢谢你。"贾少辰斜睨了眼身旁的萧锐，如果不是他，自己的家族事业真的要被洪建国生生夺走。

"我承诺过你，就一定会践诺。"

"你知道我的意思。如果换作是我，我未必会听从安排。"贾少辰无法想象看似平静的萧锐在当时是何样的心境。他有的，是自己没有的。

他爱小陌，这种爱或许不为女人所懂，但身为男人，他明白，自己怕是一辈子都比不上。输给萧锐，是心服口服。

"我虽晚到，却是赢家。这点，不是分子分母可以相比。"

萧锐撇唇笑笑，嘴角的弧度除却自信外寻不到其他。三个月前，他开车行驶在路上，内心的煎熬却非别人所能想象。

他从未放弃过要去临潮仓库寻找小陌的念头，每开过一段路，他离小陌的距离便越远，而心则揪得越紧。

他及时赶到了现场，用无懈可击的证据向公众交待了事实。虽然无法亲见洪建国在召开紧急股东会议时被警方带走时面如菜色的样子，但他却能想象于伟那只老狐狸束手就擒时错愕的模样。

为了承诺，为了责任，他清楚地记得自己开车飞驰到医院时，满脸脏污的白小陌狠狠朝自己砸拳，放肆大哭骂他时，那种直锥心脏的痛意。这是他做出决定时已知道的结果。

他知道她多么希望第一眼看到救自己的人是他，他也知道，她对自己有多依赖，他什么都知道，可他却不能让她知道，这一次的放手除却承诺与责任外，还是对她的爱。

他相信贾少辰会用生命保护白小陌，他也相信，白小陌终会解开自己的心结。他要的是一个欢乐的白小陌，没有了贾少辰这个朋友，她的笑容会少了生气。

他能做的，是在选择的时候，留给贾少辰保护白小陌的机会。他不怕失去，因为自信如他，这一点，在他吻那没心没肺的女人时已经清楚。

“不过，她爱吃什么，喜欢穿什么，有些什么不良习惯要提醒。这些，你还是得好好地请教我。”

“今天，你没有买头等舱吧？”萧锐突然话题一转，贾少辰愣怔了下，一秒后便明白了萧锐的话。

那一次，他们三个在同一架飞机上，那时，他是如此不放心她。现在，萧锐再一次提到那件事，是在告诉他，如今，白小陌已经是他的女朋友，他会好好照顾她。

爱吃什么，喜欢穿什么，还有什么不良习惯需要提醒这样的事，就让时间来告诉他。

贾少辰摇摇头，轻嗤了声自己的自作多情。这时，白小陌已大声地朝这边喊道：“喂，你俩说什么悄悄话呢，快过来。”

“好好疼她。”

迈开步子的时候，他拍了下萧锐的肩膀，身旁的男人点点头。他便转过身，朝着另一方向走去。

“喂，贾宝宝为什么要走啊？”

白小陌质问独自走来的萧锐，萧锐耸耸肩，“公司太忙，你把我拽走了，他就被公司的事给拽走了。”

“有这么忙吗？”

“哥哥是真的很忙。”霏霏在旁说道，她知道哥哥贾少辰并没有忘记白小陌，因为，她听到哥哥与谷学文说了自己的计划。这一次，她会替他好好保守这个秘密。

“等我回来，一定去你的 Ginkgo 咖啡吧炮制最厉害的黑暗料理好好整他一回，看他还敢不记得我。”

“瞧你这野蛮劲儿。”萧锐一把将她按在了行李车的箱子上，朝着谷学文与霏霏说道：“我们出关了。”

“带她到法国见你父母的时候记得让她收敛下野蛮样。”谷学文说道，萧锐一使眼色：“这事还没和她提呢。”

“有你的。”

浦东机场出境海关检查的地方，萧锐拉着白小陌的手，快要排到的时候，白小陌突然古灵精怪道：“有件事，我还没问你呢。”

“什么事？我的白小姐。”

“什么叫烦萝卜？”

“烦萝卜？”

“你要不在这儿告诉我，我就在德国入境地时候问别人，什么叫烦萝卜？”

“哈哈。”

“不要猥琐地笑，快，快告诉我。”

“你凑过来。”

“你这么高，让我怎么凑啊？”

“未婚妻。”

“什么？”

“小姐，请交您的护照。”

幸福的声音就像似春季中的雨滴悦耳地奏起独属于他们的恋爱序曲，爱，不需时间来细数，只要存在，哪怕是晚来，他终究是她命中注定遇上的那个良人。

天幕广场，LED 屏幕犹如一道彩虹架在楼的两端。屏幕中，女孩儿在前疯跑，无数黄色的银杏叶如细雨一般，飞离了飘起的长裙子，朝身后追逐她的男孩儿飘去。

他站在天幕下，抬头去看那段曾经的记忆，一架飞机滑过天际。

他弯起唇角。

（终）